羅聯添 編著

韓柳文析論綱要暨研究資料

臺灣學生書局印行

韓柳文析論綱要暨研究資料

序 言

本編共十五篇包括古文韓愈九篇，柳宗元七篇。韓文九篇計一九二頁，柳文七篇計六十四頁。韓文資料超過柳文一倍有餘。蓋歷來論韓文者多，評柳文者少。尤其韓文〈原道〉、〈平淮西碑〉等篇，歷代論者難計其數。雖盡力搜集，猶嫌未備。唯後（九十二年）編有《韓愈古文校注彙輯》一套五冊，共四八三九頁，其中第五冊為附編，專收韓文有關資料，最為齊全，可供參考補充。

此編部分資料之後或附有案語，另用黑體字表出，以資識別。

羅聯添，九十九年七月於
臺灣臺北市溫州街永嘉樓寓所

韓柳文析論綱要暨研究資料

目次

下編　柳文

上編 韓文

壹、原道篇析論

一、原道釋名及其體裁來源

(一)說文解字：「厵，水本也。」漢書八三薛宣傳：「春秋之義，原心定罪。」顏師古注：「原，謂尋其本也。」

(二)明徐師曾文體明辨四十三原體序說：「按字書云：原，本也。謂推論其本原也，自唐韓愈作五原而後人因之。雖非古體，然其遡原於本始，致用於當今，則誠有不可少者。至其曲折抑揚，亦與論說相為表裏，無甚異也。其題或曰原某，或曰某原，亦無他義。……」

(三)錢大昕十駕齋養新錄一六原道條：「原道二字出淮南原道訓。文心雕龍亦有原道篇。……」（四一五，華江版）

(四)錢基博韓愈志・韓集籀讀錄：「原道之作不始韓愈，淮南鴻烈解、劉勰文心雕龍，皆以弁其書，而與愈同題而異趣，蓋韓愈原道於仁義。（博愛之謂仁，行而宜之之謂義，由是而之焉之謂道。）一劉原道於自然，韓愈將以有為；一劉任性自然，此其較也。……」

(五)淮南子原道訓：「夫道者，覆天載地，廓四方，析八極，高不可際，深不可測。包裹天地，秉授無形。……舒之幎於六合，卷之不盈於一握。約而能張，幽而能明，弱而能強，柔而能剛。……」高誘注：「原，本也，本道根真，包裹天地，以歷萬物，故曰原道，因以題篇。」

(六)文心雕龍・原道篇：「文之為德也大矣，與天地並生者，何哉！夫玄黃色雜，方(天)圓體分(方)，日月疊璧，以垂麗天之象，山川煥綺，以鋪理地之形，此蓋道之文也。……龍鳳以藻繪呈瑞，虎豹以炳蔚凝姿，雲霞雕色，有踰畫工之妙，草木賁華，無待錦匠之奇，夫豈外飾，蓋自然耳！」饒宗頤注：「夫道者，『弘乎至化，通乎至理，萬物由之以通。』(法言李軌注)包裹天地，綱紀萬物，學者貴能執道之要柄，而遊於無窮之地，故淮南鴻烈，首原道之訓；揚雄法言，揭問道之旨，彥和論文，探源于道，即有取乎此也。范注云：『彥和所稱之道，指聖賢之大道而言。』引周禮『儒以道得民』為說，昧其本根，義未周浹。」(文心雕龍研究專號，三七頁，明倫景印本)

案：韓愈除原道外，另有原毀、原人、原性、原鬼，合稱五原。原毀篇云：「雖然，為是者有本有原。」又有本政篇。本與原字互文，亦探究根本之意。

又：呂氏春秋卷二三有原亂篇，以原為題，此為最早。然單篇論文以「原」為題則始於韓愈。其後牛僧孺〈原仁〉、皮日休〈原化〉、〈原親〉(唐文粹卷四三)；宋李覯〈原文〉(直講李先生文集九)、王安石〈原過〉(宋文鑑九六)、賈同〈原古〉、鄭褒〈原祭〉、陳堯佐〈原孝〉、(俱見宋文鑑九二)、蔡襄〈原賞〉(同書一〇三)、李清臣〈原勢〉(同書一〇四)；明宋濂〈文原〉、〈書原〉、王禕〈原諫〉、梁寅〈原治〉、王叔奠〈原命〉(俱見明文衡一六)；清章學誠〈原學〉、〈原約〉(文史通義史中)等皆承襲韓文五原而來。

二、韓愈原道篇寫作年代與地點（本篇著成專文載《毛子水先生九五壽慶論文集》七十七年四月）

三、「闢佛老以衛道」相關篇章言論

(一)論佛骨表：「夫佛本夷狄之人，與中國言語不通，衣服殊製，口不言先王之法言，身不服先王之法服，不知君臣之義，父子之情。……」（《韓昌黎集》三五六頁）

(二)與孟尚書書：「何有去聖人之道，捨先王之法，而從夷狄之教以求福利也？……古者楊墨塞路，孟子辭而闢之，廓如也。……釋老之害過於楊墨，韓愈之賢不及孟子。……使其道（儒道）由愈而粗傳，雖滅死萬萬無恨。……」（同前一二五—一二六頁）

(三)送浮屠文暢師序：「民之初生，固若禽獸夷狄然，聖人者立，然後知宮居而粒食，親親而尊尊，生者養而死者藏。……今吾與文暢安居而暇時，優游以生死，與禽獸異者，寧可不知其所自耶？」（同前一四八頁）

(四)送高閑上人序：「今閑師浮屠氏，一死生，解外膠，是其為心，必泊然無所起，其於世，必淡然無所嗜，泊與淡相遭，頹墮委靡，潰敗不可收捨，則其於書得無象之然乎？然吾聞浮屠人善幻，多技能，閑如通其術，則吾不能知矣！」（同前一五八、一五九頁）

(五)送王秀才序：「故學者必慎其所道，道於楊、墨、老、莊、佛之學，而欲之聖人之道，猶航斷港絕潢以望至於海也。」（同前一五三頁）

(六)送浮屠令縱西遊序：「其行異，其情同，君子許其進可也。令縱釋氏之秀者，又善為文。……藩維大臣，文武豪士，……其有遵行美德，建功樹業，令縱從而為之歌頌。……譏

評文章、商較人士，浩浩乎不窮，愔愔乎深而有歸，於是乎吾忘令縱之為釋氏之子也。……」（同前三九二頁）

(七)昌黎詩繫年集釋二送靈師詩：「佛法入中國，爾來六百年，齊民逃賦役，高士著幽禪，官吏不之制，紛紛聽其然，耕桑日失隸，朝署時遺賢。……才調真可惜，朱丹在磨研，方將斂之道，且欲冠其顛。……」（九八頁，河洛本）

(八)昌黎詩繫年集釋一送僧澄觀：「浮屠西來何施為，擾擾四海爭奔馳，構樓架閣切星漢，誇雄鬥麗止者誰。……皆言澄觀雖僧徒，公才吏用當今無。……又言澄觀乃詩人，一座競吟詩句新。向風長歎不可見，我欲收斂加冠巾。……」（六三頁）

(九)昌黎文集校注一本政：「周之政文，既其弊也。後世不知其承，大敷古先，遂一時之術以明示民，民始惑教，百氏之說以興。」補注：「按周末文弊易之以質宜也。而老莊之徒，不知其所以承之之道，生今反古，明示斯民以違背當王之政教，而眾說滋興，此啟亂之源也。」（同前二八頁）

(十)昌黎文集校注二進士策問十三首第十三：「……今之說者，有神仙不死之道，不食粟，不衣帛。薄仁義，以為不足為，是誠何道耶？聖人之於人，猶父母之於子，有其道而不以教之，不仁；其道雖有而未之知，不智。仁與智且不能，又烏足為聖人乎？……」（同前六二頁）

(十一)送廖道士序：「……郴之為州，在嶺之上。……中州清淑之氣，於是焉窮。……意必有魁奇忠信材德之民生其間，而吾又未見也，其無乃迷惑沒於老佛之學而不出耶！廖師郴民而學於衡山，氣專而容寂，多藝而善遊，豈吾所謂魁奇而迷溺者耶！……」（一五〇頁）

(十二)送張道士序：「張道士，嵩高之隱者，通古今學，有文武長材，寄迹老子法中，為道士以養其親。九年，聞朝廷將治東方貢賦之不如法者，三獻書，不報，長揖而去。……詩曰：開口論利害，劍鋒日參差，恨無一尺捶，為國笞羌夷。……詣闕三上書。……裁擇未及斯。……但當勵前操，富貴非公誰。」（一五七頁）

(十三)集釋一謝自然詩：「……人生處萬類，知識最為賢，奈何不自信，反欲從物遷。……人生有常理，男女各有倫，寒衣及飢食，在紡織耕耘，下以保子孫，上以奉君親，苟異於此道，皆為棄其身。噫乎彼寒女，永託異物群，感傷遂成詩，味者宜書紳。」（一六頁）

四、道統觀念源淵問題

(一)原道：「曰：斯道何道也？曰：斯吾所謂道也，非向所謂老與佛之道也。堯以是傳之舜，舜以是傳之禹，禹以是傳之湯，湯以是傳之文武周公，文武周公傳之孔子，孔子傳之孟軻，軻之死，不得其傳焉。」（一〇頁）

(二)送浮屠文暢師序：「……是故道莫大乎仁義，教莫大乎禮樂刑政。……堯以是傳之舜，舜以是傳之禹，禹以是傳之湯，湯以是傳之文武，文武以是傳之周公孔子，書之於冊，中國之人世守之；今浮屠者，孰為而孰傳之耶？」（一四八頁）

(三)陳寅恪〈論韓愈〉：「李漢昌黎先生集序略云：先生生於大曆戊申，幼孤，隨兄播遷韶嶺。寅恪案：退之從其兄會謫居韶州，雖年頗幼小，又歷時不甚久。然其所居之處為新禪宗之發祥地。復值此新學說宣傳極盛之時，以退之之幼年穎悟，斷不能於此新禪宗學說濃厚之環境氣氛中無所接受感發。然則退之道統之說，表面上雖由孟子卒章之言所啟發，實際上乃因禪宗教外別傳之說所造成，儒（案：疑當作佛）學於退之之影響亦大矣哉！」（陳寅恪先生論文集

下，一二八二頁）

(四)黃雲眉讀陳寅恪先生論韓愈：「根據景德傳燈錄及釋契嵩傳法正宗記所記，慧能法嗣四十三人，除神會外，惟懷讓、行思最為顯著。在韶州的令韜，雖然和神會一樣高壽，神會九十三歲，令韜九十五歲，都是到了上元初才死的，但令韜只是枯守老營，對南宗的建立和鞏固……沒有起過幫助的作用。另一個在韶州的法海，雖然壇經上提到他的名，傳燈錄上錄了他的幾句偈語，而在南宗，……也沒有什麼表現。……大致南宗學說的流播，北方以神會為歸，其盛行區域在洛陽。（原注：宋高僧傳神會傳系曰：「會師自南徂北，曹谿之法，洛中稱盛。」）南方的宗主，則一為衡州懷讓，懷讓傳道一，其盛行區域在江西。一為吉州行思。行思傳石頭，其盛行區域在湖南。……韶州自神會北去，韓愈南來的四、五十年間，沒有出色的禪和尚，在那裏宏揚南宗的宗風。……陳先生只注意韓愈幼年到過韶州，沒有注意韓愈到韶州的時候，新禪宗學說在那裏宣傳的實際情況，而便以為韓愈幼年受了新禪宗學說的影響，顯然是一種臆測之詞。……」

韓愈很早就有濃厚的道統自任的思想，二十六歲上考功崔虞部書的時候，已敢于說那種「斯道未喪，天命不欺，豈遂殆哉，豈遂困哉」的話，則孟子卒章所述，易于對這個少而樂觀孟子的韓愈，起啟發作用是無疑的。但幫助韓愈這種思想的滋長，應該是揚雄的書，而不是當時宣傳極盛的新禪宗學說。韓愈說「……晚得揚雄書，益尊信孟氏，因雄書而孟氏益尊，則雄者亦聖人之徒歟！」……在重答張籍書中也說「己之道，乃夫子、孟軻、揚雄所傳之道」。……（中國文學研究叢刊第二輯韓柳文研究叢刊七〇—七三頁）

案：劉夢得文集曹溪六祖大鑑禪師第二碑序：「……大鑒生新州，三十出家，四十七年而歿。」據景德傳燈錄，慧能以先天二年（即玄宗開元元年，〔七一三〕）八月卒。又：宋高僧傳八唐洛京荷澤寺神會傳，上元元年（七六〇）卒，年九十三，黃氏殆據此，惟傳燈錄作七十五。黃氏主要論點，認為韓愈至韶州，禪宗中心北移，韶州已非禪宗盛行之地。

(五)原道：「荀與揚也，擇焉而不精，語焉而不詳。」（一〇頁）讀荀篇：「荀與揚大醇而小疵。」（昌黎集校注一，二一頁）

(六)讀荀：「始吾讀孟軻書，然後知孔子之道尊，聖人之道易行。王易王、霸易霸也。以為孔子之徒沒，尊聖人者，孟氏而已。……孟氏醇乎醇者也。」（昌黎集校注一，二一頁）

(七)送王秀才序：「孟軻師子思，子思之學蓋出曾子。自孔子沒，群弟子莫不有書，獨孟軻氏之傳得其宗，故吾少而樂觀焉。……故求觀聖人之道，必自孟子始。」（昌黎集校注四，一五三頁）

(八)與孟尚書書：「古者楊墨塞路，孟子辭而闢之，廓如也。……孟子之聖賢，不得位，空言無施，雖切何補？然賴其言，而今學者尚知宗孔氏、崇仁義、貴王賤霸而已，其大經大法，皆亡滅而不救，壞爛而不收，所謂存十一於千百，安在其能廓如也。然向無孟氏，則皆服左衽而言侏離矣。故愈嘗推尊孟氏以為功不在禹下者，為此也。」（昌黎集校注一，一二五、一二六頁）

(九)張籍上韓昌黎第一書：「……執事聰明，文章與孟軻揚雄相若，盍為一書以興存聖人之道，使時之人，後之人知其去絕異學之所為乎？」（全唐文六八四）

(十)韓愈重答張籍書：「自文王沒，武王周公成康相與守之。禮樂皆在，及乎夫子未久也。自夫子而及乎孟子未久也，自孟子而及乎揚雄亦未久也，然猶其勤若此，其困苦若此，而能後有所立。吾其可易而為之哉？」（校注本一，七八—七九頁）

（十一）錢大昕十駕齋養新錄一六「原道」：「……老氏云：失道而後德，失德而後仁，失仁而後義。又云：大道廢有仁義，所謂去仁與義言之也。孟子曰：堯舜之道，孝弟而已矣！仁之實，事親是也；義之實從兄是也，道在邇而求諸遠，事在易而求諸難。人人親其親長其長，而天下平。所謂合仁義言之也。退之原道一篇，與孟子言仁義同功。仁與義為定名，道與德為虛位二語勝於宋儒。」（四五頁）

（十二）孟子卒章：「孟子曰：由堯舜至於湯五百有餘歲……若湯則聞而知之……。由湯至文王五百有餘歲……若文王則聞而知之……。由文王至於孔子五百有餘歲，……若孔子則聞而知之。……。由孔子而來至於今百有餘歲，去聖人之世，若此其未遠也，近聖人之居若此其甚也，然而無有乎爾，則亦無有乎爾。」

（十三）太史公自序：「太史公曰『先人有言，自周公卒，五百歲而有孔子；孔子卒後，至於今五百歲。有能紹明世、正易傳、繼春秋、本詩書禮樂之際，意在斯乎！意在斯乎！小子何敢讓焉。』」（史記會注考證卷一三〇，一九—二〇頁）

（十四）高步瀛原道注：「退之此文，即孟子末章之旨，至宋儒遂起道統之說，恐非孟子之意，亦未必為退之之意也。」（唐宋文舉要甲篇）

五、古文運動產生背景——排佛尊儒

（一）陳寅恪論韓愈：「……今所欲論者，即唐代古文運動一事，實由安史之亂及藩鎮割據之局所引起，安史為西胡雜種，藩鎮又是胡族或是胡化之漢人。故當時特出之文士，自覺或不自覺其意識中無不具有遠則周之『四夷交侵』，近則『五胡亂華』之印象。『尊王攘夷』所以為古文運動中心之思想也。」（陳寅恪先生論文集）

(二)論佛骨表：「夫佛本夷狄之人，與中國言語不通，衣服殊製，口不言先王之法言，身不服先王之法服，不知君臣之義，父子之情。……」（三五六頁）

(三)集釋一謝自然詩：「……人生處萬類，知識最為賢，奈何不自信，反欲從物遷。……人生有常理，男女各有倫，寒衣及飢食，在紡織耕耘，下以保子孫，上以奉君親，苟異於此道，皆為棄其身。噫乎彼寒女，永託異物群，感傷遂成詩，昧者宜書紳。」（一六頁）

(四)原道：「不入於老，則入於佛，入於彼，必出於此。入者主之，出者奴之；入者附之，出者污之。噫……後之人，其欲聞仁義道德之說，孰從而聽之？古之為民者四，今之為民者六。……奈之何民不窮且盜也。」

「今其法曰：必棄而君臣，去而父子，禁而相生養之道，以求其清靜寂滅者。……今也欲治其心，而外天下國家，滅其天常，子焉而不父其父，臣焉而不君其君，民焉而不事其事。……今也舉夷狄之法而加之先王之教之上，幾何其不胥而為夷也？」「孔子之作春秋也，諸侯用夷禮則夷之；進於中國，則中國之。經曰：夷狄之有君，不如諸夏之亡。……」

(五)昌黎詩繫年集釋一此日足可惜一首贈張籍：「開懷聽其（張籍）說，往往副所望。孔丘歿已遠，仁義路久荒，紛紛百家起，詭怪相披猖。……少知誠難得，純粹古已亡。」（四一頁）

(六)樊川文集一〇杭州新建南亭子記：「武宗云：窮天下者佛也。」

(七)張籍上昌黎書：「今天下資于生者咸備于生人之器用，至於人情則溺于異學而不由聖人之

道，使君臣、父子、夫婦、朋友之義沉於世而邦家繼亂，固仁人之所痛也。」（全唐文六八四頁）

(八)參閱韓愈研究二一八—二二一頁，古文運動淵源與產生背景一節。

六、篇章結構、作法、造句、修辭、及其問題

甲、篇章結構

(一)探究道本：

1.儒家根本為仁義。

2.儒家道德（合仁義）與老子道德（去仁義）不同。

案：此段不及儒道佛理之不同，理論為不周全。

(二)說明老佛盛行，儒道衰微原因。

1.信老佛者入主出奴，無從聞知道德仁義之說。

2.儒者好怪，無從求得道德仁義之說。

(三)說明老佛盛行禍害：民窮且盜。

(四)闢佛老：

1.從人類生命綿延觀點闢佛：聖人創造物質及精神文明，使人類得以綿延，而老子謂聖人不死大盜不止，否定聖人及其作為。

2.從人類社會生活觀點闢佛：聖人定職分（君、臣、民）教人相生養之道。而佛棄君臣、去父子，禁相生相養，求清靜寂滅。

案：儒家聖人定每一份子都有責任，人類得以生活，而佛家要擺脫社會家庭責任。

(五)再闢佛老：

1.從文化方面論：老子回返太古之無事，在文化演進上為不可能。

2.就修養方面論：儒家正心誠意，將以有為，為內聖外王之道；佛家治心，外天下滅天常，內聖不外王，乃夷狄行為。

(六)闡明道統。

(七)衛道對策：

1.禁老佛流行：人其人、火其書、廬其居。

2.闡明先王之道以導之。

乙、作法

(一)清林紓韓文研究法：「昌黎於原道一篇舒濬如導壅，發明如燭闇，理足於中，造語復衷之法律。俾學者循其塗軌而進，即可因文以見道。黃山谷曰：『文章必謹布置，每見後學多告以原道命意曲折。後以此槩求古人法度，如老杜贈韋見素詩，布置最得正體，如官府甲第，廳堂房室，各有定處，不可亂也。』須知文之不亂，恃其有法，始不亂也。昌黎生平好弄神通，獨于五原篇，沉實樸老，使學者有塗軌可循，故原道一篇反覆伸明，必大暢其所蓄而後止。……」（增訂本韓愈研究三二四頁引）

(二)錢基博韓愈志「韓集籀讀錄」：「韓愈原道，理瘠而文則豪。王陽明言：『原道一篇，中間以數個古字今字，一正一反，錯綜震盪，翻出許多議論波瀾，其議論筆力足以陵厲千古。』其實只以孟子之排調而運論語之偶句，奧舒宏深，氣機鼓盪。而劉海峰謂：『老蘇稱：韓文如長江大河，渾浩流轉，魚黿蛟龍，萬怪惶惑。惟此文足以當之。其實轉換無迹，只是以提折作推勘，看似橫轉突接；其實文從字順，亦正無他謬巧，只是文入妙來無過熟，自然意到筆隨，行乎所不得不行，止乎所不得不止。』」（韓愈研究三二五頁）

(三)清吳闓生（北江）云：「文長則恐氣不振拔，故復一問以警醒之，且與起處照應，以使首尾一氣貫注。」（唐宋文舉要）

(四)王禮卿云：「……至其文之筆法規矩，具詳分評。抑有須綜言之者，弟三大段為斥佛老正文，層層錯綜，使人目眩神搖。然其數小段中則有一種規律，即以古今字為眼目，反正相生者也。故從橫馳驟而無衝決之患，此其一。惟數小段用同一規律，又易板複，……所以無此失者，全在句法章句無處不變，能變則馳騁於規律之中，而不為所縛，此其二。凡長篇鉅製必善用此二法，始能一氣貫注而不板滯。此文變處極變，而排疊又極多，至有連續至八九句者，蓋變則氣疎而宕，疊則氣勁而凝，大文又必須兼此二者也……。」（歷代文約選詳評卷二，二五一頁）

案：長篇大論，後段易成強弩之末，用問答方式，足以提起文氣，猶江河下游易趨平緩，構築土堤，可使水勢跳蕩。韓愈原道末段，以問答作結，一則使文有變化且與首段照應，再則為蓄文勢，使文氣略作停頓，重加貫注。

丙、造句修辭

(一)詞性混用：動名詞混用。

「火於秦，黃老於漢，佛於魏晉梁隋之間。」

「諸侯用夷禮則夷之，進於中國則中國之。」

「人其人，火其書，廬其居。」

(二)一詞多義：用多義性詞語。

「為之君，為之師」、「為之衣」、「為之食」、「為之宮室」、「為之工」、「為之賈」、「為之醫藥」、「為之葬埋祭祀」、「為之禮」、「為之樂」、「為之政」、「為之刑」、「為之符璽斗斛權衡」、「為之城郭甲兵」、「為之備」、「為之防」。

「以之為己……以之為人……以之為心……以之為己……以之為天下國家……」。

「堯以是傳之舜、舜以是傳之禹、禹以是傳之湯、湯以是傳之文武周公、文武周公傳之孔子、孔子傳之孟軻」。

案：連用十七「為之」、五「以之」、四「以是」、六「傳之」。

(三)省主詞

「【佛老】不塞，【儒道】不流；【佛老】不止，【儒道】不行。」

「【夷】進於中國則中國之。」

(四)省動詞

「【為】老者曰：孔子，吾師之弟子也。」

「【為】佛者曰：孔子，吾師之弟子也。」

「【為】孔子者，習聞其說，樂其誕而其小也。亦曰：吾師亦嘗師之云爾。」

(五)用對比

「其亦幸而出於三代之後，不見黜於禹湯文武周公孔子也，其亦不幸而不出於三代以前，不見正於禹湯文武周公孔子也。」

「其所謂道……非吾所謂道也。其所謂德……。非吾所謂德也。凡吾所謂道德云者……老子之所謂道德云者？」

「其言道德仁義者，不入于楊，則入于墨……後之人其欲聞仁義道德之說孰從而聽之？老者曰……後之人……其孰從而求之。」

「古之為民者四，今之為民者六，古之教者處其一，今之教者處其三。……古之時……今其言曰聖人不死。……今其法曰……必棄而君臣……。帝之與王……今其言曰……古之所謂正心而誠意者……今也欲治其心……孔子之作春秋也……今也舉夷狄之法，而加之先王之教之上。……」

(六)用疊字

「行而宜之之謂義」

「曷不為葛之（者）之易也，曷不為飲之（者）之易也。」

「由周公而上上而為君，由周公而下下而為臣。」

(七)詞語連用

1.「為之君，為之師」至「患生而為之防」，連用十七個【為之】。

(1)意義上分兩組：(A)「為之君，為之師」為一組。(B)「為之衣」、「為之食」、「為之宮室」、「為之工」、「為之賈」、「為之醫藥」、「為之葬埋祭祀」、「為之禮」、「為之樂」、「為之政」、「為之刑」、「為之符璽斗斛權衡」、「為之城郭甲兵」、「為之備」、「為之防」為一組。

(2)結構上分五組：(A)「為之君，為之師」二平行句說一事。(B)「為之衣」「為之食」「為之宮室」一對句、一單句說三事（食衣住）(C)「為之工」至「為之刑」用八平行句說八事。(D)用二相字句接「為之」說二事。(E)用二「而為之」為句說二事。

2.「其文……其法……其民……其位……其服……其居……其食……其為道……其為教……」連用九其字。

3.「以之為己……以之為人……以之為心……以之為天下國家……」「堯以是傳之舜、舜以是傳之禹、禹以是傳之湯、湯以是傳之文武周公、文武周公傳之孔子、孔子傳之孟軻。」連用四「以之」、四「以是」、六「傳之」。

案：送孟東野序：連用三十八個鳴字，畫記，記人事用三十一個者字；記馬事用二十九個者字，歐陽詹哀辭：「詹事父母盡孝道，仁於妻子，於朋友義以誠」，三句句法三變。畫記：「牛大小十一頭、橐駝三頭、驢如橐之數而加其一焉。」三句句法二變。長段出以整齊，可變而不變，與短句力求變化，不易變而變，皆為造句奇特之表現。

丁、有關問題

（一）「甚矣，人之好怪也，不求其端，不訊其末，惟怪之欲聞。」

1. 吳摯甫云：「其，指聖人之作為。」（唐宋文舉要）

2. 姚鼐云：「論仁義道德是求其端，自『古之為民』以下五段皆訊其末之事。」（古文辭類纂五四頁）

3. 馬其昶補注：「篇中論聖道論佛老皆求端訊末之事。」

4. 王禮卿云：「蓋吾道乃合仁義而為道德皆求端訊末之事，佛老乃去仁義而為道德，皆怪異之論。」（歷代文約選詳評卷二，二五一頁）

案：代詞與其所代之名詞相距必不遠，據前文觀察，此「其」字，當指怪說。

（二）（曰：）夫所謂先王之教者何也？

（曰：）博愛之謂仁。……

（曰：）斯道也，何道也？

（曰：）斯吾所謂道也。……

（曰：）然則如之何而可也？

（曰：）不塞不流，不止不行。……

案：第三問，缺「曰」字，於文不相稱，但對禹問篇「然則」上亦省曰字。

或問曰：堯舜傳諸賢禹傳諸子信乎？

（曰：）然。

（曰：）然則禹之賢不及於堯與舜也歟？

（曰：）不然。……

七、融化古文自鑄偉詞

（一）「有聖人者立，然後教之以相生養之道。為之君，為之師，驅其蟲蛇禽獸而處之中土。」

1. 孟子梁惠王下引書曰：「天降下民，作之君，作之師。」

2. 滕文公上：「益烈山澤而焚之，禽獸逃匿。」

3. 滕文公下：「禹驅龍蛇而放之菹。」又：「周公驅猛獸。」

（二）「寒然後為衣，飢然後為食。木處而顛，土處而病也，然後為之宮室。」

易繫辭下：「上古穴居而野處，然後聖人易之以宮室，上棟下宇以待風雨，蓋取諸大壯。」

(三)「為之工以贍其器用」

1. 繫辭下：「古者包犧氏……作結繩而為罔罟，次佃以漁，蓋取諸離。」

2. 神農氏作，斲木為耜，揉木為耒，耒耨之利以教天下，蓋取諸益。

3. 黃帝堯舜……刳木為舟，剡木為楫，舟楫之利以濟不通。致遠以利天下，蓋取諸渙。服牛乘馬引重致遠以利天下，蓋取隨。重門擊柝以待暴客，蓋取諸豫。斷木為杵，掘地為臼，臼杵之利，萬民以濟，蓋取自小過。弦木為弧，剡木為矢，弧矢之利，以威天下，蓋取自睽。

(四)「為之賈以通其有無。」

繫辭下：「月中為市，致天下之民，聚天下之貨，交易而退，各有其所，蓋取自噬嗑。」

(五)「為之醫藥，以濟其夭死，為之葬埋祭祀，以長其恩愛。」

1. 史記三皇本紀：……「故號神農氏……始嘗百草，始有醫藥。」

2. 易繫辭下：「古之葬者厚衣之以薪，葬之中野，不封不樹，喪期無數，後之聖人易之以棺槨，蓋取諸大過。」

案：以上五節第一節取自孟子，餘皆本易繫辭聖人觀象制器章。據此可知韓愈運用古文之一斑，所謂：「師其意，不師其辭」（昌黎集校注三答劉正夫書）亦可概見其鱗爪。另參韓愈研究二五七—二六一頁「師其意，不師其辭」一節。

八、闡明春秋大義——夷狄之辨在文化不在種族

(一)原道：「孔子之作春秋也，諸侯用夷禮則夷之；進而中國則中國之。」

(二)高步瀛注：「春秋僖二十三年，杞子卒，左氏傳曰：書曰子，杞，夷之也。二十七年：杞子來朝。左氏傳曰用夷禮，故曰子。桓十五年：邾人，牟人，葛人來朝，公羊傳曰：皆何以稱人？夷狄之也」。……昭十二年：晉伐鮮虞。穀梁傳曰：其曰晉，夷之也，皆用夷禮則夷之之例。（唐宋文舉要甲編）

(三)同前：「春秋莊二十三年：荊人來聘，公羊傳曰：荊何以稱人？始能聘也，何邵公羊傳解詁曰：明夷狄能慕王化，修聘禮，受正朔者，當進之，故使稱人也，……襄二十九年：吳子使禮來聘，公羊傳曰：吳無君無大夫，此何以有君有大夫？賢季子也。穀梁傳曰：吳其稱子何也？善使延陵季子，故進之也，皆進於中國則中國之例。」（唐宋文舉要甲編）

(四)陳寅恪唐代政治史述論稿：「種族之分，多繫於其人所受之文化，而不在其所承之血統。」又云：「漢人與胡人之分別，在北朝時代文化較血統尤為重要。凡漢化之人即目為漢人，胡化之人即目為胡人，其血統如何，在所不論。」（全集一六八頁）

案：韓愈在原道篇指出春秋經一個重要觀念，即夷狄之辨在文化，不在種族。崇尚禮義的文明諸侯國家，稱為諸夏，諸夏如兇殘野蠻則黜為夷狄。諸夏是文化集團的代稱，不是代表一個種族，由於這種觀念，故許多視為夷狄諸侯列國學習禮義後，都進入華夏集團，使華夏民族不斷擴大，不斷綿延。諸夏集團在西周時原在黃河流域，春秋時不斷擴大，秦楚吳越都因接受禮義教化入華夏集團，使華夏成為大國，五胡入據中原，成為華夏一份子，西方猶太人南宋時曾入居中國開封，後皆化為中國人。（猶太教即剌樂業教，南宋時傳入，元立碑）

九、推重大學奠定新儒學基礎

(一)原道：「傳曰：『古之欲明明道於天下者，先治其國；欲治其國者，先齊其家；欲齊其家者，先修其身；欲修其身者，先正其心；欲正其心者，先誠其意。』然則古之所謂正心而誠意者，將以有為也，今也欲治其心而外天下國家，滅其天常，子焉而不父其父；臣焉而不君其君；民焉而不事其事。」

(二)馮友蘭中國思想史：「韓愈於此特引大學。大學本為禮紀中之一篇……自漢以後至唐無特別稱道之者。韓愈以其『明明德』『正心』『誠意』之說……以見儒佛雖同一『治心』，而用意不同，結果亦異。此後至宋明，大學亦為宋明道學家所根據之重要典籍焉。」（舊本八〇三頁）

(三)陳寅恪論韓愈：「原道此節為吾國文化史中最有關係之文字……退之發現小戴記中大學一篇，闡明其說，抽象之心性與具體之政治社會組織，可以融會無礙；即盡量談心談性，兼能濟世安民，雖相反而實相成，天竺為體，華夏為用。退之於此奠定後來宋代新儒學之基礎。」（陳寅恪先生論文集下）

(四)同前：「綜括言之，唐代之史可分前後兩期，前期結束南北朝相承之舊局面，後期開啟趙宋以降之新局面……退之者，唐代文化學術史上承先啟後轉舊為新關捩點之人物也。」（同上）

案：羅聯添韓愈研究：「然儒佛二家出發點相同，都注重『心』的修養。此一提示，使大學成為宋明理學家所根據之重要典籍，韓愈遂被尊為理學家之先驅。總之，韓愈提出大學誠意正心之說，是掃除歷來經學章句的繁瑣，奠定宋明新儒學（義理之學）基礎。陳寅恪推崇韓愈為開新局面的人物，其故在此。」（三版二一一頁）

十、宋儒對原道篇之批評及其迴響（本篇刊載於書目季刊廿二卷三期，七十二年十二月）

貳、短篇議論文（原人、讀荀、讀墨子）分析

一、「原人」篇探討

甲、主題

(一)「一視同仁，篤近舉遠。」

(二)馬其昶補注引徐敬恩曰：此文為西銘開端發鑰，一視同仁，理一也。篤近舉遠，分殊也。推其道，欲使夷狄禽獸，皆得其情。其言仁體，廣大之至，直與覆載同量。

乙、篇章結構與作法

(一)人為動物（天地之間動物）

1. 原人點題：探討人的本原——夷狄禽獸皆人，生於天地之間，夷狄禽獸皆與人同類（動物類），人包括夷狄禽獸。

2. 人類範圍：包括禽獸、人、飲食男女，即食色與禽獸同，故人即為動物，但禽獸不可包括人，此節用對話方式三問三答。

(二)人為動物主人

1. 人道亂，而夷狄禽獸不得其情（人間道德秩序紊亂，夷狄禽獸不得順情生長）。

2. 人為夷狄禽獸之主（動物世界主人，人為萬物之靈）。

(三)主人待從屬當一視同仁，篤近舉遠。

1. 主人之道，不施暴於從屬（不施暴於夷狄禽獸）。

2. 結論：即主題所在，一視同仁，篤近舉遠。使人道不亂，維持道德秩序，必須視夷狄禽獸為同類，由近而遠，即親親仁民、愛物，層層推廣。

3. 本篇與原道、原性、原鬼皆點題為先，原毀點題在後。

4. 全篇分三大段落六小節。

5. 首段第二節用對話，三問三答，文有層次起伏，不平淡呆板。

丙、原人與張載西銘比較

(一)西銘：乾為父，坤為母，民吾同胞，物吾與也。

(二)朱子西銘注：蓋以乾為父，坤為母，有生之類，無物不然，所謂理一也，血脈之屬，各親其親，各子其子，則其分安得而不殊哉？一統而萬殊，則雖天下一家，中國一人而不流於兼愛之弊，萬物而一貫，則雖親殊異情，貴賤異等而不特於為我之私，此西銘大旨也。

(三)主旨相同：皆表現理一分殊。原人主「一視同仁，篤近舉遠」，西銘主「民胞物與」、主愛有差等。人同此心，為理一，各盡心意，為分殊。

(四)看法有別：

1. 人與天地關係：原人，人與天地對等關係，西銘，人與天地為親子關係；原人，無以天地為父母之觀念，人與天地並立，都是主人，是相對平等關係。西銘，以乾坤為父母，人附屬於天地，人與天地是親子關係。

2. 人與物關係：原人篇，人為物主，人與物是主從關係。西銘，認為人與物皆天地父母所生養，故以眾人為兄弟，萬物為同伴、朋友，人與物是兄弟、同伴關係。

天	人	地
日月星辰	夷狄禽獸	草木山川
天地	眾人（同胞）	萬物（吾與）

丁、原人與道、墨兩家比較

(一)原人推愛「一視同仁，篤近舉遠」，與西銘「民胞物與」皆主理一分殊，愛有差等。即物我有別，人我有異。（人同此心是為理一，各盡心意是為分殊。）

(二)墨家兼愛，愛人父如己父，愛無差等，是為無父，消除人我對立，人我合一。

(三)莊子齊物，天地與我並生，萬物與我為一，消除人我、物我對立，渾然一體、物我合一。西銘，物我對立，人我對立。

戊、蘇軾韓愈論問題

「夫聖人之所為異乎墨者以其有別焉耳；今愈之言曰：『一視而同仁』則是以待人之道待夷狄，待夷狄之道待禽獸也。」

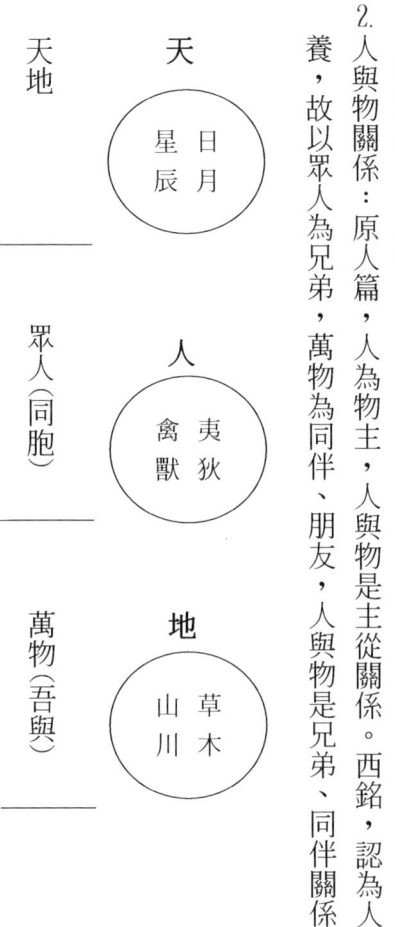

二、「讀荀」分析

甲、主旨

(一)借題舒己意：馬其昶校注曰：按公嘗言世無孔子，不當在弟子之列，讀此文，見其自命不在孟子下，借題以舒己意。（二〇頁題下注）

(二)抑荀尊孟：「始吾讀孟軻書，然後孔子之道尊……孟氏醇乎醇者也，荀與揚大醇而小疵。」卷四送王秀才序：「求觀聖人之道，必自孟子始。」

案：作者尊孟即所以揚己，寫自己抱負志在繼孟子發揚聖道。

乙、「荀與揚大醇而小疵」詮釋

(一)荀子大醇：荀尊孔子，認為孔子仁智不蔽，非十二子篇云：「若夫總方略、齊言行、壹統類、而群天下之英傑，而告之以大古，教之以至順……仲尼、子弓是也。」又解蔽篇：「曲知之人，觀於道之一隅，而未之能識也。故以為足而飾之，內以自亂，外以惑人，上以蔽下，下以蔽上，此蔽塞之禍也。孔子仁智且不蔽，故學亂術足以為先王者也。一家得周道，舉而用之，不蔽於成績也。故德與周公齊，名與三王并，此不蔽之福也。……」

案：荀子以為各家皆有所見而亦各有所蔽，孔子仁智不蔽知「道」之全體，與孟子謂孔子為「集大成」者同一旨意。

(二)荀子小疵：①荀子言性惡，主化性積美與孟子主性善、盡性成善不同。②孟子謂盡性知天，萬物皆備於我，荀子以為「幽隱而無說，閉約而無解。」③孔子謂天有主宰。孟子謂天，或為主宰，或為運命，或為義理，荀子殆受老莊影響，以天為自然，無生命意志，天論篇云：

「天行有常，不為堯存，不為桀亡，應之以治則吉，應之以亂則凶。」④孔、孟主德治，荀子主禮治，內外亦同。⑤孔、孟法先王言必稱堯舜，荀子主法後王，非十二子篇云：「不知法後王而一制度是俗儒者也。」⑥孟子言仁義，貴王賤霸，荀子主富國強兵，稱美管仲桓公。

(三)揚子大醇：①以孔子為宗。法言吾子篇：「山徑之蹊，不可獨由矣；向牆之戶，不可獨入矣。曰：惡由入？曰：孔氏，孔氏者，戶也。」又君子篇：「仲尼之道，猶四瀆也，經營中國，終入大海，它人之道也，西北之流也。」「或曰：人各是其所是，而非其所非，將使誰正之，曰：萬物紛錯則懸諸天；眾言淆亂則折諸聖。」①推崇孟子，法言君子篇：「或問孟子知言之要，知德之奧。曰：非苟知之，亦允蹈之。或曰：子小諸子，孟子非諸子乎？曰：諸子者，以其知異於孔子者也，孟子異乎？不異。」（案意謂道同於仲尼）③揚雄自比於孟子。孟子闢揚、墨，興儒道，揚雄闢陰陽家之言，復儒家思想，法言吾子篇「古者楊、墨塞路，孟子辭而闢之，廓如也，後之塞路者有矣，竊自比於孟子。」後之塞路者指陰陽家之言，揚雄闢陰陽，使儒學與之分離，其功同於孟子。

(四)揚子小疵：法言問道篇：「老子言道德，吾有取焉耳，及搥提仁義，絕滅禮學，吾無取焉耳。」作太玄，以為玄乃宇宙最高原理，為萬物產生之動力，著書立說者應以玄為主，學說中多老易思想。

丙、結構

(一)孟、揚皆孔子之徒：

1. 讀孟軻書知孔子

2.讀揚雄書知孟子

(二)戰國至漢聖道不傳，存而醇者唯孟、揚：

1.周衰，六經與百家錯雜，然老師大儒猶在。

2.火於秦，黃、老於漢，其存而醇（純一不雜）者，孟軻氏而止耳，揚雄氏而止耳。

(三)讀荀書知軻雄之間有荀卿，其大旨與孔子同，而其辭若不粹。

(四)效孔子刪荀書之不合者。

(五)結論：孟子醇乎醇，荀與揚大醇而小疵。

(六)第一段孟揚並列，第二段亦孟揚並列，第三段荀在孟之下、揚之上，第四段荀與揚並立，在孟子之下。

孔——孟——揚→孔——孟——荀——揚→孔——孟——荀揚

醇
- 醇 —— 甲、孟子
- 大醇
  - 乙、荀子
  - 丙、揚雄

丁、作法

(一)起、承、轉、結突兀。馬其昶校注：「無端而來，截然而止，中間突起突轉，此數者，文家秘密法也。」（二〇頁題注）

1. 突起：從讀孟起始與題無關，讀之有突兀之感，韓愈送董召南序：「燕趙古稱多慷慨悲歌之士」起筆與此同。

2. 突承：提出揚雄亦與題無關。

3. 突轉：「及讀荀氏書」突然轉入正題。

4. 突止：大醇小疵，突然收束，不求說明，留下問題亦留下餘味。

(二)賓主轉換疊出。錢基博韓愈志：「讀荀子，以孟軻揚雄作陪，借賓定主，而折衷於孔子，穿插三人以為線索……」（研究三三〇頁）由孟起頭，次由孟入揚，再由孟揚入荀，是為由賓入主。刪荀書，稱孟為醇乎醇以達尊孟主題是為出主入賓。

三、「讀墨子」

甲、主旨

孔墨相互為用，孔子必用墨子，墨子必用孔子，不相用不足為孔墨。

乙、段落組織

(一)孔墨相通

1. 尚同、博愛、尊賢、畏鬼思想相同。

(1)孔子畏大人，不非邦大夫，譏專臣，即墨子尚同之意。

(2)孔子泛愛親仁博施濟眾與墨子兼愛相同。

(3)孔子賢賢四科進褒弟子，疾沒世而名不稱與墨子尚賢同。

(4)孔子祭如在等語，與墨子明鬼相同。

2.儒墨是非觀念無異。

3.修身正心以治天下國家目標一致。

(二)孔墨不相悅，生於末學。

(三)結論：孔墨相同。

丙、相用說評論

(一)王安石讀墨詩其中云：「兼愛為無父，排斥固其理，孔墨必相用，自古寧有此？」（王安石詩集四）

(二)五百家注昌黎集引宋嚴有翼韓文切證：「墨子之書，孟子疾其兼愛無父，力排而禽獸之。其言曰：『揚墨之道不熄，孔子之道不著，能言距揚墨者，聖人之徒也。』今退之謂孔子必用墨子，墨子必用孔子，抑何乖刺如是耶？若以孔墨為必相用，則孟子距之為非矣！其與孟荀書則又取孟子距揚墨之說，以謂向無孟氏皆服左衽而言侏離矣！故推尊孟子，以為其功不在禹下。意以己之排佛老可以比肩孟氏也。殊不知言之先後，自相矛盾，可獨其說哉！（文後注）」

(三)孟子滕文公：「楊氏爲我是無君也；墨氏兼愛是無父也，無父無君是禽獸也——楊墨之道不息，孔子之道不著，是邪說誣民，充塞仁義也。」

案：韓愈與孟尚書書：「楊墨行，正道廢。」上宰相書：「所讀皆聖人之書，楊墨釋老之學無所入於其心。」進士策問十三首第四則亦稱道孟子闢墨（六〇頁）。凡此可見韓愈言論自相抵牾，然宋洪舁為之辯曰：「孟子以前皆以孔墨並稱，則墨亦大賢，孟子特以其非中道，其流不能無弊，故闢之耳！藝文志曰：『墨家者流，蓋出於清廟之守，茅屋采椽，是以貴儉；養三老五更，是以兼愛；選士大射，是以尚賢；宗祀嚴父；是以右鬼；順四時而行，是以非命；以孝視天下，是以尚同；此其所長也，退之讀墨，蓋出於此。莊孟荀卿之論，皆斥其所短也。』」（五百家注昌黎集引・校注本轉引沒其名姓）作者或有意調和二家消除歷來對立觀念，以顯現儒家思想融通博大，文疑韓愈晚年作。

丁、孔墨思想主張相通問題

(一)尚同：墨子主一鄉之長上同於國君，國君上同於天志，以君作為是非標準，天下是非齊一，不息紛爭，方法由下而上，由鄉長上同國君，上同於天。孔子居是邦不非其大夫，譏專斷之臣是對大夫國君的尊崇，並非將大夫、君作為是非標準，更無上同於天志。

(二)兼愛與泛愛親仁：墨子主愛無差等，視人父為己父，孟子故斥為無父，儒家泛愛眾而親仁，仁者為親，愛有差等，博施濟眾，在親親之後實行的目標。「老吾老以及人之老，幼吾幼以及人之幼」「親親仁民」為推己及人之愛。推愛不同於兼愛，又墨子言「兼相愛交相利」愛與利並論，而孔子「與命與仁，罕言利。」愛與利分離。孟子尤嚴義利之辨。五百家注引補注稱伊川（頤）曰：或問退之讀墨一篇如何？曰：此一篇意亦甚好，但言不謹嚴，便有不是處，至若言孔子尚同兼愛，則甚不可也。

(三)尚賢與賢賢：墨子尚賢「富之、貴之、敬之、舉之、信之、任之」，賢者以義為歸，以公平無私為準，有極濃厚功利思想。

(四)明鬼與敬鬼：墨子言天志，肯定神鬼存在。鬼神能賞善罰暴，態度為尊天事鬼。孔子不言天道，不語怪力亂神，態度敬鬼神而遠之，祭祖先在慎終追遠，表思慕與誠敬。「祭如在：祭神如神在」不在乎有無鬼神。

參、短篇雜文（對禹問、說雲龍、伯樂相馬、獲麟解）分析

一、對禹問

甲、解題：撰作動機、主旨

㈠解答夏禹傳子疑問。（亦夏禹傳子說新解）

㈡孟子萬章上：萬章問曰：「人有言：『至於禹而德衰，不傳於賢而傳於子』有諸？」孟子曰：「否，不然也，天與賢，則與賢；天與子，則與子……孔子曰：唐虞禪，夏後殷周繼其義一也。」

㈢堯舜傳賢，夏禹傳子，孟子以為出於天意，韓愈提出「堯舜利民，夏禹慮民」之說，以補孟子天意說的不足。

㈣孟子主天意，韓以人事觀點說明，韓愈推測孟子以為聖人不會偏私於其子，但找不出理由，因以天意解說。韓愈以為夏禹深謀遠慮，傳子可避免爭亂。蓋傳賢既不可得，不如傳子，傳

子則不爭；不得賢，猶可守法；傳人則爭，不得賢則亂。

案：孟子萬章上：昔者堯薦舜於天而天與之，暴之於民而民受之……天與之，人與之，故曰天子不能以天下與人。……太誓曰：天視自我民視，天聽自我民聽。此其謂也。禹薦益於天，七年，禹崩。三年之喪畢，益避禹之子於箕山之陰。朝覲訟獄者，不之益而之啟，曰：「吾君之子也。」謳歌者不謳歌益而謳歌啟，曰：「吾君之子也。」此知孟子所謂天意，是以民意為依歸，夏禹傳子（夏啟繼位）乃出於民意，韓只就天意一層而論，未達孟子本意。

乙、組織結構與段落大意

就組織看，全篇由五組問答（五問五答）組合而成。

(一)【或問】曰堯舜傳賢，禹傳子信乎？曰：然。

(二)【問曰】禹之賢不及堯舜？曰：不然。禹慮民深。

(三)【問】曰：堯舜何以不憂後世？曰：【不然】堯傳舜憂後世，禹傳子慮後世。

(四)【問】曰：禹之慮民深，傳子不淑如何？曰：傳賢不得，不如傳子，傳子前定可不爭（傳子免爭亂，不淑亦佳。）傳子不賢可守法。

1. 未前定傳人則爭。
2. 前定：傳子不爭
3. 前定：傳子不賢可守法。
4. 未前定：傳人不賢則爭且亂。
5. 聖人不可待而傳，不如傳子，傳子不得賢猶可守法。

(五)【問】曰：孟子何以謂天與賢則與賢，天與子則與子？曰：聖人無私，故以天意解之。

就意義上可分：

1. 堯舜傳賢為利民（利當代為現實）夏禹傳子為慮民（慮後世為未來）。

2. 堯舜傳賢亦憂後世（亦慮民）。堯先知舜能傳賢，舜先知禹能傳子（得其人而傳）。

3. 禹慮民深：聖人（湯、伊尹）不可待而傳，傳聖不得，不如傳子。

(1)傳子前定不可爭。

(2)傳子不賢可守法。

4. 說明寫作動機，補充孟子天與說之不足。

丙、作法分析

(一)張裕釗曰：「一氣馳驟而下，逐層搜抉，期於樵碎而止，此種實得力於孟子。」（一八頁題注引）

案：氣馳驟原故有二：①用散文單筆。蓋散文可使文氣流轉節奏快速，駢文複筆易使文氣鬆弛，節奏緩慢。②用問對體。語氣自然馳驟。

(二)劉大櫆：評韓文獲麟解作法為「尺水興波與江河比大。」用後浪推前浪層層進逼方式，劈入問題核心 ——→ 傳子避免爭亂，不淑亦佳。

1. 禹傳子信乎？然 ——→

2. 禹賢不及堯舜？不然（禹慮民深）——→

3. 堯舜不慮民？不然（堯舜禹皆慮民）——→

4. 禹慮民特深，然（傳子不善免爭亂）

丙、評論（研究三二六頁）（一八三題注）

(一)姚範曰：尖峭勁肅。

(二)劉大櫆云：議論高奇而筆力勁健屈曲，足達其意。

(三)張裕釗云：雄潤高朗高之概，寓之遒簡勁整，彌覺聲光鬱然紙上。

(四)林紓韓文研究法：「待人而傳，無論人也子也，惟賢而已。自有此語，立將公私畛域，一語打通。……文字明豁，道理切實。……」

(五)錢基博：對禹問以排調運偶語，與原毀同。

二、說雲龍

甲、題旨

(一)馬其昶補注引李光地云：「此篇取類至深，寄託至廣。精而研之，如道義之生氣，德行之發為事業文章。大而言之。如君臣之遇合，朋友之應求，聖人之風之興起百世，皆是也。」（校注一九頁）

(二)清吳楚材吳調侯古文觀止評注：「此篇以龍喻聖君，雲喻賢臣。言賢臣固不可無聖君；而聖君尤不可無賢臣。」（研究三二七頁）

(三)錢基博韓愈志：「古人多以雲龍喻君臣，而韓愈雜說雲龍，卻別有解。龍喻英雄，雲喻時勢。雲，龍之所能使為靈：若龍之靈，則非雲之所能使為靈，喻英雄能造時勢，而時勢不造英雄，無英雄則無時勢，無龍則無雲也，結穴於『其所憑依乃其所自為也！』以策勵英雄之自造時勢。」

龍寓意（道義、人德、君〔聖君〕、朋友、聖人、英雄）

雲寓意（浩氣、事業文章、臣〔賢臣〕、朋友、百世、時勢）

案：吳楚材君臣說似可從。文末云：「易曰：雲從龍。既曰龍雲從之矣！考易乾卦文言傳：九五曰：飛龍在天，利見大人何謂也，子曰：同聲相應，同氣相求，水流濕，火就躁，雲從龍，風從虎，聖人作而萬物覩。本乎天者親上，本乎地者親下，則各從其類也。」言物理自然感應，多從其類，此以龍虎喻聖人，風雲喻賢人君子（萬物）。又史記伯夷列傳：「君子疾沒世而名不稱焉。……同明相照，同類相求，雲從龍，風從虎，聖人作而萬物覩，伯夷叔齊雖賢，得夫子而名益彰，顏淵雖篤學附驥尾而行益顯。」此以龍虎喻聖人孔子、風雲喻賢人伯夷叔齊與顏淵。唐王昌齡《鄭縣宿陶大公館中贈馮六之二》詩云：「昨日辭石門，五年變秋露，雲龍未相感，干謁亦已屢。」此以龍雲喻君臣。

乙、結構：文分六節

(一)龍之靈：龍噓只求成雲，雲是龍所為，靈在龍不在雲。

(二)雲之靈：雲是龍所乘，龍賴雲得窮乎玄間

(三)龍之靈：雲之靈龍所為，龍之靈雲不能使。

(四)雲之靈：雲是龍所憑依，龍不得雲則不靈。

(五)龍之靈：所憑依，乃其自為。

(六)肯定龍之靈：既是龍自所噓氣成雲而憑依之。意謂既為君主應能拔擢賢人而依之。

三、伯樂相馬

甲、出處

(一)莊子馬蹄篇：「伯樂曰：我善治馬。」經典釋文：「姓孫名陽，善馭馬。孫陽字伯樂，秦穆公時人，善治馬相馬。」

(二)韓詩外傳卷七：「使驥不得伯樂，安得千里之足，造父亦無千里之手矣！」

(三)列子卷八說符篇：「秦穆公謂伯樂曰：子之年長矣，子姓有可使求馬者乎！」「伯樂相馬之形，九方皐相馬之神於牝牡驪黃之外。」

(四)韓昌黎集一「送溫處士（溫造）赴河陽軍序」：「伯樂一過冀北之野，而羣馬遂空，夫冀北馬多於天下，伯樂雖善治（知）馬，安能空其羣耶！解之者曰：吾所謂空，非無馬也，無良馬也，伯樂知馬，遇其良輒取之，羣無留良焉，苟無良，雖謂無馬不為虛語矣！」

(五)戰國策楚策：汗明見春申君曰：汗明見春申君，候問三月，而後得見。談卒，春申君大說之。汗明欲復談，春申君曰：「僕已知先生，先生大息矣。」汗明憱焉曰：「明願有問君而恐固。不審君之聖，孰與堯也？」春申君曰：「先生過矣，臣何足以當堯？」汗明曰：「然則君料臣孰與舜？」春申君曰：「先生即舜也。」汗明曰：「不然，臣請為君終言之。君之賢實不如堯，臣之能不及舜。夫以賢舜事聖堯，三年而後乃相知也。今君一時而知臣，是君聖於堯而臣賢於舜也。」春申君曰：「善。」召門吏為汗先生著客籍，五日一見。汗明曰：「君亦聞驥乎？夫驥之齒至矣，服鹽車而上太行。蹄申膝折，尾湛胕潰，漉汁灑地，白汗交流，中阪遷延，負轅不能上。伯樂遭之，下車攀而哭之，解紵衣以之。驥於是俛而噴，仰而鳴，聲達於天，若出金石聲者，何也？彼見伯樂之知己也。今僕之不肖，阨於州部，堀穴窮巷，沈洿鄙俗之日久矣，君獨無意湔拔僕也，使得為君高鳴屈於梁乎？」

乙、主旨與撰作年代

歎有賢才而無識才者。與第一篇說雲龍主旨同，當為唐德宗貞元十七年，韓愈未入仕或入仕而不得志時作。

丙、段落結構

(一)有伯樂乃有千里馬。

(二)千里馬常有，伯樂不常有。（名馬辱於奴隸之手，死於槽櫪之間）

(三)無伯樂無千里馬。（不知有千里馬）

(四)無伯樂千里馬為常馬。

1. 不知有千里馬——養馬者（非伯樂）不知千里馬。
2. 有千里馬無伯樂；千里馬成為常馬。（飼馬者不知馬能千里而食一石）
3. 非天下無馬，而是不知馬（無伯樂）。

丁、修辭問題（略）

四、獲麟解

甲、主旨

韓愈以麟比喻自己。麟，出不以時，猶己生不逢辰，無人識技，是為不幸。（與雜說篇千里馬必待伯樂，主旨相同。）又：說馬語壯，言外尚有希求，作麟詞悲，心中別無繫望。前者樂觀，後者悲觀。

乙、撰作年代

據說雲龍、說馬、獲麟解三篇的內容暨韓文公貞元年間行踪事蹟，推測其著作年代。

(一)說雲龍，希望有遇。

(二)伯樂相馬疑與三上宰相書同時，亦見為人求薦書，頁一一九：求薦求知，求伯樂相馬（某聞木在山，馬在肆，遇之而不顧者，雖日累千萬人，未為不材與下乘也；及至匠石過之而不睨，伯樂遇之而不顧，然後知其非棟梁之材、超逸之足也。以某在公之宇下非一日，而又辱居姻婭之後，是生於匠石之園，長於伯樂之廄者也。於是而不得知，假有見知者，千萬人亦何足云。今幸賴天子每歲詔公卿大夫貢士，若某等比咸得以薦聞，是以冒進其說以累於執事，亦不自量已。然執事其知某如何哉？昔人有鬻馬不售於市者，知伯樂之善相也，從而求之，伯樂一顧，價增三倍。某與其事頗相類，是故終始言之耳。某再拜。）

(三)據主題，韓愈事蹟探討，獲麟解貞元十六年以前作（參研究一五〇頁）：

韓愈在徐州為張建封所黜：外集卷上三九八頁《題李生壁》：貞元時六年五月作於睢陽，余黜於徐州，將西出於洛陽，泛舟於清冷地，泊於文雅台下。……貞元時六年五月十四日昌黎韓愈書。

丙、結構組織

比較說明四篇結構的異同：

(一)麟為祥瑞（知），（麟載於經傳，為人知），為幸。

(二)麟謂之不祥（不可知），（麟形狀不可知）喻人才德不為人知是為不幸。

(三)麟不為不祥（知），（麟為聖人出，聖人知麟）。（伯樂知馬）

(四)麟謂之不祥（不待人知）（不待聖人出），（麟之出，不待聖人）。（又曰：生不逢時是為不幸）

丁、修辭問題

造句修辭上有一毛病：「又曰」二字上無所承，疑或字之誤。

戊、寫作淵源推測

韓文公短篇散文寫作方法的根源：

(一)古文影響（左傳）：晉楚城濮之戰，齊晉鞌之戰。

(二)杜律影響：（語不驚人死不休）（律詩尺幅千里）杜甫能在律詩狹窄園地上造成種種奇觀，有如胡桃核上雕瀑布及微小景物。

(三)畫記啟示：受人物畫的啟發。小畫幅容納無數物象。用作畫筆法及寫詩筆法寫小品散文。

1. 趙侍御於貞元甲戌十年（七九四）二十七歲，與獨孤申叔在京師彈棋得此畫。

2. 貞元十一年作畫記。

己、劉大魁稱本篇「尺水興波，與江河比大」，張裕釗認為「反覆變化，近文家擒縱之妙」

(一)「尺水興波」問題：尺水興波是人造波浪，非江海自然波浪，就是在極小篇幅中翻騰，表現千里一瀉的浩蕩氣勢，或浪濤起伏抑揚頓挫的壯偉景象，把描述平淡的散文，變為驚心動魄的藝術品，這是韓愈散文創作的特技。其所以如此，必須從駢文說起。駢文之特色：

1. 講對仗：（平衡原則）具對稱美。

2. 用典故：（塑造心裡叵雜）具心靈感受之美感。

3. 調平仄：具聽覺美感。

4. 鋪華辭：具視覺之美。

駢文本身純是藝術品，但駢文不宜載道（難以發揮精義），以散代駢，可用以載道，而駢偶藝術性（美感）喪失，韓愈提倡散文，除載道外，也想創造具有藝術性散文，如此可絕對壓倒駢文，內容形式都足以勝過駢文。散文不能在平仄、字句對仗、詞藻上面講求，必須在文氣、修辭造句、結構組織方面講求，來創造散文藝術形式（韓愈有意把散文變成載道的藝術品），要創造散文藝術形式，必須用人為工夫，創造奇特景觀（怪奇字句、特殊結構等）。人為工夫如用得過份，演變到末流，如皇甫湜、孫樵輩，散文空洞無物，變成空架子。散文與駢文一樣，成為不能載道的藝術品，只可觀賞，不切實用。

(二)又尺水興波有二方式：

1.是層層進逼，後浪推前浪形式，如對禹問、伯樂相馬、伯夷頌。

2.是反覆迴旋，急流迴渦形式，如說雲龍、獲麟解。

案：要創造散文藝術形式，必須用人為工夫（製造奇特景觀、特殊結構、雄渾氣勢等），人為工夫如用得過份，其結果往往矯揉造作。客氣（虛偽）多（盛）真氣少。如鄭騫先生永嘉室雜記云：「盛唐以前，無論駢散，皆有醇美安雅之氣質，自韓昌黎出，矯揉造作，逞態弄姿，客氣盛而真氣衰矣。……不善學韓文者，其末流弊至於此，不可不辨。」演變到末流，空洞無物，散文成為藝術品，只供觀賞，不足載道。

肆、進學解析論有關資料

一、題解、主旨

(一)禮記卷三六學記：「善問者，如攻堅木，先其易者，後其節目。及其久也，相說（脫）以解。不善問者反此。善待問者，如撞鐘，叩之以小者則小鳴，叩之以大者則大鳴。待其從容，然後盡其聲；不善答問者反此，此皆進學之道也。」鄭注：「此皆善問善答也。」孔穎達正義：「善問善答，此皆進益學者之道也。」

(二)禮記經解孔疏引皇氏曰：「解者，分析之名。」說文：「解，判也。」廣雅釋詁三：「解，說也。」

(三)五百家注昌黎集一二引宋樊汝霖：「進學解出於東方朔客難、揚雄解嘲，而公過之，孫樵所謂韓文公以進學解窮者此也。」（亦見校注本題下引，二五頁）案：「進學解窮」語，當出孫樵集，待考。

(四)舊唐書卷一六〇韓愈傳：「復為國子博士，愈自以才高累被擯黜，作進學解以自喻」（參韓愈研究三三二頁）

(五)明茅坤唐宋八大家文鈔卷三：「……其（進學解）主意專在宰相，蓋大才小用，不能無憾，而以怨懟無聊之辭託之人，自怨自責託之己，最得體。」（研究三三三頁）

(六)林紓韓文研究法：「【進學解】大旨不外以己所能，借人口為之發洩，為之不平，極口肆詈，然後製為答詞。引聖賢之不遇時為解，說到極謙退處，愈顯得世道之乖，人情之妄，只有樂天安命而已。……」（研究三三三頁）

(七)林雲銘古文析義初編卷五：「……把自家許多伎倆，許多抑鬱，盡數借他人口中說出，而自家卻以心平氣和處之，看來無嘆老嗟卑之迹，其實嘆老嗟卑之心，無有甚於此者。乃送窮文之變體也。」（研究三三七頁）

案：送窮文，元和六年（八一一）作。（參韓愈研究七八頁）所謂窮，指智窮（喜方惡圓，不害善良）、學窮（不顧命數聲名，只抉發幽微掊取群言）、文窮（無一技之長，專寫怪奇文章）、命窮（面醜心善，利居眾後，責在人先）、交窮（吐出心肝，寘我讎究）。五窮「所以使吾面目可憎，語言無味，及仕途不順。因備車船飲食以送其去。然繼思窮者所以令我立名百世，因又『燒車與船，延之上座。』」（校注本三二九頁）

二、寫作年代及其背景

(一)舊唐書卷一六〇韓愈傳：「復為國子博士。……作進學解。……執政覽其文而憐之，以其有史才，改比部郎中史館修撰。」

(二)新唐書卷一七六韓愈傳：「復為博士，既才高數黜，官又下遷，乃作進學解以自喻。曰……執政覽之奇其才，改比部郎中史館修撰。」

(三)五百家注昌黎集卷一二題解引宋韓醇注：「據本傳（指新唐書本傳）云：……元和八年三月二十三日也。」

(四)唐宋文舉要甲編卷三高步瀛注：「新唐書百官志：『國子監祭酒一人。從三品，總國子、太學、廣文、四門、律、書、算，凡七學。』」案：唐國子、太學分為二學，退之為國子博士。此文太學自指國子監，蓋唐之國子監當古之太學也。韓子年譜曰：「元和七年春，復為國子博士。」韓注謂此文作於元和八年三月二十三日。

(五)五百家注「三年博士」句引宋樊汝霖注：「公元和初權知國子博士，避謗求分教東都，三歲即真也。舊傳作三為博士。蓋公正（貞）元十八年為四門博士，元和初自江陵掾入為國子博士，至是元和七年自尚書外郎為之，作三為博士亦可。」

(六)宋洪興祖韓子年譜：「憲宗實錄云：【元和】七年二月乙未職方員外郎韓愈為國子博士。……進學解云：『三年博士，冗不見治。』舊史作三為博士」。案公貞元壬午（十九年）授四門博士，元和丙戌（元年）為國子博士，丁亥分教東都，今年（元和七年）又自郎官下遷，凡四為博士矣。此先言「暫為御史」繼言「三為博士」則自丙戌（元和元年）而後三歷此官也。若云「三年」則自元年夏赴召至四年春尚為博士，首尾四年矣。

(七)方崧卿韓譜增考云：「丙戌（元和元年）為博士，丁亥（二年）分教東都生，不可釐而為二，舊史及古本皆作『三為博士』，蓋後人以二『為』字相比，遂易其一也。」

(八)宋方崧卿韓集舉正卷四「進學解」「三為博士」下注：「舊史謂貞元末為四門博士，元和初為國子博士，今復下遷。諸本多作三年。樊謂公元和元年六月為博士，四年六月遷都官，史謂三歲為真，蓋三年也。」

(九)清陳景雲韓集點勘：「此文作於職方左遷後，史傳甚明，似無可疑。……」（校注二六頁引）

(十)朱子韓文考異卷四「有年」下云：「今按此文，恐非職方遷時作。」又「三年博士」下云：「年方（指方崧卿韓集舉正）作為。……今案二字（年、為）之說，皆通。但以『暫為』『三年』兩字相對觀之，則見其為要官不久，而為冗職多時，年字似差勝耳。」（見五百家注本附錄韓文類譜）

(十一)四部叢刊本朱校昌黎先生文集卷一二「進學解」「三為博士」下注：今按洪譜，則樊說為是，當作三年。唐本詩注、行狀皆有三年字，何煩曲說乎？然洪亦附三為之說則又誤矣！（亦見校注引）

案：舊唐書以後，各家皆以進學解為元和七年下遷國子博士後作。惟朱子考異以「三年博士」「年」字差勝，而謂「恐非職方左遷時作。」然據進學解有「國子先生晨入太學、招諸生立館下」語，自當作於韓愈為國子博士時。新舊唐書「三年」作「三為」，則必作於元和七年下遷國子博士後。「三年博士」，宜視為追述語。朱子據以懷疑非左遷時作，未妥。

三、體裁來源

韓愈自貞元十七年冬至元和七年（八〇一—八一二）歷任博士、御史、縣令，從事於都官、職方，嘗貶官、遭謗、為宦官君吏所訟，亦獲罪於宰相。（詳參韓愈研究五九—八四頁韓愈事蹟各節，或韓愈傳二九—四八頁，五一—八各節）窮愁困阨，孤憤難平，因作此文，藉以解窮。宜與元和六年（八一〇）正月所作送窮文參看。

(一)五百家注引宋樊汝霖注：「進學解出於東方朔客難、揚雄解嘲，而公過之。……」（已見前引、亦見校注本題下引。）

(二)曾國藩「求闕讀書錄」卷八韓昌黎集：「進學解仿東方朔客難、揚雄解嘲。氣味之淵懿不及，而論道論文二段精實處過之。」（校注本節引）

(三)校注本引李光地云：「此文與解嘲千載稱絕。」

(四)清林紓韓文研究法：「進學一解本於東方客難，揚雄解嘲，孫可之比諸玉川子月蝕詩，謬矣！」

(五)清林雲銘「韓文起」評語卷二：「其【進學解】格調雖本客難、解嘲、答賓戲諸篇，但諸篇都是自抒己長。……」

(六)清蔡鑄古文評註補正全集卷六：「……沈確士曰：【進學解】體格是從客難、解嘲、答賓戲得來。而此文揚人抑己，尤勝前作。……至篇中用韻語，亦步子雲之後，更為可誦云。」

(七)清儲欣「唐宋十大家全集錄」「昌黎先生全集錄卷一」：「進學解其體自漢人來，其文則漢未有。自此文出，而客難、解嘲、賓戲接踵仿效者，于是乎絕矣！信乎其能超前而斷後也。」

(八)宋王十朋「梅溪王先生文集前集卷十九『讀進學解』條：韓退之進學解，蓋揚子雲解嘲、班孟堅賓戲之流也。然文詞雄偉過班、揚遠矣！……」

(九)宋洪邁容齋隨筆卷七「七發」條：「……東方朔答客難，自是文中傑出，揚雄擬之為解嘲，尚有馳騁自得之妙。至於崔駰達旨、班固賓戲、張衡應閒皆屋下架屋，章摹句寫，其病與士林同。及韓退之進學解出，於是一洗矣。」

(十)同前卷十五「逐貧賦」條：「……韓公進學解擬東方朔客難，柳子晉問篇擬枚乘七發。……皆極文章之妙。」

(十一)明王鏊震澤長語卷下：「韓子進學解，準東方朔客難作也。柳子晉問，準枚乘七發作也。然未嘗似之。……」

(十二)朱子語類卷一三九：「賓戲、解嘲、劇秦、貞符諸文字皆祖宋玉之文。進學解亦此類。」

(十三)劉師培論文雜記：「答問始於宋玉答楚王問，蓋縱橫家之流亞也。厥後子雲有解嘲之篇，孟堅有賓戲之答，而韓昌黎進學解，亦此體之正宗也。」

四、結構作法

(一)國子先生誨弟子

業患不能精，無患有司之不明；行患不能成，無患有司之不公。

(二)弟子反辯

1. 先生之於業可謂勤矣（學）。
2. 先生之於儒可謂有勞矣（儒）。
3. 先生之於文可謂閎中肆外（文章）。
4. 先生之於為人可謂成矣（為人）。
5. 公不見信於人，私不見助於友，跋前躓後，動輒得咎（結果）。

(三)先生解釋

1. 大木細木，各得其宜，施以成室，匠氏之工。

2. 丹砂青芝，牛溲馬勃俱收並蓄，待用無遺，醫師之良。
3. 登明選公，校短量長，惟器是適，宰相之方。
4. 孟荀二儒，絕類離倫，優入聖城，而不遇於世。
5. 乘馬從徒，安坐而食，動而得謗，名亦隨之，投閑置散，乃分之宜。

五、作法評述

(一)清林雲銘古文析義初編卷五「進學解」：「首段以進學發端，中斷句句是駁，末斷句句是解，前呼後應，最為綿密。……把自家許多伎倆，許多抑鬱，盡數借他人口中說出，而自家卻以平心和氣處之，看來無嘆老嗟卑之迹，其實嘆老嗟卑之心，無有甚於此者。」

(二)高步瀛唐宋文舉要甲編卷三，分析進學解作法謂首段「設為誨諸生之言以發端」，次段「設為弟子難詞」。三段「假設答詞」。

(三)清林紓韓文研究法：「進學解則所謂沉浸濃郁，含英咀華者，真是一篇漢人文字。……昌黎所長在濃淡疏密，相間錯而成文。骨力仍是散文，以自得之神髓，略施丹鉛，風采遂煥然于外。……文不過一問一答，而啼笑橫生，莊諧間作，文心之狡獪，歎觀止矣！」（研究三三三頁）

(四)錢基博韓愈志「韓集籀讀錄」：「進學解雖抒憤慨，亦道功力，圓亮出以儷體，骨力仍是散文，濃郁而不傷縟雕，沉浸而能為流轉，參漢賦之句法，而運以當日之唐格。」（研究三三四頁）

六、與「答客難」「解嘲」異同比較

(一)文選卷四五東方朔答客難（節錄）：「客難東方朔曰：『蘇秦張儀壹當萬乘之主，而身都卿相之位，澤及後世。今子大夫修先王之術，慕聖人之義，諷誦詩書百家之言。……自以為智能海內無雙。……然悉力盡忠，以事聖帝，曠日持久，積數十年，官不過侍郎，位不過執戟。……其故何也？』東方先生喟然長息，仰而應之曰：「……彼一時也，此一時也，豈可同哉！夫蘇秦張儀之時，周室大壞，諸侯不朝，力政爭權，相擒以兵，……得士者強，失士者亡，故說得行焉。……今則不然，聖帝德流，天下震慴，諸侯賓服。……天下平均，合為一家，動發舉事，猶運之掌，賢與不肖，何以異哉？……使蘇秦、張儀與僕並生於今之世，曾不得掌故（應劭漢書注：掌故，百石吏，主故事者）。安敢望侍郎乎？……」

1. 來源：文選四五宋玉對楚王問：「楚襄王問於宋玉曰：『先生具有遺行與？何士民不譽之甚也？』宋玉對曰：「唯，然有之；願大王寬其罪，使得畢其辭。客有歌於郢中者，其始曰下里巴人，國中屬而和者，數千人。……其為陽春白雪國中屬而和者不過數十人。……是其曲彌高，其和彌寡。故鳥有鳳，魚有鯤。……非獨鳥有鳳，魚有鯤，士亦有之。夫聖人瑰意琦行，超然獨處，夫世俗之民又安知臣之所為哉？」

2. 題旨：漢書卷六五東方朔傳：「【武帝時】朔上書陳農戰之計。……指意放蕩（商鞅韓非之語），頗復恢諧，辭數萬言，終不見用，朔因著論設客難己，用位卑以自慰喻。」

3. 體裁：問答體，設客問東方先生。（一問一答）

(二)同前揚子雲解嘲（節錄）：「客嘲揚子曰：吾聞上世之士，人綱人紀，不生則已，生必上尊人君，下榮父母，析人之珪，儋人之爵，懷人之符，分人之祿。……今吾子幸得遭明盛之世，處不諱之朝，……曾不能畫一奇，出一策，上說人主，下談公卿，……顧默而作太玄五千文，枝葉扶疏，獨說四十餘萬言。然而位不過侍郎。……何為官之拓落也？」揚子笑而應之曰：……往昔周網解結，群鹿爭逸，離為十二，合為六七，四分五剖，並為戰國，士無常君，國無定臣，得士者富，失士者貧。……是故鄒衍以頡頏而取世資，孟軻雖連蹇猶為萬乘師。今大漢左東海，右渠搜，前番禺，後椒塗。……天下之士雷動雲合，魚鱗雜襲。……譬若江湖之崖，渤澥之島，乘雁集不為之多，雙鳧飛不為之少。……故世亂則聖哲馳騖而不足，世治則庸夫高枕而有餘。……嚮使上世之士處乎今世，……又安得青紫？」……客曰：……揚子曰：……夫蕭規曹隨，留侯畫策，陳平出奇功。……雖其人之膽智哉，亦會其時之可為也。……

1. 來源：仿答客難。

2. 題旨：漢書八七下揚雄傳：「哀帝時丁、傅董賢用事（丁明，哀帝母兄。傅晏，哀帝傅皇后父），諸附麗者起家二千石，時雄方草太玄，有以自守泊如也。或以嘲雄以玄尚白（玄當黑，尚白，無可用）。而雄解之，號曰解嘲。」

3. 體裁：問答體，設客嘲揚子。（二問二答）

(三)錢基博韓愈志「韓集籀讀錄」：「……其實東方朔客難，以『彼一時也，此一時也』杜意；揚雄解嘲則結穴於『亦會其時之可為也』一語，皆以時勢不同立論；而進學解則靠定自身發揮，此命意之不同也。客難瑰邁宏放，猶是國策縱橫之餘，解嘲鏗鏘鼓舞，則為漢京詞賦之體，而進學解跌宕昭彰，乃開宋文爽朗之意，此文格之不同也。所同者，則以主客之體，自

譬自解以抒憤鬱耳！」（研究三三四頁）

㈣參酌前說，復歸納進學解與二者之異同如下：

1. 體裁：均為問答體，唯客難一問一答，解嘲二問二答，進學解則一誨一辯一解。又客難、解嘲以主客問答方式，進學解則用先生弟子口氣。

2. 命意：發感慨，抒怨憤。

3. 寫作動機：東方朔、揚雄因不得升遷而作，韓愈因受謗左遷而作。

4. 文格：客難有戰國策士餘風；解嘲為西漢詞賦之體，進學解出以儷體，骨力仍是散文。

5. 作法：

⑴客難解嘲從時勢不同立論，進學解就自身發揮。

⑵客難解嘲怨憤寄託於自己語言，進學解則藉弟子發洩。

七、「頭童齒豁」

㈠昌黎文集校注卷三與崔群書：「近者尤哀憊左車第二牙無故動搖脫去，目視昏花，尋常間便不分人顏色，兩鬢半白，頭髮五分亦白其一，鬚亦有一莖兩莖白者。」（一一〇頁）

案：德宗貞元十八年（八〇二）作，時年三十五歲。

㈡同前卷五祭十二郎文：「吾年未四十，而視茫茫，而髮蒼蒼，而齒牙動搖。……自今年來，蒼蒼者或化為白矣，動搖者或脫而落矣！」（一九六頁）

案：貞元十九年（八〇三），三十六歲作。

㈢昌黎詩繫年集釋卷二落齒詩：「去年落一牙，今年落一齒。俄然落六七，落勢殊未已。餘存

皆動搖，盡落應始止。……餘存二十餘，次第知落矣。儻常歲落一，自足支二紀。如其落并空，與漸亦同指。……」（八二頁）

案：貞元十九年（八〇三），三十六歲作。

(四)昌黎文集校注卷一五箴序：「余生三十有八年，髮之短者日益白，齒之搖者日益脫，聰明不及於前時，道德日負於初心。」（三一頁）

案：貞元廿一年（八〇五）作。

(五)昌黎詩繫年集釋卷三：「赴江陵途中寄贈……三學士」詩：「失志早衰換，前期擬蜉蝣，自從齒牙缺，使慕舌為柔。……」（一三九頁）

案：貞元廿一年（八〇五），三十八歲作。

(六)昌黎文集校注卷二上兵部李侍郎書：「薄命不幸，動遭讒謗，進寸退尺，卒無所成。……學成而道益窮，年老而智益困，私自憐悼，悔其初心，髮禿齒豁，不見知己。……」（八三頁）

案：貞元廿一年（八〇五）九月作。

(七)昌黎詩繫年集釋卷四「感春」四首其三：「冠欹感髮禿，語誤悲齒墮。」（一六九頁）

案：憲宗元和元年（八〇六），三十九歲作。

(八)同前卷五「贈崔立之評事」詩「竄逐新歸厭聞鬧，齒髮早衰嗟可閔。」（二五〇頁）

案：元和元年（八〇六），三十九歲作。

(九)同前卷六送侯參謀（繼）赴河中幕：「憶昔初及第，各以少年稱，君頤始生鬚，我齒清如冰。爾時心氣壯，百事謂己能，一別詎幾何，忽如隔晨興，我齒豁可鄙，君顏老可

憎。……」（三一一頁）

案：元和四年（八〇九），四十二歲作。

(十)同前卷八贈劉師服詩：「羨君齒牙牢且潔，大肉硬餅如刀截，我今呀豁落者多，所存十餘皆兀䠒，匙抄爛飯穩送之，合口軟嚼如牛呞，妻兒恐我生悵望，盤中不飣栗與梨，衹今年纔四十五，後日懸知漸莽鹵。……」（三六九頁）

案：「年四十五」，當元和七年（八一二）。

(十一)同前卷八寄崔二十六立之詩：「……我雖未耋老，髮禿骨力羸，所餘十九齒，飄飄盡浮危，玄花著兩眼，視物隔褷褵。……」（三七九頁）

案：元和七年（八一二）冬作。

(十二)昌黎文集校注卷八潮州刺史謝上表：「臣少多病，年纔五十，髮白齒落，理不久長。」（三五七頁）

案：元和十四年（八一九），五十二歲作，「五十」，概略言之。

(十三)昌黎詩繫年集釋十二除官赴闕至江州寄鄂岳李大夫【程】：「我齒落且盡，君鬢白幾何，年皆過半百，來日苦無多，少年樂新知，哀暮思故友」。……（五二四頁）

案：元和十五年（八二〇），五十三歲作。

八、孟荀並列問題

(一)進學解：「昔者孟軻好辯，孔道以明，轍環天下，卒老於行，荀卿守正，大論是弘，逃讒於楚，廢死蘭陵，是二儒者，吐辭為經，舉足為法，絕類離倫，優入聖域，其遇於世何如

哉！」（二七頁）

(二)清張伯行重訂唐宋八大家文鈔卷三：「【進學解】持論甚正，但以荀卿並孟子，而謂二儒入聖域，夫孟子固不待言，至荀卿敢為異說而不顧。孟子謂性善，荀卿獨謂性惡，甚且詆孟子為亂天下，如此之人，烏得與孟子列，昌黎之見謬矣！」（研究三三三頁）

(三)原道篇「吾所謂道也，非向所謂老與佛之道也，堯以是傳之舜……孔子傳之孟軻，軻之死，不得其傳焉。荀與揚也，擇焉而不精，語焉而不詳。……」（一〇頁）

(四)讀荀篇：「始吾讀孟軻書，然後知孔子之道尊，……及得荀氏書……考其辭時若不粹。……孟氏醇乎醇者也，荀與揚大醇而小疵。」（二一頁）

(五)送王秀才序：「孟軻師子思，子思之學蓋出曾子，自孔子沒，群弟子莫不有書，獨孟軻氏之傳得其宗，故吾少而樂觀焉。……故求觀聖人之道必自孟子始。」（一五三頁）

(六)昌黎文集校注卷三與孟尚書書：「孟子雖賢聖，不得位，空言無施，雖切何補，然賴其言，而今學者尚知宗孔氏，崇仁義，貴王賤霸而已，其大經大法皆亡滅而不救，壞爛而不收，所謂存十於千百，安在其能廓如也。然向無孟氏，則皆左衽而言侏離矣！固愈嘗推尊孟子，以為功不在禹下為此也。」（一二五、一二六頁）

(七)原性篇：「孟子之言性曰：人之性善；荀子之言性曰：人之性惡；揚子之言性曰：人之性善惡混。夫始善而進惡，與始惡而進善，與始也混而今也善惡；皆舉其中而遺其上下者也，得其一而失其二者也。」

九、總評

（一）唐孫樵集卷二與王霖秀才書：「玉川子月蝕詩，楊司成華山賦，韓吏部進學解，馮常侍清和壁記，莫不拔地倚天，句句欲活。讀之如赤手捕長蛇，不施控騎生馬，急不得暇。莫不

【可】捉搦。」

（二）舊唐書韓愈傳：「復為國子博士。愈自以才高，累被擯黜，作〈進學解〉以自喻。……執政覽其文而憐之，以其有史才，改比部郎中、史館修撰。」

（三）新唐書韓愈傳：「執政覽之，奇其才，改比部郎中、史館修撰。」

（四）洪興祖韓子年譜：「……然則執政憐其數黜，且以其有史才，故除是官，非止奇其能文而遷擢之也，新史務簡，遂失其實。」

（五）洪譜元和八年引憲宗實錄韓愈除官制：「太學博士韓愈，學術精博，文力雄健，立詞措意有班馬之風，求之一時甚不易得，加以性方道直，介然有守，不交勢利，自致名望。可使執簡，列為史官，記事書法，必無所苟。……」

案：據制詞，韓愈遷官史館修撰，蓋由於①學術精博。②筆力雄健，有班馬之風。③為人介然有守，不交勢利。舊唐書本傳稱「以其有史才」當指韓愈平日表現之學養而言。即制詞所謂學術、文筆、為人各方面之學養。新書本傳稱執政因奇其進學解所表現之文才而遷官，誠有未妥。歸納上列前人所論得下列各端：①結構：前呼後應，最為綿密。②作法：自譬自解，以抒憤鬱，啼笑橫生，莊諧間作，文心最為狡獪。③內容議論：論道論文精實過客難、解嘲。④文字：沈浸濃郁，含英咀華，濃淡疏密，相間成文。一洗摹擬痕迹，極文章之妙，成為超前斷後之作。⑤氣味淵懿不及客難、解嘲。

又案：進學解傳誦千古，一則由於文字新奇宏美，再則乃因內容抒憤，為無數文人才士吐氣。

伍、伯夷頌資料增訂

一、主題

(一)曾國藩求闕齋讀書錄卷八韓昌黎集：「伯夷頌，舉世非之而不惑，乃退之生平制行作文宗旨，此自況之文也。」

(二)劉開孟塗文集卷一書韓退之伯夷頌後：韓子所以推崇伯夷者，美矣至矣，蔑以加矣。然彼非無為言之也，伯夷當商、周革命之際，獨顯斥其非，且以一死存萬世君臣之義，固其立行之高，亦所見之能決也。夫聖賢之事何常，亦決於義而已矣。賈子曰：貪夫殉財，烈士殉名。故士之有志者，無得失之見易，無毀譽之見難，不惑於流俗之是非也易，不動於君子之臧否也難。伯夷行一己之安，且以眾聖人之行為恥，而近世之抗志希古者，乃為一凡人之毀譽所奪，此退之所以慨乎其言之也，且退之亦嘗負當世之謗矣。夫不為天下所共非者，必不能成一人之是。當退之卓起波靡中，為眾人所不能為。犯天下之不韙，其所謂豪傑之士，信道篤而自知明者，雖頌伯夷，倘亦有自任之意乎？且彼排二家於千載之下，挽頹波於八代之餘，百折九死，不易其志，是誠舉世非之而不惑者矣，故其論古於伯夷有深契云。

(三)清林紓韓文研究法：「……唯伯夷一頌大致與史公同工而異曲。史公傳伯夷，患己之無傳，故思及孔子表彰伯夷，傷知己之無人也。昌黎頌伯夷，信己之必傳，故語及豪傑，不因毀譽而易操。曰：『今世所謂士者，一凡人譽之，則自以為有餘，一凡人沮之，則自以為不足。』見得伯夷不是凡人，敢為人之不能為，而名仍存於天壤，而己身自問，亦特立獨行者，千秋之名，及身已定，特借伯夷以發揮耳。蓋公不遇於貞元之朝，故有託而洩其憤，不知者，謂為專指伯夷而言。夫伯夷之名，孰則弗知，寧待頌者。讀昌黎文當在于此等著眼，方知古人之文，非無為而作也。」(研究三三八頁)

(四)錢基博韓愈志「韓集籀讀錄」：「伯夷頌，論體而頌意，其實乃補太史公伯夷列傳後一篇贊耳。原毀以慨世道，為是非之公言之也；伯夷頌則以自況，為斯道之重言之也。……」(研究三三九頁)

案：以伯夷之特立獨行自況，藉抒憤怨，固為本文主旨，然篇末云：「微二子亂臣賊子接跡於後世矣。」立忠臣義士典範亦具用心所在。

二、結構與作法

甲、結構分析

(一)豪傑之士特立獨行，信道篤而自知明。

(二)窮天地亙萬世不顧人之非議。

1. 一家非之而不惑，寡。

2. 一國一州非之而不惑，天下一人。

3.舉世非之而不惑，千百年一人。

4.窮天地亙萬世不顧人之非議，唯伯夷而已。

(三)釋特立獨行信道篤自知明。

1.武王伐紂獨以為不可。

2.天下宗周，獨餓死不顧。

(四)釋窮天地亙萬世。

1.今世之士因凡人之毀譽而憂喜。

2.伯夷叔齊獨非聖人而自是。

(五)結語：「微二子亂臣賊子接跡於後世矣。」認定夷齊為忠臣典型。

乙、作法分析

(一)馬其昶校注：「按用筆全在空隙取勢，如水之一氣奔注，中間卻有無數迴波盤旋而後下。後幅換意換筆，語語令人不測，此最是古人行文秘密處也。」

(二)錢基博韓愈志「韓集籀讀錄」：「……原毀賦，而伯夷頌則比意，其文破空而來，寓提折於排宕，亦學孟子以開蘇氏，蘇氏策論多仿之。」（研究三三九頁）

(三)補注引姚鼐曰：「皆（皆豪傑之士）字冒下賓主四層。」

案：伯夷精神在「特立獨行」一語，故全篇以「不顧」、「獨」兩個辭語貫串上下文。如云：「不顧人之是非」，「若伯夷者窮天地亙萬世而不顧者也。」「彼伯夷叔齊者乃獨以為不可」，「彼二子乃獨恥食其粟，餓死而不顧」，「彼獨非聖人而自是如此。」余故曰：「若伯夷者特立獨行、窮天地亙萬世而不顧者也。」

三、修辭問題

史記伯夷列傳文中伯夷叔齊並舉。本篇或單舉伯夷，或夷齊並列（或云二子），文例不一，不無可議，如第二段單舉伯夷，第三段云：「彼伯夷叔齊者」、「彼二子」，第四段「若伯夷者」亦單舉伯夷，第五段「微二子」又以二人並列。

四、論語、孟、莊子、史記有關伯夷的論述

(一)論語公冶長：「子曰：伯夷叔齊，不念舊惡，怨是用稀。」

(二)述而：「冉有曰：夫子為衛君乎？子貢曰：諾，吾將問之。入，曰：伯夷叔齊何人也？曰：古之賢人也。曰：怨乎？曰：求仁而得仁又何怨。出，曰：夫子不為也。」

案：衛君指出公輒，衛靈公逐太子蒯聵，聵奔晉。靈公卒，衛人立聵子輒，晉人納聵，衛拒之。夷齊兄弟讓國，夫子許其仁，故知夫子不為衛君。（聵輒父子爭國）

(三)微子：「逸民：伯夷、叔齊……柳下惠。子曰：不降其志不辱其身，伯夷叔齊與！」

(四)季氏：「齊景公有馬千駟，死之日，民無德而稱焉。伯夷叔齊餓於首陽之下，民到于今稱之。」

案：孔子對夷齊看法，歸納得下列各要點：

1. 不念舊惡。
2. 讓國而逃，求仁得仁。
3. 不降志，不辱身（即避地隱居，不仕亂朝之意）。

4.餓於首陽，為民所稱。

(五)孟子公孫丑上：曰：「伯夷伊尹何如？」曰：「不同道。非其君不事，非其民不使，治則進，亂則退，伯夷也。何事非君，何使非民，治亦進，亂亦進，伊尹也。可以仕則仕，可以止則止，可以久則久，可以速則速，孔子也。皆古聖人也。吾未能有行焉，乃所願，則學孔子也。」「伯夷、伊尹於孔子，若是班乎？」曰：「否。自有生民以來，未有孔子也。」曰：「然則有同與？」曰：「有。得百里之地而君之，皆能以朝諸侯有天下。行一不義，殺一不辜，而得天下，皆不為也，是則同。」

(六)孟子公孫丑上：孟子曰：「伯夷非其君不事，非其友不友，不立於惡人之朝，不與惡人言；立於惡人之朝，與惡人言，如以朝衣朝冠，坐於塗炭。推惡惡之心，思與鄉人立，其冠不正，望望然去之，若將浼焉。是故，諸侯雖有善其辭命而至者，不受也；不受也者，是亦不屑就已。柳下惠不羞汙君，不卑小官；進不隱賢，必以其道，遺佚而不怨，阨窮而不憫。故曰：『爾為爾，我為我；雖袒裼裸裎於我側，爾焉能浼我哉！』故由由然與之偕而不自失焉。援而止之而止；援而止之而止者，是亦不屑去已。」孟子曰：「伯夷隘，柳下惠不恭，隘與不恭，君子不由也。」

(七)孟子滕文公下：孟子曰：「於齊國之士，吾必以仲子為巨擘焉。雖然，仲子惡能廉？充仲子之操，則蚓而後可者也。夫蚓上食槁壤，下飲黃泉。仲子所居之室，伯夷之所築與？抑亦盜跖之所築與？所食之粟，伯夷之所樹與？抑亦盜跖之所樹與？是未可知也。」

(八)孟子離婁上：孟子曰：「伯夷辟紂，居北海之濱，聞文王作，興曰：『盍歸乎來！吾聞西伯善養老者。』太公辟紂，居東海之濱，聞文王作，興曰：『盍歸乎來！吾聞西伯善養老者。』二老者，天下之大老也，而歸之，是天下之父歸之也。天下之父歸之，其子焉往？諸侯有行文王之政者，七年之內，必為政於天下矣。」

(九)孟子萬章下：孟子曰：「伯夷，目不視惡色，耳不聽惡聲。非其君不事，非其民不使。治則進，亂則退。橫政之所出，橫民之所止，不忍居也。思與鄉人處，如以朝衣朝冠坐於塗炭也。當紂之時，居北海之濱，以待天下之清也。故聞伯夷之風者，頑夫廉，懦夫有立志。」

(十)孟子萬章下：孟子曰：「伯夷，聖之清者也；伊尹，聖之任者也；柳下惠，聖之和者也；孔子，聖之時者也。孔子之謂集大成。集大成也者，金聲而玉振之也。」

(十一)孟子盡心上：孟子曰：「伯夷辟紂，居北海之濱，聞文王作，興曰：『盍歸乎來！吾聞西伯善養老者。』太公辟紂，居東海之濱，聞文王作，興曰：『盍歸乎來！吾聞西伯善養老者。』天下有善養老，則仁人以為己歸矣。」

(十二)孟子盡心下：孟子曰：「聖人，百世之師也，伯夷、柳下惠是也。故聞伯夷之風者，頑夫廉，懦夫有立志；聞柳下惠之風者，薄夫敦，鄙夫寬。奮乎百世之上。百世之下，聞者莫不興起也。非聖人而能若是乎，而況於親炙之者乎？」

(十三)孟子告子下：孟子曰：「居下位，不以賢事不肖者，伯夷也；五就湯，五就桀者，伊尹也；不惡汙君，不辭小官者，柳下惠也。三子者不同道，其趨一也。一者何也？曰：仁也。君子亦仁而已矣，何必同？」

案：歸納孟子論述得以下各端：

1. 非其君不事，不以賢事不肖（即治則進，亂則退）。
2. 不立於惡人之朝，不與惡人言（嫉惡如仇）。

3.伯夷猶，君子不由。
4.伯夷避紂居北海之濱，以待天下之清。
5.聞西伯善養老（行仁政）而往歸之（非讓國而逃）。
6.伯夷聖之清者。

（十四）莊子讓王篇：昔周之興，有士二人處於孤竹，曰伯夷、叔齊。二人相謂曰：「吾聞西方有人，似有道者，試往觀焉。」至於岐陽，武王聞之，使叔旦往見之。與之盟曰：「加富二等，就官一列。」血牲而埋之。二人相視而笑，曰：「嘻，異哉！此非吾所謂道也。昔者神農之有天下也，時祀盡敬而不祈喜；其於人也，忠信盡治而無求焉。樂與政為政，樂與治為治。不以人之壞自成也，不以人之卑自高也，不以遭時自利也。今周見殷之亂而遽為政，上謀而下行貨，阻兵而保威，割牲而盟以為信，揚行以說眾，殺伐以要利。是推亂以易暴也。吾聞古之士，遭治世不避其任，遇亂世不為苟存。今天下闇，周德衰，其竝乎周以塗吾身也，不如避之，以潔吾行。」二子北至於首陽之山，遂餓而死焉。若伯夷、叔齊者，其於富貴也，苟可得已，則必不賴。高節戾行，獨樂其志，不事於世。此二士之節也。

案：莊子讓王篇論述伯夷叔齊要點：
1.伯夷叔齊往歸西方有道者。
2.武王使叔旦與之盟，並誘以爵祿。
3.二子避之至首陽，遂餓而死。
4.稱二子高節戾行，不苟得富貴。

（十五）史記卷六一伯夷列傳：夫學者載籍極博，猶考信於六藝。詩書雖缺，然虞夏之文可知也。

堯將遜位，讓於虞舜，舜禹之閒，岳牧咸薦，乃試之於位，典職數十年，功用既興，然後授政。示天下重器，王者大統，傳天下若斯之難也。而說者曰：「堯讓天下於許由；許由不受，恥之逃隱。及夏之時，有卞隨、務光者。」此何以稱焉？太史公曰：余登箕山，其上蓋有許由冢云。孔子序列古之仁聖賢人，如吳太伯、伯夷之倫，詳矣。余以所聞，由光義至高，其文辭不少概見，何哉？孔子曰：「伯夷、叔齊，不念舊惡，怨是用希。」「求仁得仁，又何怨乎？」余悲伯夷之意，睹軼詩可異焉。其傳曰：「伯夷、叔齊，孤竹君之二子也。父欲立叔齊，及父卒，叔齊讓伯夷。伯夷曰：『父命也。』遂逃去。叔齊亦不肯立而逃之。國人立其中子。於是伯夷、叔齊聞西伯昌善養老：『盍往歸焉？』及至，西伯卒；武王載木主，號為文王，東伐紂。伯夷、叔齊叩馬而諫曰：『父死不葬，爰及干戈，可謂孝乎？以臣弒君，可謂仁乎？』左右欲兵之。太公曰：『此義人也。』扶而去之。武王已平殷亂，天下宗周，而伯夷、叔齊恥之，義不食周粟，隱於首陽山，采薇而食之。及餓且死，作歌。其辭曰：『登彼西山兮，采其薇矣。以暴易暴兮，不知其非矣。神農、虞、夏忽焉沒兮，我安適歸矣？于嗟徂兮，命之衰矣！』遂餓死於首陽山。」由此觀之，怨邪非邪？

或曰：「天道無親，常與善人。」若伯夷、叔齊，可謂善人者非邪？積仁絜行如此而餓死！且七十子之徒，仲尼獨薦顏淵為好學。然「回也屢空」，糟糠不厭，而卒蚤夭。天之報施善人，其何如哉？盜蹠日殺不辜，肝人之肉，暴戾恣睢，聚黨數千人，橫行天下，竟以壽終。是遵何德哉？此其尤大彰明較著者也。若至近世，操行不軌，專犯忌諱，而終身逸樂，富厚累世不絕。或擇地而蹈之，時然後出言，行不由徑，非公正不發憤，而遇禍災者，不可勝數也。余甚惑焉，儻所謂「天道」，是邪非邪？

子曰：「道不同不相為謀」，亦各從其志也。故曰「富貴如可求，雖執鞭之士，吾亦為之。如不可求，從吾所好」。「歲寒，然後知松柏之後凋」。舉世混濁，清士乃見。豈以其重若彼，其輕若此哉？

「君子疾沒世而名不稱焉。」賈子曰：「貪夫徇財，烈士徇名，夸者死權，眾庶馮生。」同明相照，同類相求。「雲從龍，風從虎，聖人作而萬物覩。」伯夷、叔齊雖賢，得夫子而名益彰。顏淵雖篤學，附驥尾而行益顯。巖穴之士，趣舍有時若此類，名堙滅而不稱，悲夫！閭巷之人，欲砥行立名者，非附青雲之士，惡能施于後世哉？

案：歸納史記所論要點如下：

1. 伯夷叔齊讓國而逃。
2. 武王伐紂，扣馬而諫。
3. 天下宗州不食周粟。
4. 餓死首陽。
5. 二人有怨。
6. 積仁絜行而餓死，懷疑天道。
7. 君子傳名有待聖人立言。
8. 借伯夷抒憤。

五、伯夷頌與論語、孟子、莊子、史記論述伯夷的比較

(一)明唐順之唐宋八大家文鈔·韓文卷四：「伯夷頌，昌黎此文，分明自孟子中脫出來，人都不

覺。」

(二)清林紓韓文研究法：「伯夷一頌大致與史公同工而異曲。……」(已見前引)

(三)錢基博韓愈志「韓集籀讀錄」：「伯夷頌論體而頌意，其實乃補太史公伯夷列傳後一篇贊耳。」(已見前引)

(四)比較

就敘事、命意二端比較，以見伯夷頌寫作淵源所自。

1. 論語之敘事：讓國、餓於首陽、不念舊惡。

論語之命意：求仁得仁，不降不辱、無怨。

2. 莊子之敘事：歸西方有道之人，武王盟以爵祿，餓死首陽。

莊子之命意：高節戾行，不苟得富貴。

3. 孟子之敘事：避紂居北海，往歸西伯，非其君不事。

孟子之命意：治則進，亂則退，聖之清者，狹隘。

4. 史記之敘事：讓國而逃，扣馬而諫，不食周粟，餓死首陽。

史記之命意：(顯)君子傳名，須求聖人立言。(隱)藉伯夷抒怨。

5. 伯夷頌之敘事：武王伐紂以為不可，恥食周粟，餓死首陽。

伯夷頌之命意：(顯)警告亂臣。(隱)借伯夷洩憤(借伯夷特立獨行比況自己)。

案：據此可知：伯夷頌敘事、命意均取法史記。

六、王安石評伯夷頌

(一)臨川先生文集卷三十四伯夷【論】：事有出於千世之前，聖賢辯之甚詳而明，然後世不深考之，因以偏見獨識，遂以為說。既失其本，而學士大夫共守之，不為變者，蓋有之矣。伯夷是已。夫伯夷古之論有孔子、孟子焉。以孔、孟之可信而又辯之，反復不一，是愈益可信也。孔子曰：「不念舊惡，求仁而得仁，餓于首陽之下，逸民也。」孟子曰：「伯夷非其君不事，不立惡人之朝，避紂居北海之濱，目不視惡色，不事不肖，百世之師也。」故孔、孟皆以伯夷遭紂之惡，不念以怨，不忍事之以求其仁，餓而避，不自降辱，以待天下之清，而號為聖人耳。然則司馬遷以為武王伐紂，伯夷叩馬而諫，天下宗周而恥之，義不食周粟，而為《采薇》之歌。韓子因之，易為之《頌》，以為「微二子，亂臣賊子接迹於後世」。是大不然也。夫商衰而紂以不仁殘天下，天下孰不病紂，而尤者伯夷也。嘗與太公聞西伯善養老，則往歸焉。當是之時，欲夷紂者，二人之心豈有異邪？及武王一奮，太公相之，遂出元元於塗炭之中，伯夷乃不與，何哉，蓋二老所謂天下之大老，年行八十餘，而春秋固已高矣。自海濱而趨文王之都，計亦數千里之遠。文王之興，以至武王之世，歲亦不下數十，豈伯夷欲歸西伯而志不遂，乃死於北海邪？抑來而死於道路邪？抑其至文王之都而不足以及武王之世而死邪？如是而言，伯夷其亦理有不存者也。且武王昌大義於天下，太公相而成之，而獨以為非，豈伯夷乎？天下之道二：仁與不仁也，紂之為君，不仁也，武王之為君，仁也。伯夷固不事不仁之紂，以待仁而後出。武王之仁焉，又不事之，則伯夷何處乎？余故曰：聖賢辯之甚明，而後世偏見獨識者之失其本也。嗚呼！使伯夷之不死以及武王之時，其烈豈獨太公哉！

(二)五百家注昌黎集卷一二伯夷頌引宋洪芻(鈎父)云：「武王克商，遷九鼎於洛邑，義士猶或非之，自春秋時已有此說，義士謂伯夷也。近世學者以太使公所記為不然。因謂孔子稱餓於首陽之下，非不食周粟，蓋絕糧耳。余謂武王伐紂，太公佐之，伯夷非之，佐之者以拯天下之溺，非之者已懲天下之亂，其用心一也。不然，則商之三仁，或去或不去，或死或不死，何以皆得為仁邪？」

(三)五百家注昌黎集卷一二伯夷頌引宋樊汝霖云：「王荊公伯夷論，謂韓子之頌為不然。曰『伯夷嘗與太公聞西伯善養老而往歸焉。當是之時，欲夷紂者二人之心豈有異邪？及武王一奮，太公相之，遂出元元於塗炭之中，伯夷乃不與，豈伯夷欲歸西伯而志不遂乃死於北海邪？抑來而死於道邪？抑其至文王之都而不足以及武王之世而死邪？嗚呼使伯夷之不死以及武王之時，其烈豈下太公哉。』荊公之論，與此頌相反，學者其審之。」

(四)清高宗唐宋文醇評語卷二昌黎韓愈文：《伯夷頌》王安石謂：伯夷、叔齊扣馬而諫，採薇而食，餓死首陽之事皆無有者。據《孟子》以駁《史記》亦具有見。朱子云：「荊公之論與此頌相反，學者審之。」朱子之言或為引而不發，或為疑事毋質，皆未可知。顧嘗論之：聖人，人倫之至也，而武周、夷齊相反若是，然後知天下之理無終窮，各行其至是而無非者耳。至是而無非者，君子以同而異其同者，根於天性，止乎忠孝，窮天地亙萬世而不變者也。其異者，時也，位也，如百越適京師則北行，三韓適京師則南行，始終相反，而其至則一也。惟其同者，窮天地亙萬世而不變；故其為異，可以窮天地亙萬世而不顧。

案：王安石非議伯夷頌，蓋不明作者另一層用意。作者取伯夷「特立獨行」「舉世非之而不惑」自比，為有託而言，作意仿伯夷列傳，不必考究伯夷事跡的真偽。

陸、韓愈四篇贈序（送孟東野序、送董邵南序、送王含秀才序、送楊少尹序）分析資料

一、序與贈序

㈠說文：「序，東西牆也，从广，予聲。」段注：堂上東西牆為介，禮經謂正堂近序之處，曰東序、西序，假借為敘。

㈡明徐師曾文體明辨序說：「案爾雅云：『序，緒也。』字亦作『敘』，言其善敘事理次第有序若絲之緒也。又謂之大序，則對小序而言也，其為體有二：一曰議論，二曰敘事。宋真氏嘗分列於正宗之編，故今倣其例而辯之。其序事又有正、變二體（係以詩者為變體）。其題曰某序，曰序某；字或作序，或作敘，惟作者隨意而命之，無異義也。」

㈢明吳訥文章辨體序說：「爾雅云：『序，緒也。』序之體，始於詩之大序，首言六義，次言風雅之變，又次言二南王化之自，其言次第有序，故謂之序也。東萊云：『凡序文籍，當序作者之意；如贈送燕集等作，又當隨事以序其實也。』大抵序事之文，以次第其語，善敘事

理為上。近世應用，惟贈送為盛。當須取法昌黎韓子諸作，庶為有得古人贈言之義，而無枉己徇人之失也。」

(四)清姚鼐古文辭類纂序目：「贈序類者，老子曰：『君子贈人以言。』顏淵、子路之相違，則以言相贈處。梁王觴諸侯於范台，魯君擇言而進，所以致敬愛、陳忠告之誼也。唐初贈人，始以序名，作者亦眾。至於昌黎，乃得古人之意，其文冠絕前後作者。蘇明允之考名序，故蘇氏諱序，或曰引，或曰說。今悉依其體，編之於此。」

二、贈序來源

(一)錢賓四先生雜論唐代古文運動：

書牘之外，厥為贈序，此一體創始於唐人。相傳五言詩起於蘇李贈答，此固不足信，然贈答要為此下詩中最廣使用之一體。故昭明選詩，亦獨以贈答一類為多。其他如公讌，如祖餞，皆贈別相近。可證此類本屬詩題，故皆似吟詠出之也。及於唐人，臨別宴集，篇什既多，乃有特為之作序者，亦有不為詩而徑以序文代者。今傳李太白文集共五卷，而序文獨占兩卷，實皆贈答詩之變相也。如其暮春江夏送張祖監丞之東都序，乃曰：詩可贈遠，無乃闕乎？秋於敬亭送從姪耑遊廬山序曰：情以送遠，詩能闕乎？冬夜於隨州紫陽先生滄霞樓送煙子元演隱仙城山序，曰：詩以寵別，賦而贈之。此等皆明以序代詩為送別也，夏日陪司馬武公與羣賢宴姑熟亭序，曰：千載一時，言詩紀志，此又以序代詩紀公讌也。又如金陵與諸侯送權十一序，曰：羣子賦詩，以出餞酒，仙翁李白辭。此特羣子為詩而己為之辭，仍不以其辭為所以序羣子之詩也。又江夏送倩公歸漢東序，曰：作小詩絕句以寫別意，辭曰：彼美漢東國，川藏明月輝，寧知喪亂後，更有一珠歸。是太白此篇，實乃是賦詩贈別，所以謂之序者，詩經三百首，本各有序，婢作夫人，乃徑以序名篇也。又如春夜宴從弟桃花園序，曰：不有佳詠，何伸雅懷。如詩不成，罰依金谷酒數。是席間各約賦詩，而特以序引端也。又如秋日於太原南柵餞陽曲王贊公賈少公石艾尹少公應舉赴上都序，曰：講各探韻，賦詩寵行，此亦與夜宴桃花園序同例，乃以序作前引，隨各賦詩也。太白集所收序文兩卷，惟澤畔吟序一篇，獨為序跋之序，而亦特以序詩，與序著述專籍者異。此為唐人贈序新體，其原起乃由詩轉來之明證。太白自負文可以變風俗，如此類，變詩為文，亦其例乎？

案：序始於西漢（詩之大小序、史記自序），僅限於文籍，未有用以贈人。至六朝始有贈序。如晉傅咸（二三九—三九四）贈何劭王濟詩序（全晉文卷五二）、潘尼（?—三三一）贈二李侍郎詩序（全晉文卷九二）。至唐臻於極盛，各家詩文集皆有贈序之作。贈序初為贈詩之附屬，蓋古人於親故遠行。作詩以申別意。篇章既多，別為之序，述其緣故，與序跋無異。後贈人有不因贈詩而作，專稱贈人文辭曰贈序，序遂為獨立之一體。

三、唐人贈序概況（詳參梅家玲唐代贈序初探）

(一)概況

1. 初唐　王勃　十六　全文一八一—一八二

楊炯	三	全文一九一
駱賓王	四	全文一九九
陳子昂	六	全文二一四
張說	七	全文二二五
宋之問	六	全文二四一

合計作者六人，作品四十二篇。

2.盛唐

蘇頲	一	全文二五六
賈曾	一	全文二七七
張九齡	六	全文二九〇
盧象	一	全文三〇七
孫逖	八	全文三一二
李華	九	全文三一五
蕭穎士	一	全文三二三
王維	六	全文三二五
陶翰	十五	全文三三四
顏真卿	三	全文三三七
李白	十六	全文三四九
高適	一	全文三五七
賈至	三	全文三六八

任華	十七	全文三七六
元結	六	全文三八一

合計作者十五人，作品九十二篇。

3.中唐

獨孤及	四十四	全文三八七—三八八
于邵	五十二	全文四二七—四二八
皇甫冉	一	全文四五一
權德輿	六十三	全文四九○—四九三
梁肅	十八	全文五一八
顧況	五	全文五二九
韓愈	三十四	全文五五五—五五六
柳宗元	四十六	全文五七七—五七九
歐陽詹	十八	全文五九六—五九七
呂溫	二	全文六二八
李翺	一	全文六三六
白居易	一	全文六七五
皇甫湜	四	全文六八六
符載	十三	全文六九○
沈亞之	十二	全文七三五

合計作者十五人，作品三百一十四篇。

4.晚唐

杜牧	二	全文七五三
盛均	一	全文七六三
陳黯	一	全文七六七
穆員	二	全文七八三
陸龜蒙	三	全文八〇〇
司空圖	一	全文八〇七
黃滔	一	全文八二四
徐鉉	六	全文八八二
羅隱	一	全文八九五

合計作者九人，作品十八篇。

(二)由以上統計，可知「贈序」於初唐時即已勃興，盛唐時作者與作品逐漸增多，至中唐臻於極盛，而晚唐時則趨於沒落。(國立編譯館館刊十三卷一期)

四、贈序類別(參梅家玲唐代贈序初探)

(一)梅家玲唐代贈序初探：

唐代贈序共有四百餘篇，據其寫作場合及所序詩篇之多寡，可分為早期的「眾詩之序」與後起的「一詩之序」及「無詩之序」三大類，而每一類中又可因序文與詩作者關係之不同再分若干小類。茲分述如下：

1.眾詩之序

此類序文之基本特色，在於其寫作場合，必為一祖餞之讌集，且序文為當時送行諸詩作之總序。唐世國力富厚，又具有開放進取之文化特色。故全國上下讌集聚飲之風皆極盛，如遇親友遠行，通常會為其籌設祖餞之讌集，似壯其行色。酒酣耳熱之際，座中人乃賦詩相贈，並推請其中一人執筆為序，或作為引言，以引發眾人詩興，或述其原委，以為眾多詩作之總結。前者如宋之問「三月三日於壩水曲餞豫州杜長史別昆季序」：

……秦人去國，乘石輔之脩途；洛客思歸，憶東京之曲水。請染翰操紙，即事形言，各賦蘭亭之詩，咸申蔦陂之贈。（英華七一八）

駱賓王「秋日餞尹大官往京序」：

……，雖道術相忘，叶交於靈府，而風煙懸隔，貴申心於翰林。請振詞鋒，同開筆海，人為四韻，用慰九秋云爾。（全文卷一九九）

此類序文之寫作，多在詩作產生之前，其特點在具有「抛磚引玉」之作用，故文末常有「請揚文筆」、「請振詞鋒」之語，以促使座人即事形言，同申雅懷。後者的特色，則為在詩作產生之後始得成篇，具有介紹、總結之作用。如陳子昂「送吉州杜司戶審言序」：

……杜君乃挾琴起舞，抗首高歌……且欲攜幽蘭、結芳桂，飲石泉以結味，詠商山以卒歲，返耕餌木，吾將老焉。群公嘉之，賦詩以贈，凡四十五人，具題爵里合絕。（全文卷二一四）

張九齡「餞宋司馬序」：

……群公有感，中座無歡，他日清風，自當玄度之夕，茲辰零雨，得無子荊之詠？遂相與援翰，賦詩贈行。（全文卷二九〇）

韓愈「送鄭十校理序」：

……盛賓客以餞之，既醉，五各為詩五韻，且屬愈為序。（韓昌黎文集卷四）

以上兩類序文的產生，雖然一在詩作寫作之前，一在其後，且行文措辭大不相同，然作者同樣參與寫詩之行列，則為其相同之處。因此，序文不僅為作者本人詩篇的「序」，亦為其它同時作品所共有，故序文與詩作息息相關，所呈現之格調極其相類，字裡行間抒情氣息瀰漫，此中尤其以初唐諸家之作為然。

此外，「眾詩之序」中尚有一類與前述序作不同的作品，其特點在於：作序之人，並未參與作詩，而僅以序文作為贈別之用。此時之序文，不只是眾人詩篇的總序，亦為作序者對遠行者的贈言，具有雙重作用，如韓愈「送竇平從事序」：

……其族人殿中侍御史牟合東都交遊之能文者二十有八人，賦詩以贈之。於是昌黎韓愈嘉趙南海之能得其人，壯從事之答於知我不憚行於遠也。又樂貽周之愛其族叔父能合文詞以寵榮之，作「送竇從事少府平序」。（韓昌黎集卷四）

他如李白「金陵與諸賢送權十一序」（見前引）、梁肅「送韋拾遺遺歸嵩陽舊居序」等，皆屬此類。此類序文由於作序者並未作詩，故詩、序間之關係自較疏遠；而寫作之時，作者為逞現一己之才，當嘗試運用各種技巧來敘述餞別一「事」的原委，間或夾以說理部份，以申述己見，其性質固不同於僅作為詩作陪襯的作品。此類序作興起於盛唐，至中唐大盛，除韓、柳外，獨孤及、于邵、權德輿、梁肅等人序文皆以此為大宗。

2. 一詩之序

此類序作與前述序作的基本相異之處，乃在於其寫作前多未具有正式的宴餞過程，由於缺乏眾人送別之盛大場面，贈序作者為文的立場，將不再是眾人共同的代言人，序文亦非多數詩篇之總序，故作者與受贈者呈現「一對一」的關係，序作者於是更能針對二人本身的情況而加以抒論。如李白「江夏送倩公歸漢東序」：

……思親遂行，流涕惜別……作小詩絕句以寫別意，辭曰……（全文卷三四九）

韓愈「送李愿歸盤谷序」：

……昌黎韓愈聞其言而壯之，與之酒而歌曰……（韓昌黎集卷四）

這一類的作品，都是詩、序並存，出於同一作者之手。只是序的重要性遠超過詩作本身，詩似乎反而變成序的附屬品，與六朝時期的序作大不相同。

3. 無詩之序

此類序文亦不產生於宴餞場合，純粹是為作序而作序。由於自盛唐以來，已逐漸產生眾人為詩，而其中一人僅專力作序，以序代詩的情形，無形中促使序文走上獨立成篇的道路。

尤其經古文家獨孤及、梁肅等人專力從事寫作後，序文本身已成為絕佳的散文作品，極富文學趣味，故而備受一般大眾重視。到中唐韓、柳倡導古文運動，更就贈序一體大加發揮。此類「無詩之序」於是應運而生，贈序一體乃真正開始具有獨立的生命。如韓愈「送陳秀才彤序」：

……凡吾從事於斯也，久未見舉進士有如陳生而不如志者，於其行，姑以是贈之。

「送許郢州序」：

……愈於使君非燕游一朝之好也，故其贈行，不以頌而以規。（俱見韓昌黎集卷四）

柳宗元「送獨孤申叔侍親往河東序」：

……古之序者，期以申導志義，不為富厚，而今也反是。生至於晉，出吾斯文於筆硯之伍，其有評我太簡者，慎勿以知文許之。（柳宗元集卷二三）

諸如此類，皆以贈序單行，並不附以詩作，至此，序與詩的關係益形遙遠，故得以「不以頌而以規」，所以可用以說理道志。就贈序的性質與功用而言，這無疑是一大突破。而在其字裡行間，我們也可以發現，此類序文在當時已相當受人重視，所以獨孤申叔到河東之後，才會出「斯文於筆硯之伍」，以為誇示之用。

(二)總之，唐代贈序因寫作場合、時機，及其與詩作關係的不同，可大別為「眾詩之序」、「一詩之序」和「無詩之序」三大類。其中，「眾詩之序」產生於盛大的送別場合，就作用言，為當時所有送行詩作之總序，就性質言，則與書籍之序有其相通處。作序者可以同時參與詩篇之寫作，亦可不作詩而專寫序。前者因詩作與序寫作先後不同，又有「作為引言」與「作為總結」之分。然因其與詩作關係密切，故文章格調、內容皆與詩作相近，以抒情為主，初唐之作多屬此類。後者興起時期略晚於前者，由於作序者不作詩而專力為序，序文乃不純屬詩作之陪襯，而可酌增作者本人意見，故內容擴展，技巧加強，因此日益為人重視。由此，也促成日後「無詩之序」的產生。其次「一詩之序」與漢魏六朝時期別行篇章詩文序的性質，頗為相類，不同處在於內容係扣緊作者與受贈者的情況抒論，故重要性遠過於詩作。至「無詩之序」乃由「眾詩之序」中序，詩分人而作的一類演變而來，此類序文出現之時期最晚，但也最具有獨立文學生命，是韓柳倡導古文運動時大力從事創作的新體之一。

五、韓愈贈序評論

(一)清張廉卿云：「唐人始以贈序名篇，作者不免貴諛，體亦近六朝。至退之乃得古人贈人以言之義，體簡辭足，埽進枝葉，所以空前絕後。」

(二)清林紓畏廬論文集論文章體裁：「姚氏姬傳曰：唐初贈人始以序名作者亦眾，至於昌黎乃得古人之意，其文冠絕前後作者。嗚呼！先生之知昌黎深矣，唐初雖傑出如陳子昂，然其別中岳二三真人序，則皆用駢儷之句，如悠悠何往白頭名利之交，咄咄誰嗟玄運盛衰之感語，至凡近其餘則李白為多，白送陳郎將歸衡嶽序，如朝心不開，暮髮盡白，登高送遠使人增愁句，則狃於六朝積習，金陵與諸賢送權十一序，如歲律寒色，天風枯聲，雲帆涉溪，罔若絕雪，舉目四顧，霜天崢嶸，氣幹雖佳，仍落子山窠臼。送張承祖之東都序，金骨未變，玉顏以緇，何嘗不捫松傷心，撫鶴歎息，雖名佳句，乃不可施之散文。夫文章至於子昂太白，尚何可議，不過唐世一有昌黎，以吞言咽理之文，施之贈送序中，絕唐初諸賢對之一皆無色。韓集贈送之序，美不盛收，東坡稱李愿歸盤谷序為第一。鄙意不敢謂，然李愿之人品不慊於昌黎之心，不欲昌言而頌其美，故託愿之言以為言但能謂之狡獪。而所謂吞言咽理者未之見也。其最難著筆者則莫如送浮屠文暢師序，及送廖道士序。僧道二氏昌黎平日攻之不遺餘力，而臨別忽加以贈言，此又何理，若當面抹殺，復何必施以文章。若降心相從，又不免自貶身分。試觀文暢序中至面斥浮屠為禽獸夷狄，而文暢愛之不以為忤者，以關軸轉捩妙也。意謂民之初生，故若禽獸夷狄焉，唯得聖人之仁義禮樂刑政，而堯舜禹湯又歷歷相傳，所以免為禽獸，意且不遽說破，忽接入今浮屠孰為而孰傳之邪！浮屠既不得聖人所傳，自然是箇禽獸矣，豈非當面罵煞而接處即由禽獸生義，用「今吾與文暢」五個字提出禽獸羣中同等為人，此處是從禽獸中救出文暢矣！然又不肯引文暢為同等，仍斥文暢為不知聖人之仁義禮樂刑政，則文暢又岌岌鄰於禽獸，詞絕而意正，不知昌黎胸中蘊何智珠，有此等絕大之神通。至於送廖道士序，則把一座衡嶽舉在半天，幾幾壓落廖師頂上，忽又收回至五岳於中州句，直至千尋之名材不能獨當也句止，使廖師聽之色飛眉舞，謂此處定說到山人身上矣，意必有魁奇忠信材德之民生其間，廖師必又點首歎息，媿不敢當，忽然闖出吾又未見也句，把廖師一天歡喜撒在雲霄，以下似無文章，乃用迷惑老佛之教，又似所說者皆指廖師，至未見云云，直隱于佛老而未見耳。不是全無其人，廖師似已死中得活，忽又有不在其身必在其所與遊，則並隱于佛老中者，亦都不屬廖師身上，廖師考語但得氣專容寂，多藝普遊，八字與道字都無關涉，一篇毫無意味之文卻說得淋漓盡致，廖師亦歡悅捧誦而去，大類乳媼之哄懷抱小兒，佳處令人忽啼忽笑，神品之文當推此種，其餘歐、曾、臨川、三蘇亦各有佳處，原當一一選采，流別之中，以惜抱，盛推昌黎故，但即昌黎之文少加說論。」

(三)錢賓四先生雜論唐代古文運動：「竊謂韓公不僅以文為師，實亦以散文之氣體筆法為辭賦，試誦韓集諸賦，及其哀辭祭文，乃至碑誌之銘文，及其他頌贊箴銘之類，凡其文體當歸入辭賦類者，韓公為之，不論用韻不用韻，實皆運用散文之筆氣法體以成篇，而使其面貌一新，迥不猶人，此皆韓公之創格也，而固不能謂之不工。而韓文之神奇變化，開此下散文無窮法門，而能使短篇散文達於海涵地負，放恣橫縱之境界者，尤要則在其書牘與贈序之兩體。」

（略）

然太白所為諸序，尋其氣體所歸，仍不脫辭賦之類，其事必至韓公，乃始純以散文筆法為之，此又韓公一創格也。韓公於李集必甚注意，事無可疑者，是韓公此一創格，尋其淵源，可謂自李集而來也。

蘇東坡嘗謂：

歐陽公言，晉無文章，惟陶淵明歸去來詞而已。余謂唐無文華，惟韓退之送李愿歸盤谷序而已。生平欲效此作，每執筆輒罷，因自笑曰；不若且放教退之獨步。

今按：韓公送李愿歸盤谷序，竟體用偶儷之辭。其實尚是取徑於辭賦，東坡以之擬陶淵明歸去來辭，是也。惟文中遇筋節脈絡處，則全用散文筆法起落轉接，此為韓公有意運用散文氣體改換古人辭賦舊格之證。此所謂李光弼入郭子儀軍，壁壘猶舊，旌旗全新也。而篇末與之酒而為之歌，此顯由太白江夏送倩公歸漢東序之體制脫胎而來。更可證韓公所為贈序新體之淵源所自矣。

又其送楊少尹序，昔人評其文反覆詠歎，言婉思深。此明是一種詩的境界。韓公又曰：楊侯之去，丞相有愛而惜之者，為歌詩以勸之，京師之長於詩者，亦屬而和之。是他人以詩贈別，韓公乃以序代詩，此亦即太白暮春江夏送張祖監丞之東都序之類也。又如送湖南李正字序，重李生之還者皆為詩。愈最故，故又為序云。今按：公亦為詩送行，是序者，即序其當時之送行詩集也。其他如送石處士序，送溫處士赴河陽軍序，送鄭十校理序，諸篇皆是。此則太白金陵與諸賢送權十一序之類也。惟太白集尚自稱其序為辭，辭體固猶與詩近，而韓公則徑以散文筆法為之，故遂正式成為送行詩集之序文，於是遂正式為散文中一新體耳。

又如上巳日燕太學聽彈琴詩序，即太白夏日陪司馬武公與群賢宴姑熟亭序之類也。贈別有詩，公讌亦有詩，至於唐，皆變而有序，此等序，其實皆詩之變體也。惟韓公深於文，明於體類，故能以詩之神理韻味化入散文中，遂成為曠古絕妙之至文焉。劉大櫆評韓公送董邵南序，曰：此篇及送王含序，深微屈曲，讀之覺高情遠韻，可望不可及。張裕釗曰：寄興無端，如此乃可謂之妙遠不測。曾國藩評韓公送王秀才含序，曰：淡折夷猶，風神絕遠。其他諸家，尚多以評詩語評韓公贈序諸篇，皆可謂妙得神理。惜乎乃無一人焉能明白言之曰：乃是韓公以詩為文耳，章實齋文史通義有云：學者惟拘聲韻之為詩，而不知言情達志，敷陳諷諭，抑揚涵泳之文，皆本於詩教，其言是矣，然亦未能明論唐宋諸家之以詩為文也。余此所論，苟深明於文章之體類流變者，當不斥為妄言也。

故韓集贈序一體，其中佳構，實皆無韻之詩也，今人慕求為詩體之解放，愈創為散文詩，其實韓公先已為之，其集中贈序一類，皆可謂之是散文詩，由其皆從詩之解放中來，而仍不失詩之神理韻味也。後人學韓者，惟歐陽永叔最得韓公此體文之神髓。歐公之詩，若微嫌於坦直緩散。而歐公之文，尤其贈序一體，其境界絕高者，則皆可謂是一種絕妙之散文詩也。

六、送孟東野序

甲、韓孟交往

參增訂本韓愈研究一五五－一六二頁

乙、著作時代與背景

（一）華忱之孟郊年譜：

貞元十六年庚辰，五十歲

再抵常州，據本集卷十上常州盧使君，及又上養生書是其證。後遂于洛應銓選，韓愈有與孟東野書（昌黎集卷十五），有上常州盧使君書（卷十）。盧使君，謂元輔也，咸淳昆陵志卷三十紀遺：「孟郊，字東野，集中常州盧使君書略云，……小子顯求道德仁義之衣食以為養，前守吏部侍郎韋公嘗道德仁義之矣。韋公既去，衣食亦去，道德仁義顯其主張，是在閣下，復上養生書，按唐史盧乃元輔，韋乃夏卿，相繼出郡，而東野蓋嘗寓居矣。」其言頗可依信，考舊書一百三十五盧杞傳：「子元輔，字子望，……歷杭常絳三州刺史。」元輔刺常，史雖不言在何年，以公此書「此郡前守吏部侍郎韋公」稱謂推之，知當在夏卿除吏部時前後，按舊書夏卿本傳：「貞元末，徐州張建封卒，……尋授徐泗濠節度使，夏卿未至，封建子愔為軍人立為留後，……徵夏卿為吏部侍郎。」呂溫故太子少保贈尚書左僕射京兆韋府君神道碑：「無何彭沛喪師，……乃以公……充徐泗節度行軍司馬，……將委旄鉞，而未命程伯，徐方之執既同，不見賈生，宣室之徵遽至，擢吏部侍郎。」知夏卿吏部之徵，在貞元十六徐州軍亂後，公曩嘗于夏卿出典常州時，衣食于此，今歲再履是州，時元輔方剖符茲郡，因獻是書，要其渥眄，同卷又有又上養生書，亦上元輔者，其末云：「恩養下將遠辭違，書寫至誠之言。」則當為自常贈別之作，選為溧陽尉，迎侍其母于溧上。新書本傳「年五十得進士第，調溧陽尉。」墓志：「年幾五十，使以尊夫人之命來集京師，從進士第，既得即去，間四年，又命來選為溧陽尉，迎侍溧上。」按公及第，在貞元十二，下推四年。正當以今歲倅溧陽，昌黎集卷二薦士詩亦云：「酸寒溧陽尉，五十幾何耄。」

有初於洛中詩選，詩云：「青雲不我與，白首方選書，宦途事非遠，拙者取自踈。」方選書，蓋自謂方以今年應東都選為溧陽尉，以詩意及墓志參伍相證，知詩當今年作。有遊子吟卷一，唐音統籤丁籤載此題下刻有「自注迎母溧上作」七字，以墓志迎侍溧上語推之，知公固嘗于今年迎侍其親于官次。此篇當斯時作。溧陽舊志，載此詩亦題迎母瀨上。瀨上，即溧上。據景定建康志可證，有溧陽唐興寺觀薔薇花同諸公餞陳明府詩。詩當今年初尉溧陽時作，按唐興即宋之勝因，元張鉉至正金陵新志卷十一下祠祀寺志二寺院「勝因寺」在溧陽州西四十五里，晉義熙元年置，唐名唐興，政和五年改今額，吳穎勝因寺記，「予歸自金陵，過舊縣，望勝因寺，寺之址逶迤，阜上開門臨平疇，古澹不囂，……考縣志唐時故嘗建治此地，貞元中，孟郊以家貧為尉，餞客唐興寺，有觀薔薇詩，即今之勝因也。」其廢址遺跡，據此猶可略見彷彿，陳明府，不詳為何人，據公詩「羣官餞宰官，此地車馬來。」則陳固儼然溧陽宰也。惟據陸龜蒙甫里先生集卷十八書李賀小傳後，「孟東野貞元中，以前秀才家貧受溧陽尉，……曹務多弛廢，令季操卞急，……立白上府請以假尉代。」則時為溧陽令者，乃季操，非陳氏也。豈陳宰茲邑在季操前，當公到官初。陳適以故罷去、公因遂為詩以祖其行邪，史文闕略，其詳不可考矣。

貞元十七年辛巳、五十一歲

以不治官事，調代溧陽假尉，按新書一百七十六本傳「縣有投金瀨平陵城，林薄蒙翳，下有積水。郊間往坐水旁，徘徊賦詩，而曹務多廢。令白府以假尉代之，分其半俸。」陸龜蒙甫里先生文集卷十八書李賀小傳後，「余為兒時在溧陽聞白頭書佐言，孟東野在貞元中，以前秀才家貧受溧陽尉，溧陽昔為平陵，縣南五里有投金瀨。瀨南八里許道東有故平合數夫抱。蔌篠蒙翳，地窪下，積水沮洳……東野得之忘歸，或比日，或間日，……經驀投金瀨一往。至則蔭大櫟，隱巖篠，坐于積水之旁，苦吟到日西而還，爾後袞袞去，曹務多弛廢，令季操卞急，不佳東野之為。立白上府，請以假尉代東野，分其俸以給之，東野竟以窮去。」疑其時即在貞元十七、八年間。

有溧陽秋霽詩，中多忿恚不平之言，如云：「飽泉亦恐醉，惕宦肅如齋，上客處華池，下寮宅枯崖，叩高尚生物，齟齬回難諧。」疑為十七八年間改假尉後作。

貞元十九年癸未、五十三歲

韓愈有送孟東野序，末云：「東野之役于江南也，有若不釋然者，故吾道其命于天以解之。」

貞元二十年甲申、五十四歲

辭溧陽假尉，奉母歸湖州。按墓志：「去尉二年。而故相鄭公尹河南。」鄭尹河南，在憲宗元和初，以時推之，知公挂冠溧陽當在今年，又據孟簡送孟東野奉母歸里序，「秋深木脫，遠水涵空，……而東野此時復奉母歸鄉，……東野學道守素，既以母命而尉，宜以母命而歸，應不效夫哭窮途，歌式微者矣。」知公是年棄官後，遂自溧陽旋湖州。

順宗永貞元年乙酉，五十五歲

至常州義興莊居，據本集卷三乙酉歲舍弟扶侍歸義興莊居後獨止舍待替人詩是其證，詩亦當今年作，蓋公昔嘗兩抵常郡，其後遂于義興買宅置田，舍家人焉，觀本集卷七寄義興小女子詩可知。

(二)韓愈研究

參一五八—一五九頁

(三)昌黎詩繫年集釋卷二薦士詩：「酸寒溧陽尉，五十幾何耄。」

丙、主旨

(一)宋黃震黃氏日鈔卷五九「送孟東野序」條：自「物不得其平則鳴」一語，由物而至人之所言，又至「天之於時」，又至「人言之精者為文」。歷序唐、虞、三代、秦、漢以至於唐。

節節申以鳴之說。然後歸之東野以詩鳴終之。曰：「不知天將和其聲，以鳴國家之盛耶？抑將窮餓其身，思愁其心腸，而使自鳴其不幸也？歸宿有味，而所以勸止東野之不平者有矣。師友之義，於斯乎在。而世徒以文觀之，豈惟不知公，抑不知文者耶？」

（二）清林雲銘古文析義初編卷四：「……從歷代說到唐朝，總以天假善鳴一語作骨，把箇千古能文的才人看得異樣鄭重，然後落入東野身上，盛稱其詩與歷代相較一番，知其為天所假，自當聽天所命，又扯李翱張籍二人伴說，用從吾遊三字，連自己插入其中，自命不小，以此視人之得失升沉，宜不足以入其胸次也。語語悲壯。……」（研究三七二頁）

案：據末段（「從吾遊者」……至「吾道其命於天者以解之」）知主旨在謂窮達之命（鳴國家之盛為達，自鳴不幸為窮）在乎天，故達者不必喜，窮者不足悲。東野尉溧陽受代減俸，忿恚不平，故韓愈贈序以命於天寬解，命於天，意謂天使其窮通之命。林雲銘謂東野善鳴。「為天所假，自當聽天所命。」似未達原意。

丁、結構作法

（一）段落結構

1. 物不得其平則鳴，人亦然。
2. 人假文辭而鳴。
3. 唐虞至漢，皆假善鳴者而鳴。
4. 魏晉以下鳴者不及於古。
5. 當代善鳴居下位者，孟郊李翱張籍最為傑出。
6. 三子鳴國家之盛（達）與鳴自身不幸（窮）命懸乎天。

7.東野胸懷不釋，故道命於天以解。

(二)清吳楚材古文觀止評註卷八：「從一鳴中發出許多議論，句法變換，凡二十九様。」（參研究三七二頁）

(三)清林雲銘古文析義初編卷四：「篇中從物聲說到人言，從人言說道文辭，從歷代說到唐朝，總以天假善鳴作骨。……」（研究三七三頁）

(四)清林紓韓文研究法：「入手是說物，由物轉及人，由人而寓感於物。……」（研究三七三頁）

(五)錢基博韓愈志：「送孟東野序……憑空發論……以『命於天』者為杜意，而多方取譬。……疊以鳴字點眼，學周官考工記章法。」（研究三七四頁）

戊、造句修辭

(一)清林紓韓文研究法：「孟郊東野始以其詩鳴，似有千觔力量。用一語力支以上無數之陪客，讀者無不奪氣結舌，以為得未曾有。不知亦少有弊病，猝讀之不能即覺，須知以上所鳴者，或以道，或以術，或以文，初未及詩。陳子昂諸人，正以詩鳴者也。此數人既以詩名，則說到東野，不應用一始字。雖昌黎狡獪，將陳子昂諸人所鳴者，抹去詩字，代以能字，是急救之法，終竟好奇者不能有圓足之道理。及思出能字，固費心血不少，然工夫則在用一存字，見得死者皆能詩之徒。而存而在下者，能詩只有一東野。始字對在下說，亦可敷衍得去。」（研究三七三—三七四頁）

(二)使用伸縮文身造句法。（參研究二八六頁）

(三)六百三十七字中用三十八個鳴字及三十八個人名，而無重複累贅之弊。（參研究二八八—二八九頁）

己、「物不得其平則鳴」辨疑

（一）宋沈作喆寓簡卷四：韓退之言「萬物不得其平則鳴」。若蚯蚓者，其材質亦可以自知矣：食后土而飲黃泉，於其分已過，更有何事不平，而如此終夜長鳴不肯休耶？抑自樂其過分耶？

（二）宋洪邁容齋隨筆卷四「送孟東野序」條：韓文公〈送孟東野序〉云：「物不得其平則鳴。」然其文云：「在唐虞時，咎陶禹，其善鳴者，而假之以鳴。夔假於韶以鳴」，「伊尹鳴殷，周公鳴周。」又云：「天將和其聲，而使鳴國家之盛。」然則非所謂不得其平也。（參研究二九四頁）

（三）宋俞文豹吹劍錄全編、劍錄四錄……送孟東野序云：「凡物不得其平則鳴，草木無聲風撓之，金石無聲或擊之。」「人之歌也有思，其哭也有懷，皆鳴其不平者也。」文豹為此說甚偉。然謂鳥之鳴春，雷之鳴夏，蟲之鳴秋，風之鳴冬，與夫禹咎以文鳴，夔以韶鳴，伊尹鳴殷，周公鳴周，此乃天機之動，人文之正也。謂之「不得其平」則不可。……

庚、不平則鳴的文學理論

（一）羅根澤隋唐文學批評史第七章第四節：至文學的產生，韓愈以為由於「不得其平」。送孟東野序云：

> 大凡物不得其平則鳴。草木之無聲，風撓之鳴；水之無聲，風蕩之鳴。其躍也或激之；其趨也或梗之；其沸也或炙之。金石之無聲，或擊之鳴；人之於言也亦然。有不得已者而後言，其歌也有思，其哭也有懷。凡出乎口而為聲者，其皆有弗平者乎？樂也者，鬱於中而泄於外也，擇其善鳴者而假之鳴。金、石、絲、竹、匏、土、革、木八者，物之善鳴者

也。維天之於時也亦然，擇其善鳴者而假之鳴；是故以鳥鳴春，以雷鳴夏，以蟲鳴秋，以風鳴冬。四時之相推敓，其必有不得其平者乎！其於人也亦然，人聲之精者為言；文辭之於言，又其精也，尤擇其善鳴者而假之鳴。（文五五五）

文學既生於不平之鳴，則愈不平，其文學愈善；而不平的因素雖多，最直接的是窮困，所以「文窮益工」。荊譚唱和詩序云：

夫和之音淡薄，而愁思之聲要妙，讙愉之辭難工，而窮苦之言易好也。是故文章之作，恆於羈旅草野；至若王公貴人，氣滿志得，非性能而好之，則不暇以為。（文五五六）

這種「不平則鳴」與「文窮益工」說的產生，其歷史的來源，大概可上溯於司馬遷的對一切著述。率謂其由於「抒其憤思」（詳二篇三章三節）。韓愈頗推崇司馬遷，司馬遷的學說，當然可給他以極大的影響。然韓愈的特別提出這種說法。與他的不得志有關。他「年二十時，苦家貧衣食不足，……見有舉進士者。人多貴之。……因詣州縣求舉，有司者好惡出於其心。因舉而後有成，亦末即得仕。聞吏部有以博學宏辭選者，人尤謂之才，且得美仕，……因又詣州府求舉。凡二試於吏部，一既得之而又黜於中書」（文五五二，答崔立之書）。後來三上宰相書（文五五一）遍干當時執政者，雖爬上了仕途，而迭遭貶謫，幾至殺戮。由是作進學解以解嘲（文五五八）另作送窮文以自謔。送窮文列舉急欲送出的窮鬼有五個，就是智窮、學窮、文窮、命窮和交窮。的確他不惟仕途失敗，文譽也不佳。答李翊書說「其觀於人也，笑之則以為喜，譽之則以為憂，」正反映文學的窮厄。與馮宿論文書更說得明白：「僕為文久，每自測意中以為好，則人必以為惡矣；小稱意人亦小怪之，大稱意即人必大怪之也。時時應事作俗下文字，下筆令人慚，及示人。則人以為好矣；小慚者亦蒙謂之小好，大慚即必以為大好矣。不知古文直何用於今世也！」（文五五三）這樣當然使他窮得不平。不幸他又不是優遊肥遁的隱士，而是有絕大抱負的學者，因此益感不得志行道之苦。「學成而道益窮，年老而智益困。」（文五五一，上兵部李侍郎書）遂由不平則鳴，文窮益工的事實，作出了不平則鳴，文窮益工的文論。

(二)參研究二三三—二三六頁。

七、送董邵南序

甲、有關邵南事蹟

(一)五百家注昌黎集引宋樊汝霖曰：「邵南，壽州安豐人，舉進士不得志，去遊河北，公作此送之，公詩有嗟哉董生行，亦為邵南作也。」

(二)昌黎詩繫年集釋卷一嗟哉董生行：

淮水出桐柏山，東馳遙遙（一作悠悠）千里不能休。淝水出其側，不能（遠）千里，百里入淮流。壽州屬縣有安豐，唐貞元時縣人董生召南隱居，行義於其中。刺史不能薦，天子不聞名聲。爵祿不及門，門外惟有吏，日來徵租更索錢。嗟哉董生朝出耕（一作至），夜歸讀古人書，盡日不得息。或山而（一作于）樵，或水而（一作于）漁。入廚具甘旨，上堂問起居。父母不慼慼，妻子不咨咨。嗟哉董生孝且慈，人不識。惟有天翁知，生祥下瑞無時

（一作休）期。家有狗乳出求食，雞來哺其兒。啄啄庭中拾蟲蟻，哺之不食鳴聲悲。徬徨躑躅久不去，以翼來覆待狗歸。嗟哉董生，誰將與儔。時之人，夫妻相虐，兄弟為讎。食君之祿，而令父母愁。亦獨何心，嗟哉董生無與儔（或作誰將與儔，或作誰與儔）。

乙、著成年代及河朔情況

㈠清方世舉昌黎詩集編年箋注：「案董邵南序，當在憲宗之世，故云明天子在上，凡昔時屠狗者皆可出而仕矣。此詩（嗟哉董生行）云：刺史不能薦，天子不聞名聲，在董生未應舉之時，大抵徐州所作，徐與壽相近，故稔其行義如此。」（集釋三八頁引）

㈡吳摯甫云：「嗟哉董生行稱唐貞元時。此序亦當貞元時作，殆十八年為四門博士時也。」（唐宋文舉要甲編卷二、二一〇頁引）

㈢新唐書卷二一〇藩鎮傳序：安史亂天下，至肅宗大難略平，君臣皆幸安，故瓜分河北地付授叛將，護養孽子萌以成禍根。亂人乘之，遂擅署吏，以賦稅自私，不朝獻於廷，效戰國肱髀相依，以土地傳子孫，脅百姓加鋸其頸，利怵逆汙，遂使其人自視猶羌狄然，一寇死，一賊生，訖唐亡百餘年，卒不為王土。……

㈣王壽南唐代藩鎮與中央關係之研究：

唐世藩鎮之跋扈，始於安史之亂。尤其安史之根據地河北地區更成為跋扈勢力之代表性地區，自安史之亂以後，迄至唐亡，河北三鎮（河北三鎮指幽州、魏博、成德三鎮）始終跋扈，不奉朝旨。而且唐世中央更視河北三鎮為其他跋扈藩鎮之支援地。會昌三年，李德裕謀伐劉稹，事先即力使河北三鎮不暗中支持劉稹。考諸史實，在僖宗以前，河南、河東藩鎮之跋扈、叛逆，常得到幽州、魏博、成德三鎮之支助。如代德時山南東道節度使梁崇義，與田承疇、李正己、薛嵩、李寶臣為輔車之勢，建中時淮西節度使李希烈擁兵不順，「希烈遣使者約河北朱滔（幽州）、田悅（魏博）等連和。」元和九年，淮西節度使吳少陽卒，子元濟自領軍務，朝廷討元濟。「元濟遣人求援於鎮州王承宗、淄鄆李師道，二帥上表於朝廷，請赦元濟之罪，朝旨不從，自是兩河賊帥，所在竊發，冀以阻撓王師。（元和十年）五月、承宗、師道遣盜燒河陰倉，……六月，承宗、師道遣盜伏於京城殺宰相武元衡。」憲宗初，昭義節度使盧從史「狂恣不道」，「屬（成德節度使）王士真卒，從史竊獻誅承宗計，……陰與承宗通謀，令軍士潛懷賊號。又高其芻粟之價，售於度支，諷朝廷求宰相。且誣諸軍與賊通，兵不可進，上深患之。」因此，河北三鎮成為唐代中原地區跋扈藩鎮的禍根，古來史家學者道及黃巢之亂前的藩鎮跋扈，所指常是指河北三鎮。河北三鎮遂成為唐代藩鎮跋扈之代表。

安史之亂後，河北三鎮所以長期跋扈叛逆而成為半獨立狀態，其原因甚多，而文化上與中央及河南以南地區脫節，厥為一重大因素。

安史之亂以後。河北三鎮實際上脫離了中央的控制，一方面固然是因為在安史之亂以後，中央一直未能以兵力制服河北三鎮，同時，也由於文化上河北地區的鄙野與中央的文雅發生脫節的現象，由於文化的脫節而造成了河北地區與中央政治的不協。

唐代為中國歷史上文治鼎盛之時期，在安史亂前，唐人已形成重文輕武之觀念，人人習文賦詩，用文章為耕耘，甚至蔑視武職，競崇文職，天寶以後，由於戰亂頻繁，武職漸受重視，然而尚文仍為風氣，武將如王智興亦曾賦詩。

安史亂前。河北降胡已多。降胡又精於武藝。安祿山遂利用此批未染華風的胡人。起而叛亂。而且「養同羅及降契丹曳落河八千餘人為己子，及家童校弓矢者百餘人，以推恩信，厚其所給，皆感恩竭誠。一以當百……。」則安祿山之核心部隊亦為胡人。史思明繼安祿山領導河北叛亂，且自立稱帝。「令其妻行親蠶之禮于薊城東郊，以官屬妻為命婦，燕羯之地，不聞此禮，看者填街塞路。燕薊間軍士多不識京官名品，見稱黃門侍郎者，曰：『黃門何得此髭鬚？』」皆此類也。可見河北對中央之禮俗及政治常識認識之缺乏。

安史之亂以後，河北三鎮表面雖為唐臣，然而中央教化及政令絲毫未能影響河北，遂使河北與中央之間的文化程度益形脫節。史孝章言於其父魏博節度使史憲誠曰：「大河之北。號富彊，然而挺亂取地，天下指河朔若夷狄然。」全唐文卷七五五有杜牧撰唐故范陽盧秀才墓誌，今擷取其中一段，以見當時河北之一般文化程度：

> 秀才盧生，名霈，字子中。自天寶後三代，或仕燕，或仕趙，兩地皆多良田，畜馬，生年二十。未知古有人曰周公、孔夫子者。擊毬飲酒。策馬射走兔，語言習尚。無非攻守戰鬥之事。鎮州有儒者黃建，鎮人敬之，呼為先生，建因語生以先王儒學之道，因復曰：『自河而南，有土地數萬里，可以燕趙比者，百數十處，有西京東京，西京有天子公卿士人畦居，兩京間皆億萬家，萬國皆持其土產，出其珍異，時節朝貢，一取約束。……

盧秀才家境富有，年二十尚不知有周公、孔子。終日習武射獵。其生活習慣，與河南之「登高不能賦者，童子大笑」相比，無異為兩個世界，且年二十而不知有京師朝廷，如何能使其有慕化效忠之心？其實對於中央政治情形的隔閡非僅盧秀才一人，幾乎大部分的河

北之人對中央政治情形及禮俗均缺乏基本應有的認識，在此情形之下，對中央政治的向心力自無由產生。(三三二—三三三)

(五)傅樂成中國通史「憲宗的征討」：

河北方面。魏博節度使田緒死於德宗時，節度使一職，經其子季安、孫懷諫，而於元和七年(八一二年)落入田承嗣的姪子田興之手。田興對中央甚為恭順，唐室便正式以他為節度使，賜名弘正。他喜好收藏圖籍，時與賓佐談論古今；館宇服玩，也謹遵法度；這是胡化藩鎮首領的創舉。他又以兄弟子姪在中央任職，以防他們效法河北諸鎮世襲的惡例。他對唐室的忠誠，是胡化藩鎮中所僅見的。

成德節度使王武俊死於貞元末，由其子士真繼位。元和四年(八〇九年)，士真又死，子承宗自為留後。同年，承宗起兵叛唐，唐以宦官吐突承璀統軍討之。次年，承璀屢戰屢敗，承宗遣使謝過，唐乃赦之。十年(八一五年)，淮西亂起，武元衡被刺，王承宗亦陰與其謀。次年，唐以田弘正等討之，但旋即罷兵，併力以取淮西。及淮西平，承宗懼而請罪，納質獻地，唐始復其官爵。不久承宗病死，唐室乃以田弘正移鎮其地，而以李愬為魏博節度使。

盧龍節度使劉濟，對中央甚為恭順。元和五年(八一〇年)，劉濟為其子劉總所弒，唐室不知底細，復以總為節度使。其後王承宗再度抗命，總雖出師助征，但陰持兩端。及吳元濟平，李師道、王承宗相繼死，總黨援盡失，乃上表向唐室輸誠。從此盧龍也接受中央的命令。

到元和十四年（八一九年）春，全國的藩鎮，至少在名義上都服從中央，這時可算憲宗中興事業的最高峰。但憲宗對國事已有些荒怠，漸着意於池臺館宇的營建崇飾。同時他又染上迷信的惡習，祈求長生，服「不死」之藥。他服藥後，性情暴躁，常罪責近習，終於十五年（八二〇年）為宦官陳弘志所害。他死後，河北三鎮（盧龍、成德、魏博）又亂，唐室從此未能收復。（四三六—四三七）

案：校注本昌黎集釋四送幽州李端公序：「平必幽州始，亂之所出也。」（一五五頁）

丙、段落結構及作法

(一)唐宋文舉要甲編卷二題作「送董邵南遊河北序」分為三段：

1. 言其不遇而去燕趙，或有所遇。
2. 言古今不同，仍難必其有合。
3. 諷其當仕於王朝，不宜效命藩鎮。

(二)王禮卿歷代文約選詳評卷二分此篇為四段並論其作法：

1. 從燕趙古多感慨悲歌之士，說到董生不遇於時，往必有合。為欲抑先揚之筆。吳北江曰：韓公為文，每爭起句，凝鍊矜重，獨刱奇格。相傳姚姬傳先生每誦此句，必數易其氣而始成聲，足見古人經營之苦矣。（燕趙古稱多感慨悲歌之士）李曰：折落題面，承明首句，如無此語，則起筆為無着矣。（鬱鬱適茲土）
2. 復由董生老不遇，折入燕趙之士仁義出乎其性，必更有合。前段從燕趙說起，言其感慨悲歌；此段董生說起，說到仁義出乎其性，為更進一層。是為再揚之筆。而必更有合之一意，特用暗筆，縮住不吐。

吳曰：心唯詞否，最為深曲。（引燕趙之士二語）

3.至此以風俗移易。今異於古陡抑。隱示其感慨悲歌之俗及仁義之風已變，不臣習亂之狀已著矣。特以「卜之」一語。含蓄其辭而縮住。仍落到董生，與首段對鎖作章法。

高曰：古也、感慨悲歌，今也、犯上作亂，風化不同，故古今亦異，諷意顯然。（然吾嘗聞風俗與化移易）

吳曰：跌宕有態。（聊以吾子之行卜之也）

4.再從董生興感，以搖曳低徊之筆，落到不臣習亂之人。回應感慨悲歌，正映今異於古。結處道上威德，以招徠之，以示董生之去之不當，為全文主旨。特意在言外，仍用含蓄法。

吳曰：蹴起下文。（昔因子有所感矣）

汪曰：結處遂引古為諷，望諸君及昔時屠狗者、皆古也。（為我弔望諸君之墓三語）

案：清林雲銘古文析義分為四段（參研究三八〇—三八一）

(三)同前總論作法：

以河北諸鎮，自天寶後不稟朝命，有不臣好亂之風。而董生懷才不遇。往適彼土。深可惋惜，第意難明言，故先從正面、論燕趙古多感慨悲歌之士。而仁義出乎其性，姑為讚許之辭。再以風俗移異，今異於古陡轉。然後低徊蕩漾，以望諸君及屠狗映照古之感慨悲歌，謂恐無此人矣，言外有無窮感喂。突接為我謝曰一語，落入好亂之流，映照今異於古，言外有無窮惋惜。以盼其往仕天子作結，蓋欲感諷不臣之河北，並深惜董生之行也。文用四轉，往復吞吐，寄託深微，是韓文中陰柔之作。

(四)清代各家論作法（見唐宋文舉要引）

謝疊山曰：文章有短而轉折多氣長者，此序是也。

劉海峰曰：微情妙旨。寄之筆墨之外，昌黎平生作文，不欲託史記籬下，獨此為近。

姚姬傳曰：冠絕古今，然較之史公自有崖塹。

曾滌生曰：沈鬱往復，去膚存液。

李剛己曰：末段託意同妙，措辭深婉，文章頗近司馬子長。

張廉卿曰：收處寄興無端，如此乃謂之妙遠不測。

(五)清林雲銘古文析義初編卷四：通篇以「風俗與化移易」句，為上下過脈，而以古今字呼應，曲盡吞吐之妙。（詳參研究三八〇—三八一頁）

(六)清林紓韓文研究法：姑勸其往亦是虛語，試思屠狗之賤，且勸其歸朝，豈有董生之孝慈，轉背朝廷而從賊。樓臺倒影於水光中反照，使之觸目歷歷，不必勸止而勸止之意，已明明指出，又不十分唐突。其詞林妙品也。（研究三八一頁）

丁、用事

(一)史記太史公自序：率行其謀，連五國兵，為弱燕報彊齊之讎，雪其先君之恥，作樂毅列傳。

(二)史記卷八十樂毅傳：「樂毅留徇齊五歲，下齊七十餘城。……，惟獨莒、即墨未服。……於是燕惠王固以疑樂毅，得齊反間，乃使騎劫代將，而召樂毅。樂毅知燕惠之不善代之，畏誅，遂西降趙。趙封樂毅於觀津，號曰望諸君，尊寵樂毅，以警動燕齊。……」

張守節正義：「諸，之也。言王起望君之日久已，故號望諸君也。」

(三)史記卷八六刺客列傳：「荊軻既至燕，愛燕之狗屠及善擊筑者高漸離。荊軻嗜酒，日與狗屠及高漸離飲於燕市，酒酣以往，高漸離擊筑，荊軻和而歌於市中，相樂也，已而相泣，旁若無人者。」

戊、主旨

（一）朱文公校昌黎集卷二十送董邵南序注：此篇言燕趙之士，仁義出於其性，故乃反其辭，以深譏其不臣而習亂之意。故其卒章、又為道上威德以警動而招徠之。其旨微矣。（唐宋文舉要，歷代文約選詳評並引之。）

（二）陳齊之曰：「董生不得志於有司，事在貞元中，詳見公詩。時仕路壅滯，兩河諸侯競引豪傑為謀主，於是藩鎮益強，朝廷旰食。此開成初宰相李石告文宗云爾。董生北遊，正幕府需才，王室多事之日。文中立言，尚欲招趙燕之士，則鬱鬱適茲土者，其亦可以息駕矣。送之所以留之，其辭紋而婉矣。」（唐宋文舉要、歷代文約選詳評並引之，陳氏待考。）

（三）清張伯行重訂唐宋八大家文鈔卷二：此因送董邵南，而諷藩鎮歸順之意。（研究三八〇頁）

（四）清吳楚材古文觀止詳註卷八：終諷諸鎮之歸順，及董生不必往。（研究三八〇頁）

（五）高步瀛唐宋文舉要甲編卷二此序題下注：案朱陳說皆是。或謂此韓公望董生以仁義化河北使堅事朝廷，則全失語妙矣！且如此則當莊言以告，如送幽州李端公序可也，何為隱約其辭，微言相諷乎？乃歎朱陳皆深達古人之意，其說為不可易也。（二一〇頁）

案：「或謂」為何人之說，待考。

己、與送幽州李端公序比較

（一）作法

（二）主旨：詳參校注本一五四頁題注

八、送王含秀才序

甲、王績醉鄉記

(一)唐文粹卷七十一王績醉鄉記：

醉之鄉，去中國不知其幾千里也。其土曠然無涯，無丘陵阪險，其氣和平一揆，無晦明寒暑；其俗大同，無邑居聚落；其人甚精，無愛憎喜怒，吸風飲露，不食五穀。其寢于于；其行徐徐。與鳥獸魚鼈雜處，不知有舟車器械之用。

昔者黃帝氏嘗獲遊其都。歸而杳然喪其天下，以為結繩之政已薄矣！降及堯舜，作為千鍾百壺之獻。因姑射神人以假道，蓋至其邊鄙，終身太平。禹、湯立法，禮繁樂雜，數十代與醉鄉隔。其臣羲和，棄甲子而逃，冀臻其鄉，失路而道夭。故天下遂不寧。至乎末孫，桀、紂怒而升其糟丘，階級千仞，南面向而望，卒不見醉鄉。武王得志於世，乃命公旦立酒人氏之職，典司五齊，拓土七千里，僅與醉鄉達焉，三十年刑措不用。下逮幽、厲，迄乎秦、漢，中國喪亂，遂與醉鄉絕。而臣下之愛道者，往往竊至焉。

阮嗣宗、陶淵明等數十人，並游於醉鄉。沒身不返，死葬其壤，中國以為酒仙云。

嗟乎！醉鄉氏之俗，豈古華胥氏之國乎？何其淳寂也如是！余將遊焉，故為之記。

(二)段落結構

1. 醉鄉風土人物。
2. 自黃帝迄秦漢游醉鄉者刑措不用。

3. 阮籍、陶潛游醉鄉，終身不返。

4. 醉鄉古華胥國，作者將遊焉。

乙、王績事蹟

(一)舊唐書隱逸王績傳，績字無功，絳州龍門人，嘗遊北山，躬耕於東皐，故時人號東皐子。

(二)唐呂才東皐子集序：「字無功，太原祁人。……君性簡放，飲酒至數斗不醉，常云恨不逢劉伶與閉戶轟飲。因著醉鄉記及五斗先生傳以類酒德頌云。雅善鼓琴……作山水操為知音者欣賞。高情勝氣獨步當時。……」

(三)五百家注昌黎集卷二十引宋樊汝霖云：「王績字无功，隋末大儒通之弟也，著醉鄉記以次劉伶酒德頌，含其子孫也。」

丙、寫作時代

(一)五百家注昌黎集引宋樊汝霖云：「含，元和八年進士。」

(二)登科記考卷一八，元和八年進士擢第三十人，據樊注，列王含為是年擢第進士。

(三)唐摭言：「舉進士而未第者曰進士，曰舉進士，通稱曰秀才，得第者曰進士第，曰前進士。」

丁、段落作法

(一)王禮卿歷代文約選詳評卷二，分此序為三段，並論其作法。

1. 先言醉鄉之徒不遇聖人而師之，故有是非不平之心，遂有託而逃。為王含不遇於時之遙映。計分三層轉折，愈轉愈深。(1)以隱居者之作醉鄉記，豈真由耽酒而然？作疑問語。(2)釋明乃有託而逃。(3)高出一層，轉出顏曾得聖人而師之，故無所用其託逃。然後揭出「悲醉鄉之徒不遇」之旨，致其婉惜。純用委婉澹宕之筆。

汪曰：舉其先世遺文做議論，所謂悲醉鄉之文詞也。（一層）

又曰：引阮陶兩人，以陪醉鄉。（二層）

又曰：又引顏曾兩人，以壓倒醉鄉。（三層）

孫良臣曰：不遇、謂不遇聖人。（吾又以為悲醉鄉之徒不遇也）

2. 再引良臣以直言見廢，不遇於時，陪起含之不遇。

3. 落入題面，正傷王含之不遇於時。段首雙綰醉鄉良臣，以思識其子孫，落到王含。分兩層寫：(1)文行不失世守，又端厚可取。先寫王含之品學。以今子之來見我也為提頓，無所挾二語頓挫，然後落入行及端厚，縮而不盡，陰柔之吞筆也。(2)惜己以無能為力，故只有與之飲酒，仍歸於有託而逃而已。言外有多少婉惜，有多少無可奈何之意在，耐人咀嚼。惜乎吾力不能振之二語，下句為倒插法，逆筆也。如用順說：「惜乎吾之言不見信於世，而其力不能振之也」，則意雖存而為直敘，自傷傷含之風神失矣。故大家文多用逆筆。

汪曰：良臣之烈，即以醉鄉貫。（吾既悲醉鄉之文詞二語）

(二)同前總論：

言醉鄉之徒乃不免於不平之氣，故有託而逃；惟得聖人之教者，可不至此。所惜王含有文行而不遇，又不得聖人而師之，恐其遂如醉鄉之徒之所為。然己力又不能振之，無可如何，惟有任其如醉鄉者流之有託而逃而已。全文有無限婉惜，層次曲折，而託意深微，抑揚吞吐，遙情逸韻，邈不可攀。張廉卿謂此文與退之他文有陽剛陰柔之別，知言哉！

(三)唐宋文舉要甲編卷二送王含秀才序，分為三段：

1. 借醉鄉發端
(1)怪隱居者無累而逃於醉鄉。
(2)讀阮陶詩知有託而逃。
(3)悲醉鄉之徒不遇。
2. 醉鄉後世良臣以直見廢（襯王含求仕不遂）
3. 惜不能引醉鄉良臣子孫（王含）
4. 結：姑與之飲酒。

(四)清林雲銘古文析義謂王含不遇而行，送之難以下筆，尋出含之祖宗，做個起引。末句作結暗應醉鄉，絕無一字著跡。

(五)張廉卿云：「此篇與退之他文，有陽剛陰柔之別，然空中起步，其來無端，則一也。」（唐宋文舉要二一五頁引）

丁、主旨

(一)宋黃震黃氏日鈔卷五九：「送王含序，悲醉鄉之徒不遇。」

(二)明茅坤云：「昔人以不用入醉鄉，今與之飲酒有無限意。」（唐宋文舉要二一五頁引）

(三)清林雲銘古文析義：「似感慨而非感慨，似慰藉而非慰藉，似勉勵而非勉勵。」

(四)高步瀛唐宋文舉要甲編卷二：「含蓋求仕宦而不遂者，故勉以師聖人，而不必如醉鄉之徒有託而逃，則區區仕宦得失，又不足介於胸中矣。通篇用意在此，而以飄渺凌虛之筆出之，遂令人淵然莫測其際。」（二一三頁）

(五)王禮卿歷代文約選詳評卷二一：「如高氏說，則既非婉惜，結穴處姑與之飲酒一言，其意何居？不及茅氏『有無限意』之言，為得此文之旨。」

案：據末段，本文要旨當在惋惜王含不遇，並感傷作者之莫可奈何，惋惜、慰藉、勉勵、感慨無一道及，而無一不有，「姑與之飲酒」用一姑字，蓋非欲其入醉鄉，而為遣一時之愁。

九、送楊少尹序

甲、楊巨源事蹟

(一)五百家注昌黎集卷二一本序引集注云：「巨源，新舊史無傳。藝文志云：字景山，貞元五年第進士。長慶中為河中少尹。按張籍有送楊少尹河中詩云：官為本府當身榮，因得還鄉任野情。蓋河中人也。」

(二)唐詩紀事卷三十五：「巨源，字景山，大中時為河中少尹。」

(三)唐才子傳卷五楊巨源小傳：「巨源字景山，蒲中人。貞元五年劉太真下第二人及第，初為張弘靖從事，拜虞部員外郎，後遷太常博士、國子祭酒。太和中為河中少尹，入拜禮部郎中。巨源才雄學富，用意聲律，細挹得無窮之源，緩有愈雋永之味。長篇刻琢，絕句清冷，蓋得於此，而失於彼者矣。有詩一卷行於世。」

(四)唐趙璘因話錄（見校注一六〇頁引）

案：張籍送楊詩題作「送楊少尹赴蒲城」。蒲中即河中（舊書三九地理志）。李序云：「國子司業楊君巨源年滿七十，……去歸其鄉，……丞相……署以為其都少尹，余忝在公卿，後遇病不能出。」韓愈以長慶四年夏五月因病請告養於城南韓莊，十二月丙子（二月）卒。巨源歸河中為少尹，韓張作序贈行當在長慶四年（八二四）五月以後。紀事謂太中時為河中太尹，才子傳稱太和中皆誤。又序稱司業，才子傳稱祭酒，亦未是。集注稱長慶中為河中少尹，差是。

乙、二疏事蹟

（一）漢書卷七十一疏廣傳：

疏廣字仲翁，東海蘭陵人也，少好學，明春秋，家居教授，學者自遠方至。徵為博士太中大夫，地節三年立皇太子，選丙吉為太傅，廣為少傅，數月吉遷御史大夫，廣徙為太傅。廣兄子受，字公子，亦曰賢良，舉為太子家令。受好禮，恭謹敏而有辭，宣帝幸太子宮受迎謁應對，及置酒宴奉觴上壽，辭禮，閑雅，上甚讙悅，頃之敗受為少傅。太子外祖父特進平恩侯，許伯以為太子少白，使其弟中郎將舜監護太子家，上以問廣，廣對曰，太子國儲副君，師友必於天下英俊，不宜獨親外家許氏，且太子自有太傅、少傅，官屬已備，今復使舜護太子家，視陋非所以廣，太子德於天下也。上善其言以語丞相魏相相免冠謝曰：此非臣等所能及廣繇是見器重數受賞賜，太子每朝因進見，太傅在前，少傅在後，父子並為師傅，朝廷以為榮。在位五歲，皇太子年十二，通論語、孝經，廣謂受曰：吾聞：「知足不辱，知止不殆，功遂身退，天之道也。」今仕宦至二千石，宦成名立，如此不去，懼有後悔，豈如父子相隨出關，歸老故鄉，以壽命終不亦善乎？受叩頭曰：從大人議，即如父子俱移病，滿三月賜告。廣遂稱篤，上疏乞骸骨，上以其年篤老皆許之，加賜黃金二十斤，皇太子贈以五十斤，公卿大夫故人邑子，設祖道供張東都門外，送者車數百兩，辭決而去，及道路觀者皆曰，賢哉二大夫，或歎息為之下泣，廣既歸鄉里，日令家共具設酒食，請族人故舊賓客與相娛樂，數問其家金餘尚有幾所，趣賣以共具，居歲餘，廣子孫竊謂其昆弟老人廣所愛信者曰：子孫幾及君時頗立產業基阯，今日飲食廢且盡，宜從丈人所勸說君買田宅，老人即以閒暇時為廣言此計。廣曰：我豈老誖不念子孫哉？顧自有舊田廬，令子孫勤力其中，足以共衣食與凡人齊，今復曾益之以為贏餘，但教子孫怠墮耳，賢而多財則損其志，愚而多財益增其過矣。且夫富者眾人之怨也，吾既亡，以教化子孫不欲益其過而生怨，又此金者，聖主所以惠養老臣也，故樂與鄉黨宗族共饗其賜以盡吾餘日，不亦可乎？於是族人說服，皆以壽終。

丙、結構作法

＊結構

(一)二疏辭位：四佳事

1. 公卿設帳祖道、車數百輛
2. 道路觀者言其賢
3. 漢史傳其事
4. 後世圖其跡

(二)楊少尹白丞相歸鄉

1. 辭位之意與二疏無異。
2. 門外送者幾人？車幾輛？馬幾匹？
3. 道路觀者言其賢否？

4.史氏能傳其事否？
5.畫與不畫置不論？
6.丞相不絕其俸。
7.丞相為詩以勸，詩人唱和。
(三)中世士大夫以官為家：罷位無所歸（忘本、不賢）。
(四)楊少尹不去其鄉
1.鄉人加敬，戒子孫以為法（不忘本，賢）。
2.沒而可祭於社。

＊作法：清蔡鑄古文評註補正全集卷七
〈送楊少尹序〉按：楊巨源新、舊《唐書》均無傳。《藝文志》云：字景山，有詩名。此去命其為都少尹。蓋公河中人，即其鄉也。韓公於長慶終為吏部侍郎時作此。序之妙處，在借二疏以形容巨源不同而同、同而不同。全在空中簸弄，尤妙在借病作波，頓覺溪山重疊，烟雨迷離。（同上）

＊明清各家評論：（參韓愈研究・韓文評論選輯三八九―三九〇）
(一)送楊少尹序：
1.明茅坤唐宋八大家文抄卷二：以二疏美少尹，而專於虛景簸弄。
2.清張伯重訂唐宋八大家文抄卷二：羡楊少尹能全引退之義，即將二疏來相形，言其事迹之同不同未可知，而清風高節則無不同也。文法錯綜盡態，意在言外，令人悠然想見，末段遂言其歸故鄉之樂，賢於世之貪爵慕祿者遠矣。唐人詩云：「相逢盡說休官去，林下何曾見一人。」士大夫出處之際，可念也夫！

3. 清姚鼐古文辭類纂：唐應德云：「前後照應，而錯縱變化不可言。此等文字。蘇、曾、王集內無之。」海峰先生云：「馳驟跌蕩，生動飛揚，曲盡行文之妙。」

4. 清吳楚材吳調侯古文觀止評注卷八：巨源之去，未必可方二疏，公欲張大之，將來形容又不可確言，特前說二疏所有，或少尹所無，後說少尹所有，或二疏所無，則巨源之美，不可掩，而已亦不至失言。末託慨世之詞，寫出楊侯歸鄉，可敬可愛。情景宛然。

5. 清林雲銘古文析義二編卷六：七十致仕之年也，楊侯原不得為高；增秩而不得其俸，亦國家優老之典也，楊侯又不得為奇。至於贈行唱和，乃古今之通套，而不去其鄉，尤屬本等之常事，看來無一可著筆處。昌黎偏尋出漢朝絕好的故事來，與他辭位增秩及歌詩數事，有同有不同處，彼此相形，作了許多曲折。末復把中世絕不好的事作反襯語，逼出他歸鄉之賢，便覺件件出色。皆從無可著筆處著筆也。坊評只贊其故作波瀾，而不知非得此波瀾，即不能成一字。故能作古文者，方能讀古文，俗眼評來。自然可笑。

6. 林紓韓文研究法：送楊少尹巨源序，入手引二疏，用意特平平。即七十辭官，亦是恆事。庸手雖說得興會，決難出色。文將二疏事，并入巨源身上，在空中摩盪。以楊侯去時，與二疏去時，兩兩比較，似無甚高下。卻說到丞相愛惜，不絕其祿，又為歌詩勸行。此事似為二疏所無，大類管夫人畫竹石，叢竹在前，一石獨歷落而遠。此序事之前後際，部署大有工夫。末段述其還鄉以後，追想前塵，此秘歸震川最為得之。

案：本篇化平凡為特殊，主要在於前後呼應，兩兩對比，處處有伏筆。（見上說明）

柒、送浮屠道士序分析

一、送浮屠文暢師序

甲、寫作時代及時人贈送詩序

貞元十八年（八〇二）柳宗元有送文暢上人登五台遂遊河朔序（四二二頁）：「十九年春韓作贈序，時文暢將遊東南，白居易有送文暢上人東遊詩（白集卷一三·頁一三六），元和元年（八〇六）韓愈送文暢北遊詩，時為文暢二度北遊。」

乙、主旨

闢佛無仁義道統，亦責儒者不告聖人之道，暗示文暢當棄佛從儒。贈詩云：「昔在四門館晨有僧來謁……。謂僧當少安，與序頗排訐。」是韓自謂作序主旨在排訐浮屠。

丙、作法特徵

文暢結交文人，請作詩序，意在張揚佛法。作者將文暢護法標榜心理，強轉為喜文章慕人倫意願，此為作文狡獪處，使文暢心服口服，無言可辯。

丁、段落結構

(一)墨名儒行在夷狄則進之（意謂有取於文暢）。文暢喜文章，無人告以聖人之道。

(二)文暢慕人倫之美，文物之盛，當告以二帝三王之道，不當告以浮屠之說（喜文章慕人倫，作者杜撰）。

(三)仁義禮樂刑政為中國道統，浮屠無此道統。

(四)有聖人方法，無為優游，與禽獸異。

(五)責文暢迷惑不清醒（知而不為、弱者不能去故就新）亦責公卿不仁不信（知而不告，告而不實）。

(六)敘作序之由，示作者知以告人，並告以實。

戊、評論

唐順之云：「開闔婉轉真如走盤之珠，此天地有數文字，通篇一直說，而前後照應在其中。」

曾國藩云：「立言有本，故真氣充溢歷久常新。」又曰：「闢佛者從治心與之辨毫芒，是抱薪救火矣。韓公言若無中國聖人，則彼佛者亦入禽獸，為物所害，莫能自脫。如此立說，彼教何以置喙！」

清林雲銘古文析義初編卷四：

文暢，浮屠也，其周遊天下，本欲倡明其教，如今日所謂大和尚，使天下人崇信皈依耳。即請諸縉紳先生詠歌，亦不過取重於宰官文人，為之護法標榜。使天下人堅其崇信皈依之念耳。柳州喜與僧遊，宜為之請。然昌黎一生大本領，全在闢佛，豈能作此等委曲文字，故開口分出儒墨是非，而以名行之異，虛虛發出不輕絕人之意，轉入文暢身上，硬坐他喜文章，慕聖迹，吾儒不當浮屠之說贈送，當以聖人之道開示。鋪張臚列說出聖人無數好處，皆文暢所不樂聞。但說到禽獸之弱肉強食，而人得以養生送死，伊誰之功，實皆世俗未曾想到之語。篇中自民之初生，至中國之人世守句，乃原道篇節文，至所謂弱肉強食等語，即原遣篇中所謂古無聖人，人類滅久之意。……是篇較原道篇尤為警策，皆從孟子好辯章，無父無君率獸食人等語脫化出來，真有功世道之文也。

清林紓韓文研究法：

送浮屠文暢師序，直是當面指斥佛教，為夷狄禽獸，而文暢通文字，卻不以為忤者，此昌黎文字遏抑蔽掩之妙也。文中著眼在一「傳」字。傳者，傳道也。聖人之道有傳，而佛教亦未嘗無傳。然昌黎偏不以「傳」字許他。言外似謂有所傳之道，即是人；無所傳之道，即是夷狄禽獸。命意如此，行文實不如此。觀他文中提筆，言「民之初生，固若禽獸夷狄」，然是渾淪說話，不辨儒、佛。言下分出聖人立教，於是禽獸夷狄，與人始分形而立。說到浮屠，孰為孰傳，此圖窮匕見，逼人甚矣。而頂筆卻推開浮屠，但論禽獸，言禽獸不知道，故易罹害。人知道，故獲安居而粒食。此時仍引浮屠同為人類，見得前此「禽獸」二字。不是罵他。顧所以異於禽獸者，能親聖人也。「知其所自」即是醒他，溯源於聖人，若不知所自。仍禽獸耳。斥他不知，又將「不知」二字解脫，不是其人之罪。累擒累縱。一毫不肯放鬆。然後明出正告之意，仍不失儒者身分，令人百讀不厭。

二、送廖道士序

甲、寫作時代

五百家注引宋韓醇云：「公永貞元年自陽山徙掾江陵道衡山而作。」（題注）案：韓愈以永貞元年（八〇五）九月初旬離郴州，至衡州次衡山，入湘江，赴潭州，十月過洞庭，月末至江陵（參研究七一頁）。次衡山時郴州人廖師（時學道於衡山）來見，韓愈作此序以贈別。

乙、主題

謂廖道士迷溺於老學，旨在闢老。即序所謂「意必有魁奇忠信材德之民生其間，而吾又未見也，其無乃迷惑溺沒於老、佛之學而不出邪？廖師郴民，而學於衡山，氣專而容寂，多藝而善遊，豈吾所謂魁奇而迷溺者邪？」等語。

丙、結構組織（全篇四段落、十層次）

（一）郴州淑氣所積，必有魁奇材德之民（從山川淑氣引出物產，再引出郴州人才）

1. 中州五岳，衡山最遠（合天下名山言）。
2. 南方之山獨衡為宗（合南方名山而言）。
3. 衡南最高橫絕者為騎田嶺（單衡山之山言）。
4. 嶺上三之二為郴州（從嶺轉到郴州）。
5. 郴州為中州淑氣之所聚（從郴州轉到中州淑氣之所聚）。
6. 淑氣鬱積為金銀名材及魁奇材德之民（由郴州淑氣轉到礦產植物、再轉到材德之民）。

7.未見材德之民，乃迷惑於老佛（魁奇之民不見用於世，本篇主旨所在）。

(二)廖師多藝善遊，殆魁奇之人而溺於老學（由魁奇之人轉到廖師）

(三)非廖師必在其所與遊（由廖師轉到廖師交遊）

(四)作序之由

丁、作法

由中國五岳說到衡山、騎田嶺、郴州、淑氣、礦產植物、材德之民、廖師、及其所與遊，自大而小，自遠而近，層層轉折、收縮，此種作法蓋源於史記西南夷列傳：

西南夷君長以什數，夜郎最大，其西靡莫之屬以什數，滇最大。自滇以下君王以什數，邛都最大。

古文家每取之，最為法式，如柳宗元遊黃溪記云：北之晉，西適幽，東極吳，南至楚越之交，其間名山水而州者以百數，永最善。環永之治百里，北至于浯溪，西至于湘之源，南至于瀧泉，東至于黃溪東屯，其間名山水而村者以百數，黃溪最善。黃溪距州治七十里，由東屯南行六百步至黃神祠。

北西東南山水 — 永州 — 黃溪 — 黃神祠（河東集二九）

又如歐陽修醉翁亭記云：

環滁皆山也，其西南諸峰，林壑尤美。望之蔚然而深秀者，瑯琊也。山行六七里，漸聞水聲潺潺，而瀉出於兩峰之間者，釀泉也。峰迴路轉，有亭翼然臨於泉上者，醉翁亭也。作亭者誰，山之僧智僊也。名之者誰？太守自謂也。

環滁皆山 — 西南諸峰 — 瑯琊 — 釀泉 — 醉翁亭 — 太守

戊、評論

清林雲銘古文析義二編卷六：

闢佛老是此篇正旨，但廖師自衡山來，與昌黎必有往來相識處。故於其別，作序送之。若純用闢老佛話頭，未免涉於詆訾唐突，反不如不送之為愈也。看他開手把衡山郴州形勢緩緩說入。逼出神氣兩字，見得神傑地靈，降神賦氣，原不虛生，自不宜辜負此身為異端之學，而不用於世矣！妙在將廖師魁奇迷溺，作迷惑不定語，輕輕提過，便入衡山郴州必有奇人。廖師既和與我往來。有知人之鑒，斷無不識其所與遊者。純是送董邵南使弔望諸君、觀市中屠狗一樣結構，正所以闢老佛也。其行文雲委波屬，極有步驟。俗評止稱其飄忽眩奇，何啻隔靴搔癢。

清林紓韓文研究法：

送廖道士序，原可不作，而昌黎志闢佛老，必時時於此等題目著意，此文製局甚險，似泰西機器，懸數千萬斤之巨椎於樑間，以鐵繩作轆轤，可以疾上疾下，置表於質上，驟下其椎，椎及表面玻璃而止，分毫無損也。文自「五岳於中州」起，至「千尋之名材，不能獨當也」止，二百餘言，作一氣下。想廖道士讀到「不能獨當句」，必謂己足以當之，此千萬斤之鐵椎，已近玻璃之表面矣。「意必有」、「吾未見」凡六字，即輕輕將椎勒住，於表面無損分毫。然又防他掃興，即復兜住，言「無乃迷惑溺沒於老佛之學而不出」，似於廖師身上。仍留一線生機。其下率性還他好處，說「豈所謂魁奇而迷溺」，又將巨椎收高放下，弄得廖師笑啼間作。幾謂得雋即在言下。忽言「廖師善知人，若不在其身，必在其所與遊」，此一擲真有萬里之遠。把以上釀至興會話頭，盡化作蜃樓海市，與廖師一毫無涉。此在事實上則謂之騙人。而在文字中當謂之幻境。昌黎一生忠耿。而為文乃狡獪如是，令人莫測。

己、相關篇章

(一)送張道士序（闢佛老主張）：張道士，嵩高之隱者，通古今學，有文武長材，寄跡老子法中，為道士以養其親。九年，聞朝廷將治東方貢賦之不如法者，三獻書，不報，長揖而去。京師士大夫多為詩以贈。（一五六頁舉要二二六）

(二)本政篇闢老（闢佛老主張）

(三)滕文公上（闢佛老理由）：楊墨之道不息，孔子之道不著，是邪說誣民，充塞仁義也。仁義充塞，則率獸食人，人將相食。

(四)進士策問十三首：問：食粟、衣帛、服仁行義以俟死者，二帝三王之所守，聖人未之有改焉者也。今之說者，有神仙不死之道，不食粟，不衣帛，薄仁義以為不足為，是誠何道邪？聖人之於人，猶父母之於子。有其道而不以教之，不仁；其道雖有而未之知，不智。仁與智且不能，又烏足為聖人乎？不然，則說神仙者妄矣！

(五)綜合說明韓愈闢佛老的方式：

直接（正面）：送文暢師序、原道、諫佛骨表、與孟尚書書。
間接（側面）：送高閑、送廖道士詩序。
間接（反面）：送張道士序，讚美張道士，反面貶抑沈迷道教，不言國家利害。進士策問十三首最後一首闢老，謂不仁不智不足為聖人。

三、諫佛骨表

甲、論佛（背景）寫作動機

（一）宮廷迎佛供奉背景，沿習故事。

（二）論佛之害源自舊唐書卷七九（新一〇七）博奕傳：

【武德】七年太史令奕上疏請除釋教曰……自犧農至于漢魏皆無佛法，君明臣忠，祚長年久，漢明帝假託夢想，始立胡神。……洎于符石羌胡亂華，主庸臣佞，政虐祚短，皆由佛教致災也，梁武齊衰，足為明鏡。

（三）承繼原道篇精神理念

原道：「曰：斯道何道也？曰：斯吾所謂道也，非向所謂老與佛之道也。堯以是傳之舜，舜以是傳之禹，禹以是傳之湯，湯以是傳之文武周公，文武周公傳之孔子，孔子傳之孟軻，軻之死，不得其傳焉。」（一〇頁）

乙、論佛事件及遭遇經過（參研究一〇一頁）

丙、篇章組織結構

(一)佛不足事：佛未入中國帝王壽考。又佛入中國亂亡相繼，運祚不長。

(二)高祖除佛，陛下禁佛，今令轉盛也。

(三)不加禁止，必傳笑四方。

(四)佛骨不宜入宮禁（佛為夷狄，又佛身死已久）。

(五)處置辦法。

(六)自任禍祟。

丁、評論：

林紓稱：「論佛骨一表，為天下之至文，直臣之正氣。」此說是否有當，試從作法結構兩方面分析：（參增訂本韓愈研究四二七頁）

林紓韓柳文研究法：昌黎〈論佛骨〉一表，為天下之至文，直臣之正氣。入手，以憲宗畏死之故，引上古無數高年之天子，為憲宗指迷，言耄耋之期，初非關於佛力。迨佛法既盛，自漢末迨梁，無永年之天子；梁武高壽，卒被橫禍，則佛之効驗可知。一片皆為流俗說話，力闢福禍之不關於佛氏，精透極矣。及歸到本朝，引高祖之議，汰僧尼道士女冠，與憲宗初年，不許度人為僧尼道士，及創立寺觀事，上援祖訓，下徵詔書，以矛攻盾，幾逼到憲宗無可置對。此處卻用婉轉之筆，言今縱未能即行，豈可恣之轉令盛也。文氣一舒，亦稍為憲宗迴護，此下始激起迎佛骨之非是。然專制之朝，不能直捷指出朝廷弊病，於是復大加迴護，謂聖明若此，斷不肯信。然天子動靜關於百姓瞻視，在皇帝不過「徇人之心」，而百姓則「愚冥易感」，斥佛骨，卻撇去佛骨，專為政體上追尋利害，語語切摯。篇末斥佛為夷狄，生時不過禮以藩屬，死後尤宜避其凶穢，罵得不值一錢，然後以禍祟之事，極力自任，尤為得體。通篇凝目處，只「事佛漸謹，年代尤促」八字，而憲宗大怒，幾欲抵死。

(一)力闢禍福無關佛氏。
(二)援祖訓、徵詔書，以矛攻盾，逼憲宗無可置對。
(三)用婉轉筆為憲宗迴護。
(四)皇帝不過徇人之心，而百姓則愚冥易感。
(五)斥佛老為夷狄。
(六)以禍祟自任。

戊、文章評論（參研究四二七頁）

(一)就傅奕傳擴充。
(二)就福田立說，不信佛宗旨議論。
(三)斥異端扶正道是天地間大文章。
(四)層層翻駁，寫作明白。
(五)天下至文，直逼正氣。
(六)作法：為天子迴護，自任禍祟。
(七)八字凝目。
(八)敘次論斷、簡峻明健。

己、問題討論

(一)韓愈在本表中提出佛不足事的理由何在？這段文字查考它的依據，所提理由有無說服的力量，何以不從佛教的宗旨上立論或辯其真偽？

1. 憲宗惑於禍福俗義，以祈壽求福為心，故以福田立說。

2. 針對憲宗弱點，畏死心理引出為天子（為憲宗）指迷。

(二)本篇文字與原道篇有什麼不同（句式語法與原道篇比較）？

1. 句子較原道篇整齊，但非駢文。

2. 古文不通行於官方。

(三)表疏二體有何區別？

（※）清姚範謂此篇當從舊書題作論佛骨疏。其故何在？（有無必要）

1. 文心章表篇：「章以謝恩、奏以按劾、表以陳情、議以執異」，原有分別，後混用。

2. 奏啟篇：「上書稱奏，奏者進也，……自漢以來，奏事或稱上疏。」

3. 《文選》三十七《表》注：「謝恩曰章。陳事曰表。劾驗政事曰奏。……至秦並天下，改為表，總有四品：一曰章，謝恩曰章；二曰表，陳事曰表；三曰奏，劾驗政事曰奏；四曰駮，推覆平論，有異事，……」

4. 疏：本意為條陳。韓集只有表狀，上書為奏議，下書為詔令。

5. 古文辭類纂序：奏議類豈唐虞三代聖賢陳說其君之辭，漢以來有表、奏、疏、議、上書、陳事之異名，其實一類。

6. 唐時表亦稱狀，宋時稱劄子，皆是奏議。

7. 賈誼陳政事疏：臣竊惟事勢，可為痛哭者一，可為流涕者二，可為長太息者六，若其它背理而傷道者，難遍以疏舉。進言者皆曰天下已安已治矣，臣獨以為未也。曰安且治者，非愚則諛，皆非事實知治亂之體者也。夫抱火厝之積，薪之下而寢其上，火未及燃，因謂之安，方今之勢，何以異此！本末舛逆，首尾衡決，國製搶攘，非甚有紀，胡可謂治！陛下何不一令臣得熟數之於前，因陳治安之策，試詳擇焉！

8. 文心序表：「章者明也，表者標也。原夫章表之為用也，所以對揚王庭，昭明心曲。既其身文，且亦國華。」

9. 秦改上書為奏，漢定四品。

10. 文選三七表下注：表者，明也，標也。如物之標表，言標著事序，使之明白，以曉主上，得盡其忠，曰表。三王已前，謂之敷奏，故《尚書》云「敷奏以言」是也。至秦並天下，改為表，總有四品：一曰章，謝恩曰章；二曰表，陳事曰表；三曰奏，劾驗政事曰奏；四曰駁，推覆平論，有異事進之曰駁。六國及秦漢，兼謂之上書，行此五事，至漢魏以來皆曰表，進之天子稱表，進諸侯稱上疏，魏以前天子亦稱上疏。

11. 唐文粹有表、奏、書、疏、奏、狀類，古文辭類纂經史百家查鈔合為奏議類。

四、與孟尚書書（參韓愈研究三二二、唐宋文舉要一九三）

甲、寫作年代背景

(一)舊唐書卷一六三孟簡傳：「簡字幾道，平昌人。元和十三年出為襄州刺史……十五年，穆宗即位，貶吉州司馬。」

(二)舊唐書憲宗紀：「元和十三年五月，以戶部侍郎孟簡檢校工部尚書，襄州刺史。」皆假善鳴者而鳴。

(三)韓愈於元和十四年正月諫迎佛骨，貶潮州刺史。冬，移袁州（今江西宜春）刺史。

(四)樊汝霖韓文公年譜：「公元和十四年以言佛骨貶潮州，與潮僧大顛游，人遂云奉佛事，其冬移袁州，明年簡遺書言之，公作此書答之。」

(五)韓愈與孟尚書書：「愈白，行官自南迴，過吉州，得吾兄二十四日手書批讀數翻，忻悚兼至，未審入秋來眠食何似？伏惟萬福。」

案：元和十五年春，孟簡貶至吉州，韓愈是時（十四年冬，移袁州）亦由潮州北上過吉州，此時有來往，韓愈信中問候入秋（十四年）以來情形，則此信當在元和十五年秋完成。

乙、主旨（寫作動機）（辨信佛之妄及排佛理由）

(一)諫佛骨表正在一年前寫成，故李光地曰：「佛骨表其所言於廷者耳。此是欲流傳學者之書，故拔本塞源，爭辯千古道術之歸，反覆愷切，無復餘恨。」

(二)新唐書孟簡傳：「簡佞佛過甚，常與劉伯芻、歸登、蕭俛譯次梵言。」

(三)宋黃震評「與孟尚書書」：因解妄傳奉釋事，遂極言釋氏之非。張籍嘗勸之著書攻釋，則辭之。（黃氏日鈔五九）

(四)清儲欣評「與孟尚書書」：「前半說已不信奉佛氏，後半明所以不信佛而闢之之由。余讀公是書，想見其為人，不獨文章一事，跨轢百代也。」（唐宋八大家類選卷八）

案：此篇將排佛比之於距楊墨，並說明孟子功不在禹下之因。可作為原道篇之補充。又此篇能肯定佛教「外形骸以理自勝」、「胸中無滯礙」等功效，且斷定「鬼神不靈」等現象，剖析入微，可作為諫迎佛骨表之補充。

丙、篇章結構分析（研究三二三頁）

(一)問候
(二)辨己不信佛
1.與大顛來往乃人情之常
2.君子無懼佛之禍祟
3.佛不加禍於正道
(三)孟子闢楊墨推尊孟子之功不在禹下（言孟子功即言己功，推崇孟子即推崇自己）。
(四)闢佛上承孟子：夫楊墨行，正道廢，孟子雖賢聖，不得位，空言無施，雖切何補，然賴其言，而今之學者尚知宗孔氏，崇仁義，貴王賤霸而已。其大經大法，皆亡滅而不救，壞爛而不收。所謂存十一于千百，安在其能廓如也？然向無孟氏，則皆服左衽而言侏離矣。

丁、作法：

(一)程端禮（昌黎文式卷四後集下卷）：〈與孟尚書書〉言佛老之害過於楊墨，便見闢佛老之難，不言己之功而功自見。前言孟之功不在禹下，此一段見韓之功不在孟子下。此文法之妙。孟尚書名簡，字幾道，德州平昌人，元和五年貶太子賓客分司，孟簡吉州司馬。編者按：「元和五年」當是「元和十五年」之誤。「分司」當作「分司東都」，「孟簡」當作「再貶」。
(二)明茅坤（唐宋八大家文鈔・韓文評選卷三）〈與孟尚書書〉翻覆變幻，昌黎書當以此為第一。古來書自司馬子長〈答任少卿書〉後，獨韓昌黎為工，而此書尤昌黎佳處。
(三)何焯（義門讀書記昌黎集第一卷評語）：〈與孟尚書書〉安溪（李光地）云：〈佛骨表〉其所言於廷者耳。此是欲流傳學者之書。故拔本塞源，爭辯千古。道術之歸，反覆愷切，無復餘恨。自江都、河汾之書，鮮足以比擬者，何況諸子？理明氣暢，此文真是如潮。「非崇信其法」

二句「自孟簡之言故云」。「孔子云丘之禱久矣」至「以求福利也」，進無所據。「詩不云乎」至「不為利疚」，「求福不回」句，結上；「不為威惕」句，起下。「假如釋氏能與人為崇禍」至「作威福於其間哉」，退無所據。「且愈不助釋而排之者，其亦有說」，以上辨與大顛往來非求福，以下申己不信奉釋氏，素所自認者重。「夫楊、墨行，正道廢」至「以為功不在禹下者此也」，此段正為「於斯時」起本。「始除挾書之律」，惠帝四年已除挾書之律，此句從上文順勢說下，不及照顧耳。「二帝、三王、群聖人之道，於是大壞」，對上「聖人之道不明」句。「其禍出於楊、墨肆行而莫之禁故也」，叫得醒，應轉「楊、墨交亂」。「空言無施」，應「能言拒楊、墨」。「其大經大法」三句，應倫斁道壞。「則皆在服左衽而言侏離矣」，應上「夷狄」、「禽獸」。「故愈嘗推尊孟氏」，叫得醒。「以為功不在禹下者此也」，應下「聖人之徒」。「漢氏已來」至「以從於邪也」，此段發明己之於釋氏不得不排之故。「釋老之害」四句，紐得緊。「孟子不能教之於未亡之前」至「莫之救以死也」，筆筆折，說得極孤危，轉有光燄。「天地鬼神」六句，信奉釋氏則反得罪於天地鬼神矣，併反照到「福」、「利」一面極密。迴抱到「近少信奉釋氏」，前後紐得緊。

(四)儲欣（昌黎先生集卷三）：〈與孟尚書書〉公方以諫佛骨謫八千里外，古此書淋漓悲宕，盡出其意之所欲宣。

(五)林雲銘（韓文起評語卷四，又見古文析義卷五）：〈與孟尚書書〉昌黎以諫佛骨，被謫潮州，與大顛遊，在時人不能無疑其改悔。孟幾道性嗜佛，且與昌黎相厚，其貽書必以信奉釋氏為勸。不知昌黎以聖道自任，闢佛之說，是其平日大本領，即交潮僧大顛，亦以其識道理而節取之，猶陶元亮虎溪之笑，與聞鐘避去本意，兩不相礙。此理非淺人所能知也。是書當分前後兩大段。前半段中又分三小段：(1)初言與大顛遊，非信奉其法以求福利，明時人之錯認妄傳；(2)次言君子當求諸聖賢之道，不必較論禍福，安有以釋氏為信奉者；(3)又次言釋氏斷無與人禍福之理，其法誠不足為信奉，無奈世人之惑何耳！此前半段中三小段之意也。後半段言釋、老興則正道廢，其害甚於楊、墨。蓋楊、墨不言福利，而釋、老言福利，人尤易溺。以孟子之賢，其闢楊、墨之難猶如彼。在今日斯道僅存一線，安可不思所以全之。雖自知力不能勝，拼死不惜，斷無一經貶斥，遂棄所守而信奉其法者。此後半段之意也。篇中總為衛道起見，筆力所至，有惓惓不容已之心；而又有勃勃不可遏之氣，如勁弩初張，所中必洞。吾知孟幾道得此，必詫其崛強猶昔矣。近代禪和子，撰出昌黎參大顛公案，云於侍者跟前得個人處，借此以嗤士大夫，舉揚翻駁，如醉如狂。噫！抑何無忌憚之甚也。

(六)蔡世遠（古文雅正評論卷八）：〈與孟尚書書〉絕大眼孔，絕大抱負，語皆驚心動魄出之，〈原道〉、〈佛骨表〉、〈與孟尚書書〉、〈張中丞傳後序〉，此四篇，尤為《韓集》絕頂文字，亦千古之至文也。

(七)曾國藩（求闕齋讀書錄卷八韓昌黎集）：〈與孟尚書書〉此為韓公第一等文字，當與原道並讀。

戊、韓愈與大顛郊遊考

(一)二人訂交原因

1.韓愈《與孟尚書書》：潮州時，有一老僧號大顛，頗聰明。識道理。遠地無可與語者。故自山召至州郭，留數十日。實能外形骸以理自勝，不為事物侵亂，與之語，雖不盡解，要自胸中無滯礙，以為難得，因與之往來。及祭神至海上，遂造其廬。及來袁州，留衣服為別。乃人之情，非崇信其法，求福田利益也。

2.羅香林唐代文化研究（頁六十）唐釋大顛考：（韓愈）以嗜文章氣誼之故，於釋子能文者，早喜與往來。迨後以論佛骨貶謫，益以地遠，無平日文章氣誼之友可語言晤，而不能不藉助於與釋氏之往來以自遣。會高僧大顛，適於是時以「應機隨照，冷冷自用」、「識自家本心」諸禪法倡導於潮，前有所需，後有所應，於是而大顛與昌黎之友誼關係以起矣。

3.送靈師、送文暢師（卷二）、送本無師歸漢陽（卷五）、送僧澄觀（卷七）、別盈上人、和歸工部送僧約（卷九）、廣宣上人頻見過（卷十）、送浮屠文暢師序（卷二十）、送高閑上人序（卷二十一）。可見韓愈常與佛徒為友。

案：韓愈於貞元十六年作「送僧澄觀」，貞元二十年作「送惠師」、「送靈師」，則與佛徒交往始於三十三歲。以唐代佛徒眾多之現象，再加上潮州無可與者的情況下，韓愈與釋大顛的交往必然產生。

(二)「大顛」考

1.道光廣東通志卷三二八釋老一引潮州府志大顛傳：「寶通號大顛，俗性陳氏，或曰楊氏。先世潁州人。生於開元末，幼兒穎異。大曆中，與藥山惟儼並師惠照于西山。」

2.據現有史料，可知眾人關係如下：

（六祖）慧能 — 行思 — 希遷 — 大顛
惠照 — 惟儼
韓愈 — 李翺

3.廣東通志引潮州府志大顛傳：「（穆宗）長慶四年（八二四），一日，告辭大眾而逝，年九十三。」（羅香林唐代文化研究頁六十引）

案：大顛若死於西元八二四年，則逆數上推，當生於西元七三二年（開元二十）故人稱生於開元末年。當元和十四年（八一九）與韓愈相交往時，年八十七。

(三)韓愈與大顛如何相交往？

1. 韓愈〈與孟尚書書〉：「自山召至州郭，留數十日，……以為難得，因與之往來。及祭神至海上，遂造其廬。及來袁州，留衣服為別。乃人之情。」

可見韓愈與大顛交往頻繁，且頗重感情，故孟簡以為韓愈少信奉佛教。

2. 韓愈又云：「與之語，雖不盡解，要自胸中無滯礙。……凡君子行己立身，自有法度，聖賢事業，具在方策，可效可師。……何有去聖人之道，捨先王之法，而從夷狄之教，以求福利也。」

可見韓愈此時更瞭解佛理，但仍未全盤接受，或是不懂，或是不放棄聖人之道之故。

3. 今傳韓愈「與大顛師」三首皆文短意眩，內容以邀請對方來城小住為主意，文辭懇切洽當。歐陽修、朱熹以為此書韓愈作，蘇軾、陸游、楊慎、胡應麟、何焯、姚範、鄭珍、陳灃則以為出自他人之守。要之，若以為韓愈所作，則文字必經後人改動無疑。

己、問題：

(一)何謂「留衣服為別」？

(二)宋人大都譏笑韓愈不知佛，柳宗元在〈送僧浩初序〉：

儒者韓退之與余善，嘗病余嗜浮屠言，訾余與浮屠遊。近隴西李生礎自東都來，退之又寓書罪余，且曰：「見送元生序，不斥浮屠。」浮屠誠有不可斥者，往往與《易》、《論語》合，誠樂之，其於性情爽然，不與孔子異道。退之所罪者其迹也。退之忿其外而遺其中，是知石而不知玉也。

(三)司馬光【書心經後贈紹鑒（節錄）】：世稱韓文公不喜佛常排之，余觀其〈與孟尚書書〉論大顛云：「實能外形骸，而以理自勝，不為事物侵亂也者。」乃知文公於書無所不觀，蓋嘗遍觀佛書，取其精粹而排其糟粕耳。不然，何以知「不為事物侵亂」為學佛者所先耶？今之學佛者自言得佛心、作佛事，然曾不免侵亂於事物。則其人果何如哉？

(四)據此書說明韓愈所以排佛的緣由？

(五)韓愈何以推崇孟子謂其功不在禹下？

1. 孟子滕文公下「昔者，禹抑洪水而天下平；周公兼夷狄、驅猛獸而百姓寧。孔子成《春秋》而亂臣賊子懼。我亦欲正人心，息邪說，距詖行，放淫辭，以承三聖者。」（推崇孟子謂其功不在禹下）孟子滕文公下：昔者禹抑洪水，而天下平；周公兼夷狄，驅猛獸，而百姓寧；孔子成春秋，而亂臣賊子懼。詩云：「戎狄是膺，荊舒是懲，則莫我敢承。」無父無君，是周公所膺也。我亦欲正人心，息邪說，距詖行，放淫辭，以承三聖者。豈好辯哉？予不得已也。能言距楊墨者，聖人之也。

2. 蘇軾：「文起八代之衰，道濟天下之溺。」蘇軾潮州韓文公廟碑：匹夫而為百世師，一言而為天下法，是皆有以參天地之，關盛衰之運。其生也有自來，其逝也有所為。田、呂自嶽降，傳說為列星，古今所傳，不可誣也。……文起八代之衰，道濟天下之溺。忠犯人主之怒，而勇憤三軍之帥。此豈非參一天地，關盛衰，浩然而獨存者乎？

3.魏本引佚名補注：張俞論曰：「韓言孟軻輔聖明道之功，不在禹下，斯亦過矣。予謂楊墨之禍未若洪水。然而幾年之害非禹不能平。孔氏之道雖見侵毀，然不由軻而益尊。苟毀、又言由軻而興，則不足謂之孔子之道，使聖人後生，必不易吾言也。」

五、送浮屠令縱西游序

甲、主旨：

亦為闢佛。讚揚令縱入世行為（行異於佛，稱許其儒行。）令人忘其為釋子，亦即反對純粹和尚。

其行異，其情同，君子與其進可也。令縱釋氏之秀者，又善為文，浮遊徜徉，跡接天下。藩維大臣，文武豪士，令縱未始不褰衣而負業，往造其門下。其有尊行美德，建功樹業，令縱從而為之歌頌，典而不諛，麗而不淫，其有中古之遺風與？乘間緻密，促席接膝，譏評文章，商較人士，浩浩乎不窮，愔愔乎深而有歸，於是乎吾忘令縱之為釋氏之子也。其來也雲凝，其去也風休。方歡而已辭，雖義而不求。吾於令縱不知其不可也，盍賦詩以道其行乎？

乙、組織：

(一)行異情同君子許之：其行異，其情同，君子與其進可也。

(二)歌頌大臣豪士功德：令縱釋氏之秀者，又善為文，浮遊徜徉，跡接天下。藩維大臣，文武豪士，令縱未始不褰衣而負業，往造其門下。其有尊行美德，建功樹業，令縱從而為之歌頌，典而不詼，麗而不淫，其有中古之遺風與？

(三)譏評文章，商較人士：乘間緻密，促席接膝，譏評文章，商較人士，浩浩乎不窮，愔愔乎深而有歸，於是乎吾忘令縱之為釋氏之子也。

(四)其來也雲凝，其去也風休。方歡而已辭，雖義而不求。吾於令縱不知其不可也，盍賦詩以道其行乎？

丙、評論：

張裕釗謂：「退之少為釋子作贈序，內不失己，外不失人，最見精心措注處。」如何解釋？

丁、韓文公對於佛徒採什麼態度，排佛何以又與之交往？

不失己：不失排佛立場堅定復興儒學信念。不失人：不予人過分聯想。取其行不取其名。

案：此序疑有錯簡脫文，觀送陸歙州序（一三五）、送李愿序（一四二）、送張道士序（一五六）、送俱文珍序（三九一）、詩（韻文）皆在序文後，當移於「盍賦詩以道其行乎？」句後，前加「詩曰」字。

六、送高閑上人序

甲、主旨：

藉論藝以闢佛，詮釋兩大主題：

(一)心專一（信佛又學書不能精）：物不能亂，但不必離物；業精心專。

(二)有鬱結於心（有觸而發）：人有不平之心，鬱久而發，其氣必勇，其技必精，高閑既無是心，則其氣宜潰敗萎靡而不能奇。浮屠善幻多能，則不可知也。

乙、作法：

用旁敲側擊方法闢佛，方苞謂本篇精神意趣得之於莊子。

(一)莊子好用寓言說理，或用比興作法，言在此意在彼。（匠石郢人、鯤鵬、學鳩故事）

(二)莊子好用謬悠之說，荒唐之言，無端涯之辭。

丙、結構：

(一)心專（神完）守固（持首一藝必堅固）境界，有外物（別物）不足亂心：苟可以寓其巧智，使機應於心，不挫於氣，則神完而守固，雖外物至，不膠於心……。（暗示閑師心不專一）

(二)心專則藝精，外慕則不能精：堯舜禹湯治天下，養叔治射，庖丁治牛，師曠治音聲，扁鵲治病，僚之於丸，秋之於奕，伯倫之於酒，樂之終身不厭，奚暇外慕？夫外慕徙業者，皆不造其堂，不嚌其胾者也。（暗示閑師學書又信佛，外慕不專，書不能精。）

(三)張旭心專一，不治他技，無聊不平，有動於心，必於草書焉發之；心專有鬱，故書動如鬼神。閑上人無旭之心（外慕學浮屠、無不平之心），書不能專：往時張旭善草書，不治他伎，喜怒、窘窮、憂悲、愉佚、怨恨、思慕、酣醉、無聊不平，有動於心，必於草書焉發之。

(四)張旭不平鬱結（得失利欲，勃然不釋）一發於書。閑師澹然泊然，頹墮萎靡（無勇決之氣），書亦如此。觀於物，見山水、崖谷、鳥獸、蟲魚、草木之花實、日月、列星、風雨、水火、雷霆、霹靂、歌舞、戰鬥，天地事物之變，可喜可愕，一寓於書。故旭之書，變動猶鬼神，不可端倪，以此終其身，而名後世。今閑之於草書，有旭之心哉？不得其心，而逐其跡，未見其能旭也。為旭有道，利害必明，無遺錙銖，情炎於中，利慾鬥進，有得有喪，勃然不釋，然後一決於書，而後旭可幾也。今閑師浮屠氏，一死生，解外膠。是其為心，必泊然無所起；其於世，必淡然無所嗜。泊與淡相遭，頹墮萎靡，潰敗不可收拾。則其於書，得無象之，然乎？

(五)浮屠善幻、閑善書，或通其術：然吾聞浮屠人善幻，多技能，閑如通其術，則吾不能知矣。

丁、各家評論「外物至，不膠於心」

(一)姚鼐曰：「不必離物，而靜心。」無外物，可無動於衷。有外物，則有動於衷。

老子：不見可欲其心不亂，華歆掘地得金，必擲之於外。(見世說新語)

見可欲心亦不亂：陶詩：「結廬在人境，而無車馬喧。問君何能爾，心遠地自偏」管寧掘地見金，視之若無。(韓所謂心專指第二層)

(二)析義：謂所寓之外，別有所慕之業。

(三)評註：雖所寓之外，別有可得之業，亦不得黏着其心。

戊、本篇作法乃藉論藝闢佛，用旁敲側擊方法闢佛，各家評論分述如下：

(一)析義：細繹大旨，純是一則闢佛口角。所寓之外別有所慕之業。

(二)林紓韓文研究法：昌黎文主固內而遺外，似注意於書，即不應外慕浮屠之學，其上廣引多人，終以張旭，皆主心無兩用而言。轉到高閑，無旭之心，則亦不能有旭之藝，名為論藝，其意仍主闢佛。觀「為旭有道」以下六句，均是俗情，力與浮屠之法相反。一說浮屠之心。「泊然無所起於世」，尤「淡然無所嗜」。為書不能工。顧高閑本有書名，一時亦不能抹煞。許他「無象之然」是免強應付語。其下還他「善幻多技能」，「則吾不能知」，非不知也，不肖耳。此篇與廖道士序相較，語稍欠婉轉。然昌黎論書，尚詆羲之為俗，似非知書中三昧者，其推重張旭，亦非重旭，重旭正所以輕閑耳。

(三)唐宋文舉要：韓公闢佛之旨，送浮屠文暢師序，既以莊論出之矣，然不能每送釋子，即發此論也，故此文別出手眼，以為習釋氏者，其心泊然澹然，無勇決之氣，即學書亦不能精，仍以旁見側出，寓其闢釋氏之旨耳，文心何等靈妙。若認為學書人說法，則幾於痴人說夢矣。

己、韓愈認為藝術是怎樣完成的（根據本篇說明韓愈對文學藝術創作的觀念）

(一)專一（心無兩用）：信佛又學書不能專。

(二)有鬱於心：創作、有觸而發。

(三)淡泊（無求於外），不能有藝術創作。

捌、平淮西碑綱要暨研究資料

一、襄助平淮

韓愈傳「出征淮西」

元和十年至十二年（八一五—八一七）憲宗討伐淮西（治蔡州，今河南汝南縣）吳元濟的叛亂，是唐室歷來討伐藩鎮最艱苦的一次戰役。這次戰役，韓愈曾參贊軍機，立下了赫赫的功勳。

淮西從德宗建中時代（七八〇—七八三）的李希烈開始就和朝廷對立，形成長期的割據。貞元二年（七八六），節度使李希烈為部將陳仙奇所殺，朝廷以仙奇繼任節度使。不久，仙奇又為部將吳少誠所害，朝廷不得已又以少誠繼位。少誠獨霸淮西二十多年，於元和四年（八〇九）去世，大將吳少陽自立為留後（未經朝廷任命的節度使）。當時唐室正用兵河北，不得已真授為節度使。九年閏八月少陽死，他的兒子元濟秘不發喪，自領軍權，並發兵四出擄掠。十月憲宗下詔命嚴綬為淮西招討使（總指揮）率各鎮兵馬討伐吳元濟。次年正月元濟縱兵侵掠及於東都畿縣，情勢很危急，憲宗又下詔命宣武（治汴州，今河南開封）等十六鎮兵馬進討。但十萬之師，徘徊觀望，竟不能奏功。二月鄂岳觀察使（治鄂州，今湖北武昌）柳公綽自請帶兵出征，獲得詔許。韓愈時在長安任考功郎中知制誥，聽到柳公綽出征的消息，大為振奮，認為柳公綽一介書生，能夠去文就武，鼓三軍而進，足以羞武夫之顏，增書生之氣。所以去信加以讚揚和鼓舞。

各鎮兵馬討淮西久而無功，這年五月憲宗特遣御史中丞裴度前往淮西行營視察用兵形勢。裴度視察以後，回朝奏報。認為淮西可以取勝，前方將帥李光顏勇而知義，必能立功。憲宗大為喜悅。韓愈這時趁勢上了一道「論淮西事宜狀」說：「淮西三小州（申、光、蔡）殘弊困劇之餘，而當天下之全力，其破可立而待也，然所未可知者，在陛下斷與不斷耳！」並提出六項建議：㈠諸鎮各發兵二、三千人勢力單弱，旅居異鄉，心孤意怯，難以有功，宜令全部歸還本鎮。召募許（河南許昌縣）、唐（在河南泌陽縣東）、汝（河南臨汝縣）、壽（今安徽壽縣）等州士民組織成軍，防備寇賊。㈡選擇衝要之地，屯聚重兵，審量情勢，乘機取勝。㈢蔡州士卒都是國家百姓，如果處境已窮，不能作惡，不須過分殺戮，喻以皇恩，釋放回家。㈣淮西地小，元濟庸愚，滅此小寇，泰山壓卵，不可因一時無功，便議罷兵。㈤用兵勝負在於賞罰，厚賞重罰，可以成事。㈥淄青（山東李師道）、恒冀（河北王承宗）兩鎮如有意救助淮西，應特別下詔警告他們說：「如敢相扇動，就赦免元濟，迴軍討伐。」二鎮自然破膽，不敢輕舉妄動。當時宰相分主戰主和兩派。主戰者武元衡，主和者韋貫之。韓愈這篇奏狀，其中一部分是針對著主和派而發，自然不為宰相韋貫之等所喜。次年韓愈被降為右庶子，這是主要原因。

憲宗是決心全力討伐淮西的，所以把用兵大權交給主戰宰相武元衡。淄青（治青州，今山東益都縣）李師道的門客向他鼓動說：「天子所以決意討蔡，是由於武元衡的贊助，只要把元衡刺死，其他宰相便會爭勸天子罷兵。」李師道以為然，即資遣他到長安伺機行刺。同時河北王承宗也派人到長安為吳元濟遊說，並上書詆毀武元衡。六月三日晨，李師道刺客果然刺死了武元衡，

並殺傷裴度。京師大為震驚，憲宗下詔懸賞捕賊，結果真凶逃離長安。卻誤逮了王承宗部卒張晏
等十餘人，處了死刑。

武元衡死後，御史中丞裴度繼任宰相。裴度是主張用兵最力的人，而且很得憲宗的信任。但
當時主和派勢力相當大，憲宗為了壓制他們的聲勢，次年正月即免除主和分子錢徽、蕭俛翰林學
士的兼職，以警告其餘，並拔擢贊助用兵的韓愈為中書舍人（正五品上，掌侍奉進奏參議表章）。此
時和、戰兩派似勢均力敵，但不久，情勢轉變。因為到了二月主和分子中書舍人李逢吉拜相。再
加上原來主和宰相韋貫之跟他同黨右拾遺獨孤朗、吏部侍郎韋顗、考功員外郎韋處厚等的唱和，
使主和派勢力大為增長。五月，主和宰相藉故降韓愈為太子右庶子（階正四品下，掌侍從啟奏）。六
月，淮西方面又傳來唐鄧節度使高霞寓大敗的消息，主和宰相遂振振有詞力勸憲宗罷兵。但憲宗
認為，「勝負兵家之常，豈能以一將失利遽議罷兵。」由於憲宗態度的堅定，罷兵之議始稍稍平
息。八月，主和宰相韋貫之罷為吏部侍郎。九月，獨孤朗貶官興元（今陝西南鄭縣），韋貫之外放
湖南，韋顗、韋處厚等都貶謫遠郡刺史。到此，主和派勢力幾完全去除。裴度、韓愈等得以全力
布置征討淮西的大計。

十二年（八一七）七月，宰相李逢吉以為征討淮西四年不勝，兵疲財乏，又舊調重彈，擬議
罷兵。裴度覺得事不宜遲，就自請出征。是月二十九日憲宗任命裴度為淮西宣慰招討處置使（相
當於現在的總司令）。裴度奏請刑部侍郎馬總擔任副使、右庶子韓愈為行軍司馬、司勳員外郎李正
封、都官員外郎馮宿、禮部員外郎李宗閔分別兼任節度判官、觀察判官和書記。

行軍司馬總理軍政：平時負責軍隊操練，戰時擬定攻守戰法，並主管器械、糧秣、軍籍、賞
賜等事項，職責相當繁重。韓愈受命後，立即出關赴汴勸說都統（總指揮）韓弘出兵，協同討伐

淮西。韓弘，陽夏人（今河南太康縣），先祖出自潁川，和韓愈同一世系。貞元十五年（七八九）授汴州刺史、宣武軍節度使，元和十年（八一五）九月授任討淮西諸軍都統。韓弘為挾賊勢以自重，很不願淮西速平，故雖為都統，並不出兵。今年裴度親征，由於韓愈的勸說，韓弘終於命他的兒子公武率兵一萬二千人會於淮西，並捐輸財賦資助軍需。

八月庚申（三日）裴度帶著三百名侍衛啟程前往淮西。東行至洛陽，再折向西南，抵達河南府的福昌縣（今河南宜陽縣）。這時韓愈已從汴州趕到宜陽和裴度一行會合。從宜陽轉東南赴汝州（今河南臨汝縣）、襄城（今河南襄城）。是月甲申（二十七日）到達郾城（河南郾城縣）。這個縣邑原為淮西地盤，後為官軍攻佔，距離吳元濟的根據地蔡州僅一百八十里。裴度決定以此作為督戰的基地。

裴度到郾城後第一件事，就是奏請撤免各鎮軍中的監軍使。從玄宗開元時代開始，各鎮軍中都有朝廷派來的宦官充任監軍使。這些監軍專權自負，作戰進退不由主將。勝則居功獻捷（戰利品），敗則百端折辱將帥。裴度深切瞭解其弊害，所以一律予以撤免。從此諸將得以專責指揮軍事，戰多有功。

九月淮西降將李祐向唐鄧節度使李愬透露一個重要的情報，說：「吳元濟的精兵都屯守在洄曲（溵水洄曲之處，距郾城數十里）及蔡州的四境。守蔡州城的是一些老弱殘兵，可以乘虛直入擒獲元濟。」李愬以為然，準備相機行事。當時韓愈也得知蔡城空虛的消息，曾向裴度自請帶兵千人直取蔡城。裴度不願韓愈跟諸將爭功而受疑忌，所以沒有允許。是月韓愈和判官李正封同作五言長篇「晚秋郾城夜會聯句」，共九百九十字。詩中已預見吳元濟必敗的情勢。

其時征討淮西的將帥有：

(一)李光顏——元和九年十月任忠武軍節度使（治許州，今河南許昌縣），十年正月統帥河東、魏博、郃陽（即涇原，治涇州，今甘肅涇州縣）三軍行營。

(二)烏重胤——元和九年閏八月為河陽懷汝節度使（治孟州，今河南孟縣），統帥朔方（治靈州，今寧夏靈武縣）、義成（治滑州，今河南滑縣）、陝虢（治陝州，今山西陝縣）、劍南西川（治成都）、隴右（治鳳翔）、鄜坊（治鄜州，今陝西鄜縣）、邠寧（治邠州，今陝西邠縣）七軍行營。

(三)韓公武——元和十年九月以宣武節度使韓弘為淮西諸軍都統。十二年韓弘命子公武率兵一萬二千會於蔡州。

(四)李文通——元和十年二月以金吾大將軍出任壽州（今安徽壽縣）團練使。統武寧（治徐州）、宣歙（治宣州，今安徽宣城）、淮南（治揚州）、浙西（治潤州，今江蘇鎮江）四軍行營。

(五)李道古——元和十一年為鄂岳觀察使（治鄂州，今湖北武昌）。

(六)李愬——元和十一年十二月自太子詹事出任唐鄧隨節度使（治唐州，在今河南泌陽縣東）。

裴度坐鎮郾城督戰，六將四面包圍淮西（申、光、蔡三州）。李光顏、烏重胤、韓公武合攻北面，大戰十六回，俘虜人卒四萬。李道古從東南方進擊，八次戰役，俘人卒一萬三千，並攻佔淮西南方的重要據點——申州（今河南潢川縣）。李文通進攻東面，交戰十餘合，俘人卒一萬二千。李愬攻西面，俘得元濟部將李祐等，優容不殺。十月壬申（十六日）李愬用李祐計策，帶領數千兵馬，趁著大風雪，自文城（河南遂平縣西）奔馳百二十里。夜半抵蔡州，攻入城門，擒得吳元濟和他的部卒。二十五日裴度、韓愈等一行自郾城入蔡州，頒布皇帝詔令，赦免蔡州庶民士卒。擾攘多年的淮西叛亂終於平定。

十一月甲戌朔憲宗御興安門受俘，隨即斬吳元濟於獨柳樹下。廿八日韓愈隨從裴度自蔡州班師回朝。招討副使馬總暫代淮西節度使（留後），以安撫人心並處理戰後問題。韓愈有〈酬別留後馬侍郎〉詩。

十二月，沿途經過郾城、襄城、汝州（今河南臨汝縣）神龜驛、壽安縣（今河南宜陽地）連昌宮、陝州陝石縣、靈寶縣桃林，入潼關，至華州都有詩記事。這月十六日到達長安。五日後韓愈以軍功擢授刑部侍郎（正四品下，掌刑法政令），而裴度已於本月七日班師途中詔守本官（宰相），封晉國公，食邑三千戶。（五五—五九頁。參考資治通鑑卷二四〇及韓愈研究八五—九二頁）

二、通鑑記平淮之役

(一)通鑑卷二三九憲宗元和十年（乙未，八一五）：

✧ 春，正月，乙酉，加韓弘守司徒。弘鎮宣武，十餘年不入朝，頗以兵力自負，朝廷亦不以忠純待之。王鍔加平章事，弘恥班在其下，與武元衡書，頗露不平之意。朝廷方倚其形勢以制吳元濟，故遷宮，使居鍔上以寵慰之。

✧ 吳元濟縱兵侵掠。及於東畿。己亥，制削元濟官爵，命宣武等十六道進軍討之。嚴綬擊淮西兵，小勝，不設備，淮西兵夜還襲之；二月，甲辰，綬敗于磁丘，卻五十餘里，馳入唐州而守之。壽州團練使令狐通為淮西兵所敗，走保州城，境上諸柵盡為淮西所屠。癸丑，以左金吾大將軍李文通代之，貶通昭州司戶。

詔鄂岳觀察使柳公綽以兵五千授安州刺史李聽，使討吳元濟；公綽曰：「朝廷以吾書生不知兵邪！」即奏請自行，許之。公綽至安州，李聽屬櫜鞬迎之。公綽以鄂岳都知兵馬使、先鋒行營兵馬都虞候二牒授之，選卒六千以屬聽，戒其部校曰：「行營之事，一決都將。」聽感恩畏威，如出麾下。公綽號令整肅，區處軍事，諸將無不服。士卒在行營者，其家疾病死喪，厚給之，妻淫泆者，沈之於江，士卒皆喜曰：「中丞為我治家，我何得不前死！」故每戰皆捷。

【三月】

◇ 庚子，李光顏奏破淮西兵於臨穎。

◇ 田弘正遣其子布將兵三千助嚴綬討吳元濟。

◇ 甲辰，李光顏又奏破淮西兵於南頓。

◇ 吳元濟遣使求救於恆、鄆；王承宗、李師道數上表請赦元濟，上不從。是時發諸道兵討元濟而不及淄青，師道使大將將二千人趣壽春，聲言助官軍討元濟，實欲為元濟之援也。師道素養刺客奸人數十人，厚資給之，其人說師道曰：「用兵所急，莫先糧儲。今河陰院積江、淮租賦，請潛往焚之。募東都惡少年數百，劫都市，焚宮闕，則朝廷未暇討蔡，先自救腹心。此亦救蔡一奇也。」師道從之。自是所在盜賊竊發。辛亥暮，盜數十人攻河陰轉運院，殺傷十餘人，燒錢帛三十餘萬緡匹，穀三萬餘斛，於是人情恇懼。群臣多請罷兵，上不許。

◇ 諸軍討淮西久未有功，五月，上遣中丞裴度詣行營宣慰，察用兵形勢。度還，言淮西必可取之狀，且曰：「觀諸將，惟李光顏勇而知義，必能立功。」上悅。

考功郎中、知制誥韓愈上言，以為：「淮西三小州，殘弊困劇之餘，而當天下之全力，其破敗可立而待。然所未可知者，在陛下斷與不斷耳。」因條陳用兵利害，以為：「今諸道發兵各二三千人，勢力單弱，羈旅異鄉，與賊不相諳委，望風懾懼，將帥以其客兵，待之既薄，使之又苦；或分割隊伍，兵將相失，心孤意怯，難以有功。又其本軍各須資遣，遠路遼遠，勞費倍多。聞陳、許、安、唐、汝、壽等州與賊連接處，村落百姓悉有兵器，習於戰鬬，識賊深淺，比來未有處分，猶願自備衣糧，保護鄉里。若令召募，立可成軍。賊平之後，易使歸農。乞悉罷諸道軍，募土人以代之。」又言：「蔡州士卒皆國家百姓，若勢力窮不能為惡者，不須過有殺戮。」

◇ 丙申，李光顏奏敗淮西兵於時曲。淮西兵晨壓其壘而陳，光顏不得出，乃自毀其柵之左右，出騎以擊之。光顏自將數騎衝其陳，出入數四，賊皆識之，矢集其身如蝟毛，其子攬轡止之，光顏舉刃叱去。於是人爭致死，淮西兵大潰，殺數千人。上以裴度為知人。

◇ 上自李吉甫薨，悉以用兵事委武元衡。李師道所養客說李師道曰：「天子所以銳意誅蔡者，元衡贊之也，請密往刺之。元衡死，則他相不敢主其謀，爭勸天子罷兵矣。」師道以為然，即資給遣之。

◇ 王承宗遣牙將尹少卿奏事，為吳元濟遊說。少卿至中書，辭指不遜，元衡叱出之；承宗又上書詆毀元衡。

六月，【癸卯】，天未明，元衡入朝，出所居靖安坊東門；有賊自暗中突出射之，從者皆散走。賊執元衡馬行十餘步而殺之，取其顱骨而去。又入通化坊擊裴度，傷其首，墜溝中，度氈帽厚，得不死；傔人王義自後抱賊大呼，賊斷義臂而去。京城大駭，於是詔宰相出入，加金吾騎士張弦露刃以衛之，所過坊門呵索甚嚴。朝士未曉不敢出門。上或御殿久之，班猶未齊。

成德軍進奏院有恆州卒張晏等數人，行止無狀，眾多疑之。庚戌，神策將軍王士則等告王承宗遣晏等殺元衡。吏捕得晏等八人，命京兆尹裴武、監察御史陳中師鞫之。癸亥，詔以王承宗前後三表出示百僚，議其罪。

裴度病瘡，臥二旬。詔以衛兵宿其第，中使問訊不絕。或請罷度官以安恆、鄆之心，上怒曰：「若罷度官，是奸謀得成，朝廷無復綱紀。吾用度一人，足破二賊。」甲子，上召度入對。乙丑，以度為中書侍郎、同平章事。度上言：「淮西，腹心之疾，不得不除；且朝廷業已討之，兩河藩鎮跋扈者，將視此為高下，不可中止。」上以為然，悉以用兵事委度，討賊愈急。初，德宗多猜忌，朝士有相過從者，金吾皆伺察以聞，宰相不敢私第見客。度奏：「今寇盜未平，宰相宜招延四方賢才與參謀議。」始請於私第見客，許之。

✧ 陳中師按張晏等，具服殺武元衡；張弘靖疑其不實，屢言於上，上不聽。戊辰，斬晏等五人，殺其黨十四人，李師道客竟潛匿亡去。

【八月】乙丑，李光顏敗於時曲。

✧ 初，上以嚴綬在河東，所遣裨將多立功，故使鎮襄陽，且督諸軍討吳元濟。綬無他材能，到軍之日，傾府庫，賫士卒，累年之積，一朝而盡；又厚賂宦官以結聲援，擁八州之眾萬餘人屯境上，閉壁經年，無尺寸功。裴度屢言其軍無政。

✧ 九月，癸酉，以韓弘為淮西諸軍都統。弘樂於自擅，欲倚賊自重，不願淮西速平。李光顏在諸將中戰最力，弘欲結其歡心，舉大梁城索得一美婦人，教之歌舞絲竹，飾以珠玉金翠，直數百萬錢，遣使遺之。使者先致書光顏，光顏大饗將士；使者進妓，容色絕世，一座盡驚。光顏謂使者曰：「相公愍光顏羈旅，賜以美妓，荷德誠深。然戰士數萬，皆棄家遠來，冒犯白刃，光顏何忍獨以聲色自娛悅乎！」因流涕，座者皆泣；即於席上厚以繒帛贈使者，并妓返之，曰：「為光顏多謝相公，光顏以身許國，誓不與逆賊同戴日月，死無貳矣！」

◇ 冬，十月，庚子，始分山南東道為兩節度，以戶部侍郎李遜為襄、復、郢、均、房節度使；以右羽林大將軍高霞寓為唐、隨、鄧節度使。朝議以唐與蔡接，故使霞寓專事攻戰，而遜調五州之賦以餉之。

◇ 十一月，壽州刺史李文通奏敗淮西兵。

王申，韓弘請命眾軍合攻淮西；從之。

李光顏、烏重胤敗淮西兵於小溵水，拔其城。

乙亥，以嚴綬為大子少保。

丁丑，李文通拜淮西兵於固使。

(二)通鑑二三九、憲宗元和十一年（丙申，八一六年）：

◇ 【正月】庚辰，翰林學士、中書舍人錢徽，駕部郎中、知制誥蕭俛，各解職，守本官。時群臣請罷兵者眾，上患之，故黜徽、俛以警其餘。徽，吳人也。

◇ 【三月】

壽洲團練使李文通奏拜淮西兵於固始，拔鏊山。己卯，唐鄧節度使高霞寓奏敗淮西兵於朗山，斬首千餘級，焚二柵。

◇ 夏，四月，庚子，李光顏、烏重胤奏敗淮西兵於陵雲柵，斬首三千級。

◇ 五月，王申，李光顏、烏重胤奏敗淮西兵於陵雲柵，斬首二千餘級。

◇ 六月，甲辰，高霞寓大敗於鐵城，僅以身免。時諸將討淮西者，勝則虛張殺獲，敗則匿之；至是，大敗不可掩，始上聞，中外駭愕。宰相入見，將勸上罷兵，上曰：「勝負兵家之常，今但當論用兵方略，察將帥之不勝任者易之，兵食不足者助之耳。豈得以一將失利，遽議罷兵邪！」於是獨用裴度之言也，他人言罷兵者亦稍息矣。己酉，霞寓退保唐州。
上責高霞寓之敗，霞寓稱李遜應接不至。秋，七月，貶霞寓為歸州刺史，遜亦左遷恩王傅。
以河南尹鄭權為山南東道節度使。以荊南節度使袁滋為彰義節度、申、光、蔡、唐、隨、鄧觀察使，以唐州為理所。

◇ 壬午，宣武軍奏破郾城之眾二萬，殺二千餘人，捕虜千餘人。

◇ 中書侍郎、同平章事韋貫之，性高簡，好甄別流品，又數請罷用兵；左補闕張宿毀之於上，云其朋黨，八月，壬寅，貫之罷為吏部侍郎。

◇ 九月，乙亥，右拾遺獨孤朗坐請罷兵，貶興元府倉曹。朗，及之子也。

◇ 丙子，以韋貫之為湖南觀察使，猶坐前事也。辛巳，以吏部侍郎韋顗、考功員外郎韋處厚等皆為遠州刺史，張宿讒之，以為貫之之黨也。顗，見素之孫；處厚，敻之九世孫也。

◇ 乙酉，李光顏、烏重胤奏拔吳元濟陵雲柵。丁亥，光顏又奏拔石、越二柵；壽州奏敗殷城之眾，拔六柵。

◇ 【十一月】討淮西諸軍近九萬，上怒諸將久無功。辛巳，命知樞密梁守謙宣慰，因留監其軍，授以空名告身五百通及金帛，以勸死事。庚寅，先加李光顏等檢校官，而詔書切責，示以無功必罰。

◇ 辛卯，李文通奏敗淮西兵於固始，斬首千餘級。

◇ 【十二月】

袁滋至唐州，去斥候，止其兵不使犯吳元濟境，元濟圍其新興柵，滋卑辭以請之，元濟由是不復以滋為意。朝廷知之，甲寅，以太子詹事李愬為唐、隨、鄧節度使。愬，聽之兄也。

◇ (三)同前卷二四〇元和十二年（丁酉八一七）：

◇ 春，正月，甲申，貶袁滋為撫州刺史。

李愬至唐州，軍中承喪敗之餘，士卒皆憚戰，愬知之，有出迓者，愬謂之曰：「天子知愬柔懦，能忍恥，故使來拊循爾曹。至於戰攻進取，非吾事也。」眾信而安之。愬親行視士卒，傷病者存恤之，不事威嚴。或以軍政不肅為言，愬曰：「吾非不知也。袁尚書專以恩惠懷賊，賊易之，聞吾至，必增備，吾故示之以不肅。彼必以吾為懦而懈惰，然後可圖也。」淮西人自以嘗敗高、袁二帥，輕愬名位素微，遂不為備。

◇ 【二月】

李愬謀襲蔡州，表請益兵，詔以昭義、河中、鄜坊步騎二千給之。丁酉，愬遣十將馬少良將十餘騎巡邏，遇吳元濟捉生虞侯丁士良，與戰，擒之。士良，元濟驍將，常為東邊患；眾請刳其心，愬許之。既而召詰之，士良無懼色。愬曰：「真丈夫也！」命釋其縛。士良乃自言：「本非淮西士，貞元中隸安州，與吳氏戰，為其所擒，自分死矣，吳氏釋我而用之，我因吳氏而再生，故為吳氏父子竭力。昨日力屈，復為公所擒，亦分死矣，今公又生之，請盡死以報德。」愬乃給其衣服器械，署為捉生將。

◇ 己亥，淮西行營奏克蔡州古葛伯城。

◇ 丁士良言於李愬曰：「吳秀琳擁三千之眾，據文城柵，為賊左臂，官軍不敢近者，有陳光洽為之謀主也。光洽勇而輕，好自出戰，請為公先擒光洽，則秀琳自降矣。」戊申，士良擒光洽以歸。

◇ 鄂岳觀察使李道古引兵出穆陵關；甲寅，攻申州，克其外郭，進攻子城。城中守將夜出兵擊之，道古之眾驚亂，死者甚眾。道古，皐之子也。

◇ 淮西被兵數年，竭倉廩以奉戰士，民多無食，采菱芡魚鱉鳥獸食之，亦盡，相帥歸官軍者前後五千餘戶；賊亦患其耗糧食，不復禁。庚申，敕置行縣以處之，為擇縣令，使之撫養，并置兵以衛之。

◇ 三月，乙五，李愬白唐州徙屯宜陽柵。

◇ 吳秀琳以文城柵降于李愬。戊子，愬引兵至文城西五里，遣唐州刺史李進誠將甲士八千至城下，召秀琳，城中矢石如雨，眾不得前。進誠還報：「賊偽降，未可信也。」愬曰：「此待我至耳。」即前至城下，秀琳束兵投身馬足下，愬撫其背慰勞之，降其眾三千人。秀琳將李憲有材勇，愬更其名曰忠義而用之，悉遷婦女於唐州。於是唐、鄧軍氣復振，人有欲戰之志。賊中降者相繼於道，隨其所便而置之；聞有父母者，給粟帛遣之，曰：「汝曹皆王人，勿棄親戚。」眾皆感泣。

官軍與淮西兵夾溵水而軍，諸軍相顧望，無敢渡溵水者。陳許兵馬使王沛先引兵五千渡溵水，據要地為城，於是河陽、宣武、河東、魏博等軍相繼皆渡，進逼郾城。丁亥，李光顏敗淮西兵三萬於郾城，走其將張伯良，殺士卒什二三。

己丑，李愬遣山河十將董少玢等分兵攻諸柵；其日，少玢下馬鞍山，拔路口柵。夏，四月，辛卯，山河十將馬少良下嵖岈山，擒淮西將柳子野。

吳元濟以蔡人董昌齡為郾城令，質其母楊氏。楊氏謂昌齡曰：「順死賢於逆生，汝去逆而吾死，乃孝子也；從逆而吾生，是戮吾也。」會官軍於青陵，絕郾城歸路，郾城守將鄧懷金謀於昌齡，昌齡勸之歸國。懷金乃請降於李光顏曰：「城人之父母妻子皆在蔡州，請公來攻城，吾舉烽求救，救兵至，公逆擊之，蔡兵必敗，然後吾降，則父母妻子庶免矣。」光顏從之。乙未，昌齡、懷金舉城降，光顏引兵入據之。吳元濟聞郾城不守，甚懼。時董重質將騾軍守洄曲，元濟悉發親近及守城卒詣重質以拒之。

李愬山河十將嬀雅、田智榮下冶爐城。丙申，十將閻士榮下白狗、汶港二柵。癸卯，嬀雅、田智榮破西平。丙午，遊奕兵馬使王義破楚城。

五月，辛酉，李愬遣柳子野、李忠義襲朗山，擒其守將梁希果。

丁丑，李愬遣方城鎮遏使李榮宗擊青喜城，拔之。

愬每得降卒，必親引問委曲，由是賊中險易遠近虛實盡知之。愬厚待吳秀琳，與之謀取蔡。秀琳曰：「公欲取蔡，非李祐不可，秀琳無能為也。」祐者，淮西騎將，有勇略，守興橋柵，常陵暴官軍。庚辰，祐率士卒刈麥於張柴村，愬召廂虞侯史用誠。戒之曰：「爾以三百騎伏彼林中，又使人搖幟於前，若將焚其麥積者。祐素易官軍。必輕騎來逐之。爾乃發騎掩之，必擒之。」用誠如言而往，生擒祐以歸。將士以祐曏日多殺官軍，爭請殺之，愬不許，釋縛，待以客禮。

時愬欲襲蔡，而更密其謀，獨召祐及李忠義屏人語，或至夜分，他人莫得預聞。諸將恐祐為變，多諫愬，愬待祐益厚。士卒亦不悅，諸軍日有牒稱祐為賊內應，且言得賊牒者具言其事。愬恐謗先達於上，己不及救，乃持祐泣曰：「豈天不欲平此賊邪！何吾二人相知之深而不能勝眾口也。」因謂眾曰：「諸君既以祐為疑，請令歸死於天子。」乃械祐送京師，先密表其狀，且曰：「若殺祐，則無以成功。」詔釋之，以還愬，愬見之喜，執其手曰：「爾之得全，社稷之靈也！」乃署散兵馬使，令佩刀巡警，出入帳中；或與之同宿，密語不寐達曙，有竊聽於帳外者，但聞祐感泣聲。時唐、隨牙隊三千人，號六院兵馬，皆山南東道之精銳也。愬又以祐為六院兵馬使。

舊軍令，舍賊諜者屠其家。愬除其令，使厚待之，諜反以情告愬，愬益知賊中虛實。乙酉，愬遣兵攻朗山，淮西兵救之，官軍不利；眾皆悵恨，愬獨歡然曰：「此吾計也！」乃募敢死士三千人，號曰突將，朝夕自教習之，使常為行備，欲以襲蔡。會久雨，所在積水，未果。

✧

【七月】

諸軍討淮、蔡，四年不克，饋運疲弊，民至有以驢耕者。上亦病之，以問宰相。李逢吉等競言師老財竭，意欲罷兵；裴度獨無言，上問之，對曰：「臣請自往督戰。」乙卯，上復謂度曰：「卿真能為朕行乎！」對曰：「臣誓不與此賊俱生。臣比觀吳元濟表，勢實窘蹙，但諸將心不壹，不併力迫之，故未降耳。若臣自詣行營，諸將恐臣奪其功，必爭進破賊矣。」上悅。丙戌，以度為門下侍郎、同平章事、兼彰義節度使，仍充淮西宣慰招討處置使。又以戶部侍郎崔羣為中書侍郎、同平章事。制下，度以韓弘已為都統，不欲更為招討，請但稱宣慰處置使，乃奏刑部侍郎馬總為宣慰副使，右庶子韓愈為彰義行軍司馬，判官、書記，皆朝廷之選，上皆從之。度將行，言於上曰：「臣若賊滅，則朝天有期；賊在，則歸闕無日。」上為之流涕。

八月，庚申，度赴淮西，上御通化門送之。右神武將軍張茂和，茂昭弟也，嘗以膽略自衒於度；度表為都押牙，茂和辭以疾，度奏請斬之。上曰：「此忠順之門，為卿遠貶。」辛酉，貶茂和永州司馬。以嘉王傅高承簡為都押牙。承簡，崇文之子也。

李逢吉不欲討蔡，翰林學士令狐楚與逢吉善，度恐其合中外之勢以沮軍事，乃請改制書數字，凡言其草制失辭；壬戌，罷楚為中書舍人。

◇ 李光顏、烏重胤與淮西戰；癸亥，敗于賈店。

◇ 裴度過襄陽城南白草原，淮西人以驍騎七百邀之；鎮將楚丘、曹華知而為備，擊卻之。度雖辭招討名，實行無帥事，以郾城為治所。甲申，至郾城。先是，諸道皆有中使監陳，進退不由主將，勝則先使獻捷，不利則陵挫百端；度悉奏去之，諸將始得專軍事，戰多有功。

◇ 九月，庚子，淮西兵寇溵水鎮，殺三將，焚芻藁而去。

◇ 甲寅，李愬將攻吳房，諸將曰：「今日往亡。」愬曰：「吾兵少，不足戰，宜出其不意。彼以往亡不吾虞，正可擊也。」遂往，克其外城，斬首千餘級。餘眾保子城，不敢出，愬引兵還以誘之，淮西將孫獻忠果以驍騎五百追擊其背；眾驚，將走，愬下馬據胡牀，令曰：「敢退者斬！」返旆力戰，獻忠死，淮西兵乃退。或勸愬乘勝攻其子城，可拔也。愬曰：「非吾計也。」引兵還營。

李祐言於李愬曰：「蔡之精兵皆在洄曲，及四境拒守，守州城者皆羸老之卒，可以稱虛直抵其城。比賊將聞之，元濟已成擒矣。」愬然之。冬，十月，甲子，遣掌書記鄭澥至郾城，密白裴度。度曰：「兵非出奇不勝，常侍良圖也。」

裴度帥僚佐觀築城於沱口，董重質帥騎兵出五溝，邀之，大呼而進，注弩挺刃，勢將及度。李光顏與田布力戰，拒之，度僅得入城。賊退，布扼其溝中歸路，賊下馬踰溝，墜壓死者千餘人。

◇ 辛未，李愬命馬步都虞候、隨州刺史史文旻留鎮文城，命李祐、李忠義帥突將三千為前驅，自與監軍將三千人為中軍，命李進誠將三千人殿其後，軍出，不知所之；愬曰：「但東行！」行六十里，夜，至張柴村，盡殺其戍卒及烽子。據其柵，命士少休，食乾糧，整羈靮，流義成軍五百人鎮之，以斷洄曲及諸道橋梁，復夜引兵出門；諸將請所之，愬曰：「入蔡州取吳元濟！」諸將皆失色。監軍哭曰：「果落李祐姦計！」時大風雪，旌旗裂，人馬凍死者相望。天陰黑，自張柴村以東道路，皆軍官所未嘗行，人人自以為必死；然畏愬，莫敢違。夜半，雪愈甚，行七十里，至州城；近城有鵝鴨池，愬令擊之以混軍聲。

自吳少誠拒命，官軍不致蔡州城下三十餘年，故蔡人不為備。壬申，四鼓，愬至城下，無一人知者。李祐、李忠義钁其城，為坎以先登，壯士從之；守門卒方熟寐，盡殺之，而留擊柝者，使擊柝如故，遂開門納眾。及裏城，亦然，城中皆不之覺。雞鳴，雪止，愬入居元濟外宅。或告元濟曰：「官軍至矣！」元濟尚寢，笑曰：「俘囚為盜耳！曉當盡戮之。」又有告者曰：「城陷矣！」元濟曰：「此必洄曲子弟就吾求寒衣也。」起，聽於廷，聞愬軍號令曰：「常侍傳語。」應者近萬人。元濟始懼，曰：「何等常侍，能至於此！」乃帥左右登牙城拒戰。

時董重質擁精兵萬餘人據洄曲。愬曰：「元濟所望者，重質之救耳！」乃訪重質家，厚撫之，遣其子傳道持書諭重質；重質遂單騎詣愬降。

愬遣李進誠攻牙城，毀其外門，得甲庫，取器械。癸酉，復攻之，燒其南門，民爭負薪芻助之，城上矢如蝟毛。晡時，門壞。元濟於城上請罪，進誠梯而下之。甲戌，愬以檻車送元濟詣京師，且告于裴度，是日，申、光二州及諸鎮兵二萬餘人相繼來降。

自元濟就擒，愬不戮一人，凡元濟官吏、帳下、廚廄之卒，皆復其職，使之不疑，然後屯於鞠場以待裴度。

✧ 己卯，淮西行營奏獲吳元濟，光祿少卿楊元卿言於上曰：「淮西大有珍寶，臣能知之，往取必得。」上曰：「朕討淮西，為人除害，珍寶非所求也。」

✧ 董重質之去洄曲軍也，李光顏馳入其壁，悉降其眾。庚辰，裴度遣馬總入蔡州慰撫。辛巳，度建彰義軍節，將降卒萬餘人入城；李愬具櫜鞬出迎，拜於路左。度將避之，愬曰：「蔡人頑悖，不識上下之分，數十年矣，願公因而示之，使知朝廷之尊。」度乃受之。

李愬還軍文城，諸將請曰：「始公敗於朗山而不憂，勝於吳房而不取，冒大風甚雪而不止，孤軍深入而不懼，然卒以成功，皆眾人所不諭也，敢問其故？」愬曰：「朗山不利，則賊輕我而不為備矣。取吳房，則其眾奔蔡，併力固守，故存之以分其兵。風雪陰晦，則烽火不接，不知吾至。孤軍深入，則人皆致死，戰自倍矣。夫視遠者不顧近，慮大者不詳細，若矜小勝，恤小敗，先自撓矣，何暇立功乎！」眾皆服。愬儉於奉己而豐於待士，知賢不疑，見可能斷，此其所以成功也。

裴度以蔡卒為牙兵，或諫曰：「蔡人反仄者尚多，不可不備。」度笑曰：「吾為彰義節度使，元惡既擒，蔡人則吾人也，又何疑焉！」蔡人聞之感泣。先是吳氏父子阻兵，禁人偶語於塗，夜不然燭，有以酒食相過從者罪死。度既視事，下令惟禁盜賊，餘皆不問，往來者不限晝夜，蔡人始知有生民之樂。

甲申，詔韓弘、裴度條列平蔡將士功狀及蔡之將士降者，皆差第以聞。淮西州縣百姓，給復二年；近賊四州，免來年夏稅。官軍戰亡者，皆為收葬，給其家衣糧五年；其因戰傷殘廢者，勿停衣糧。

十一月，上御興安門受俘，遂以吳元濟獻廟社，斬于獨柳之下。

戊子以李愬為山南東道節度使，賜爵涼國公；加韓弘兼侍中。

✧ 辛丑，以唐、隨兵馬使李祐為神武將軍，知軍事。

✧ 裴度以馬總為彰義留後；癸丑，發蔡州。上封二劍以授梁守謙，使誅吳元濟舊將；度至郾城，遇之，復與俱入蔡州，量罪施刑，不盡如詔旨，仍上疏言之。

✧ 十二月，壬戌，賜裴度爵晉國公，復入知政事。以馬總為淮西節度使。

三、撰碑

(一)昌黎文集校注卷八進撰平淮西碑年表：「臣某言：伏奉正月十四日敕牒，以收復淮西，群臣請刻石紀功，明示天下，為將來法式。陛下推勞臣下。史臣撰平淮西碑文者。聞命震驚，……經涉旬月，不敢措手。……伏維唐至陛下，再登太平，剗刮群姦，掃灑疆土，天下所服，莫不賓順。然而淮西之功，尤為俊偉，……乾坤之容，日月之光，知其不可繪畫，強顏為之，以塞詔旨。……其碑文今已撰成，謹錄封進。無任慙羞戰怖之至。」（三五〇頁）

(二)校注云：「此下或有『謹奉表以聞，三月十五日。臣愈誠惶誠恐。頓首、謹言。』二十三字。」

(三)平淮西碑序：「既還奏，群臣請紀聖功，被之金石，皇帝以命臣愈。臣愈再拜稽首而獻文曰。……」

(四)李義山詩集卷二讀韓碑詩：「行軍司馬智且勇，十四萬眾猶虎貔，入蔡縛賊獻太廟，功無與讓恩不訾。帝曰汝度功第一，汝從事愈宜為辭。愈拜稽首蹈且舞，今石刻畫臣能為。古者世稱太手筆，此事不係於職司，當仁自古有不讓，言訖屢頷天子頤，公退齋戒坐小閣，濡染大筆何淋漓。」

(五)五百家注昌集卷三八引宋嚴有翼云：「表云：伏奉正月十四日敕牒。本表後云：三月二十五日。自奉敕凡七十日矣！」

(六)同前宋孫良臣云：「元和十二年十月，淮西平，群臣請刻石紀功，十三年正月敕刑部侍郎韓愈撰文。」

(七)舊唐書卷一六〇韓愈傳：「淮蔡平，十二月隨度還朝以功授刑部侍郎，仍詔愈撰平淮西碑。」

(八)新唐書卷二一四吳元濟傳：「右庶子韓愈為行軍司馬，帝美度功，即命愈為平淮西碑。」

案：李翺韓吏部行狀，皇甫湜韓文公神道碑、墓銘、暨新唐書本傳皆不言韓愈撰碑事。或與磨碑重撰有關。據碑序及進碑表，可知紀功立碑，係出群臣之請，韓愈撰碑為奉皇帝之命。李詩、新書元濟傳，以為「度功第一」「帝美度功」而命韓愈為碑，似未諦。又據進碑表，可知韓愈撰碑「強顏為之，以塞詔旨。」惶恐之情，溢於言表。李詩稱拜命稽首蹈舞，能為金石，當仁不讓，蓋出於想像。元和時代，能文者眾，誠如表所謂「辭學之英，所在麻列，儒宗文師，磊落相望。」憲宗帝所以命韓愈撰碑，蓋以韓愈襄贊裴度，親履戎行，平淮事功，知之最稔，似非有取於韓愈之古文。又韓愈撰碑自奉命至完成凡七十日。除其間「經涉旬月，不敢措手」。真正構思撰寫時間計四十日。

甲、主旨

(一)碑銘：「淮蔡為亂，天子伐之。……既伐四年，小大並疑。不赦不疑，由天子明，凡此蔡功，惟斷乃成。」

(二)五百家注昌集卷三十平淮西碑「惟斷乃成」下引宋嚴有翼云：「集有論淮西事宜狀云：以三小州殘弊困劇之餘而當天下之全力，其破敗可立而待，所未可知者在陛下斷與不斷爾。傳曰：『斷而後行，鬼神避之，遲疑不斷，未有能成其事者也。』故此終篇以『惟斷乃成』為言也。」

(三)唐宋文舉要甲篇卷二注：「二句，全篇之歸宿。」

(四)清林雲銘古文析義初編卷五「平淮西碑」：「此昌黎奉天子命所作，乃全集中第一用意文字，語語歸功於天子之明斷，莊重有體，古雅絕倫。」

(五)今代王禮卿歷代文約選詳評卷二平淮西碑五段云：「總括全意，點出『惟斷乃成』之主旨，為全文結穴。」又總論：「以平蔡之功，不為眾議所沮，而出之以明斷者，憲宗也。而佐成其決斷，總持其戰略者，則為裴相也；建樹首功者，則為李愬也；引吳元濟並其重兵於北方，使李愬得搗虛而破蔡城者，則主將之力也。事之本末，功之大小本如此，即文家所為義(言之有物)也，故文以『惟斷乃成』為全篇主旨。」

案：此篇要旨在記功頌德。序云：「取元濟以獻，盡得其屬人卒。……斬元濟京師。」銘云：「命相往釐，士飽而歌，馬騰於槽，試之新城，賊遇敗逃，盡抽其有。聚以防我，西歸躍入，道無留者。」記功也。序云：「相度入蔡，以皇帝命赦其人。……師還之日，因以其食賜蔡人。凡蔡卒三萬五千，其不樂為兵，願歸為農者十九悉縱之。」銘云：「帝有恩言，相度來宣，誅止其魁，釋其下人。……蔡人告飢，船粟往哺。蔡人告寒，賜以繒布。始時蔡人，禁不往來，今相從戲，里門夜開，始時蔡人，進戰退戮，今旰而起，左飧又粥，為人擇人，以收餘憊，選吏賜牛，教而不稅。」「淮蔡為亂天子伐之，既伐而飢，天子活之。」凡此皆頌德也。而此功此德乃源自憲宗之果斷。有憲宗之果斷，方有平淮之功，有此功方有此德。前人謂碑旨在頌揚憲宗之英明果決，洵為卓見。

乙、磨碑重撰與評論

(一)舊唐書卷一六〇韓愈傳：「仍詔愈撰平淮西碑，其辭多敘裴度事。時先入蔡州擒吳元濟，李愬功第一，愬不平之。愬妻出入禁中，因訴碑辭不實。詔令磨愈文。憲宗令翰林學士段文昌重撰文勒石。」

(二)新唐書卷二一四吳元濟傳：「右庶子韓愈為行軍司馬。帝美度功，即命愈為平淮西碑。……愈以元濟之平，由度能固天子意，得不赦，故諸將不敢首鼠，卒禽之，多歸度功。而愬特以入蔡功居第一。愬妻，唐安公主女也，出入禁中，訴愈文不實。帝亦難牾臣心，詔斵其丈，更命翰林學士段文昌為之。」

(三)全唐文卷八九六羅隱「說石烈士」：石孝忠者，生韓魏間。其為人猛悍多力。少年時偷雞殺狗殆不可勝計，州里甚苦之。後折節事李愬，為愬前驅。其信任與愬家人伍。蔡平，天子快之，詔刑部侍郎撰平蔡碑，孝忠一旦熟識其文。大恚怒，因作力推去其碑。……吏不能止，乃執詣節度使悉以聞。……皇帝……甚訝之，命具獄，將斃於碑下。孝忠度必死也，苟虛死，無以明愬功。乃偽低畏，若不勝按驗。伺吏隙，用枷尾拉一吏殺之。天子聞之怒，且使送闕下，……。因召見曰：「汝推吾碑，殺吾吏，為何？」孝忠頓曰：「臣一死未足以塞責，但得面天子顏，則赤族無恨矣！臣事李愬歲久，以賤故給事，無不聞見。平蔡之日，臣從在軍前。且吳秀琳，蔡之奸賊也，而愬降之；李祐，蔡宅驍將也。而愬擒之，蔡之爪牙脫落於是矣！及元濟縛，雖丞相與二三輩不能先知也。蔡平刻石紀功，盡歸乎丞相，而愬第具名與光顏重允齒。愬固無所言矣！設不幸更有一准西，其將略如愬者，肯為陛下用乎？……臣所以推去碑者，不惟明愬之績，亦將為陛下正賞罰之源。不推碑，無以為吏擒；不殺吏，無以見陛下，臣死不容時矣，請就刑。」憲宗既得淮西本末，又多其義，遂赦之。因名曰烈士，復召翰段學士撰淮西碑，一如孝忠語。……（又見唐文粹卷一〇〇，宋王讜唐語林卷六補遺亦載之。）

(四)清錢熙祚云：「案訴妻入訴禁中，乃命段文昌撰文，其實碑尚未立，安得推倒？」（唐語林卷六補遺）

(五)五百家注昌集卷三十平淮西碑題下引宋樊汝霖云：「劉公嘉話錄云：『韓碑石本，吳少誠德政碑與狄梁公碑對立。其韓文忽流汗成泥，不十日中使至，磨韓之作，而刊改制焉。』嘉話涉怪而隱所書與史異，其云改命文昌為之則一也。」

(六)李義山詩集卷二讀韓碑詩：「長繩百尺拽碑倒，麄沙大石相磨治。」

案：說石烈士文末云：「後孝忠隸江陵軍驅使，大中末，白丞相鎮江陵，余求謁丞相府，有從事為余道孝忠事，遂次焉。」宣宗大中末（十三年，八五九），去韓愈撰碑，已四十年。羅隱據傳文而書，自不可信，新舊書本傳不用其說，必有其故。又李商隱亦不信石列士事。清錢熙祚謂碑未立與李詩異，但其不信石烈士事則一也。（韓愈研究九八頁）

又案：韓愈行狀，碑誌不言撰碑事，蓋有所避忌。此可反證韓碑為憲宗詔令磨去，應是事實。

(七)清姚範援鶉堂筆記卷四十二：自元和九年用兵淮蔡，至十二年而始平，銘及之，其間命將出師。攻城降卒，俱非一時事，亦非盡命裴度後事也，而序皆類之若一時事者。蓋序所以聳唐憲奮武者功，申命伐叛之威。裴度以宰相宣慰，君臣協謀，亦應特書，著度之勳，而主威益隆，此江漢常武之義也。於以見保大定功，綏馭震疊之謨。若詳著入蔡禽一叛臣，其餘推崇唐宗威德替矣。此公所云，詩書之文，各有品章貫條者也。（見退之上平淮西碑表）而宋子京乃云，公以元濟之平，繇度能固天子意，得不赦，故諸將不敢首鼠，卒禽之，多歸度功，此與義山詩見處同耳。（韓碑詩曰：帝曰汝度功第一）未達撰次之旨也。

(八)清林雲銘古文析義初編卷五：評者謂昌黎既欠實錄，裴晉公亦無休未讓美之懷，致謗有因。余獨以為不然，細玩敘李愬之功，最為詳明，原與顏胤迥別。至敘裴相，前段乃天子命度之詞，在起行之時，後段乃度宣天子之恩，在平蔡之日，皆非言其有功者。惟中段插丞相度至師一語。則盡歸功之說，誣矣！蓋淮蔡用兵當日，李逢吉輩，皆執以為不可行，既討之後，猶有屢請罷兵者，故昌黎文中，一則曰一二臣外，再則曰惟汝予同；三則曰群公上言，莫若惠來；四則曰卿士莫隨，小大並疑。是說也，是昌黎無非欲顯天子之明且斷耳！

(九)今代王禮卿歷代文約選詳評卷二平淮西碑總論：伐蔡如非憲宗之決斷，裴相之協謀，大舉出師，牽其重兵於洄曲，則愬以一將之力，一舉而俘元濟，其功必不易就。韓碑固歸重於憲宗裴相，而亦於諸將中特著愬功之大，固未嘗沒其實也。特以首功歸於君相耳。蓋事理本如此，而行文之體亦當如是，非韓公故抑其功而阿裴相也。於是愬謂褊狹，而憲宗為不明矣！姚薑塢謂「序所以聳唐憲奮武有功……此江漢常武之義，可謂得其旨。」（三四五—三四六頁）

案：伐蔡致勝之因，要而言之，有下列各端：⑴天子果斷。⑵裴度戰略成功，使淮西精兵銳卒屯聚北方，蔡州城中空虛。⑶淮西輕敵，不加防備。據通鑑卷二四〇唐紀五十六元和十二年下云：「淮西人自以嘗敗高【霞寓】袁【滋】二帥，輕愬名位素微，遂不為備。」可知。(4)李愬優待降將李祐，得蔡州之虛實。(5)李愬乘大風雪之夜奇襲。韓碑依君、相、將先後輕重敘述，可謂掌握分寸，恰到好處。李愬妻「碑辭不實」之訴，憲宗當非不明其誣妄。其所以屈從，詔令磨碑重撰，蓋以河北山東藩鎮之亂未靖，仍需借重武臣，新唐書吳元濟傳所謂「難忤武臣心」，洵得其實。

丙、構成組織（與作法）

(一)構成組織：序文、銘辭

1. 序（古文）仿尚書。李義山詩：「點竄堯典舜典字」
   - (1)先朝始亂
   - (2)憲宗武功
   - (3)伐蔡
   - (4)命將
   - (5)平蔡
   - (6)冊功撰銘
2. 銘辭（四字韻文）仿詩頌，李義山詩：「塗改生民清廟詩」
   - (1)先朝始亂
   - (2)伐蔡前戰功
   - (3)伐蔡（補武元衡遇害一節）
   - (4)命將

(5)平蔡
(6)裴度專政
(7)蔡人感德
(8)頌憲宗（凡此蔡功惟斷乃成）

(二)進撰平淮西碑文表（校注三五〇頁）

(三)清方苞望溪先生文集卷五書韓退之平淮西碑後：

碑記墓誌之有銘，猶史有贊論。義法創自太史公。其指意辭事。必取之本文之外。班史以下有括終始事跡以為贊論者，則於本文為複矣。此意惟韓子識之，故其銘辭未有義具於碑誌者。或體製所宜，事有覆舉，則必以補本文之閒缺。如此篇兵謀戰功詳於序，而既平後情事則以銘出之，其大指然也。前幅蓋隱括序文。然序述比數世亂，而銘原亂之所生。序言官怠，而銘兼民困。序載戰降之數，銘其出兵之數。序標洄曲文誠收功之由，而銘備時曲、陵雲、邵陵、郾城、新城比勝之迹。至於師道之刺，元衡之傷，兵頓於久屯，相度之後至，皆前序所未及也。歐陽公號為入韓子之奥深，而以此類裁之頗有不盡合者。介甫近之矣，而氣象則過隘。夫秦周以前學者未嘗言文，而文之義法無一之不備焉。唐宋以後步趨繩尺，猶不能無過差。東鄉艾氏乃謂文之法至宋而始備，所謂強不知以為知者邪。

(四)清林雲銘古文析義初編卷五：

其敘事段落井井，昔人所謂點竄堯典舜典字，塗改清廟明堂詩也。

(五)林紓韓文研究法：

平淮西碑，模範全出尚書。惟其具絕偉之氣力，又澤以極古之文詞。且身在兵間，聞見精確。開頭一語，非思之累時，亦不能有也。方鎮之禍，本胎自朝廷，無可避諱，物眾地大，櫱牙其間，此指安史之亂。肇自天寶以下，據有兵柄者，遂時時抗撓朝命，逐帥自立留後，至於不可爬梳。歷敘肅代順德四世，所謂以勤以容者。容字，為養寇之微詞，長亂之積弊。睿聖文武皇帝，憲宗也。一君臨天下，即斬李惠琳，誅劉闢，執李錡。平張茂昭，致田弘正。為平蔡以前之聲勢。此時若直接入吳元濟，使氣促局狹，寡舒徐之致；中間插入皇帝之言曰。不可究武，文勢小為收束，以上之精神，亦為一聚。以下乃敘察亂之緣起，朝議之沮怯，君相之詢謀，文仍醞釀，不肯徑遂著筆。所謂一二臣者，裴度也。有此一語，則以下命將出師，始在在有把握。皇帝凡三命度：第一命，但令宣慰。第二命，非命相之辭，相之為言助也。蓋度於元和十年，已同平章事矣。第三命，乃統六師，視諸將，為殊特，文極鄭重。至敘戰功處，言比有功者，大功未成也。曰丞相度至師，於是平蔡，辛巳，丞相度入蔡，文法髣髴左氏。論功行賞，先及諸將。後乃大書曰，丞相度朝京師。風度端凝，雖歐公不能逮也。碑文亦曲折盡致。李師遺遣客刺裴度、武元衡事，乃於文中補敘，極為得法。蓋前半方為謨誥文字，若插敘刺客，轉覺不莊。但於韻語中渲染，瞥然而過，較近自然。文視元和聖德敘族誅劉闢事，稍平易，無火色，蓋唐文中有數之作」。然羅隱說石烈士篇，以深許其怒推韓碑為是，良不可解。

(六)今代王禮卿歷代文約選詳評卷二「平淮西碑」作法總論：

文以「惟斷乃成」為全篇主旨，重寫功成之本，在於憲宗之斷，而一切部署將相，撫循兵民，皆以帝旨出之。此主中之主，亦全文之總綱也。次則擷破蔡之功，歸重裴相，以示裴相為蔡功之主，與他將不同。再次兩寫李愬，示其為此役首功，為戰功之主，非諸將所及。再則鋪敘諸將戰績，各示其戰功。其閒以詳略輕重之筆，顯示其主從之位次，躍然紙上。一線穿成，即文家所謂法也。（言之有序）蓋金石之文，貴於莊肅簡奧，尤非義法不為功。韓公此文，為義法之極則。如深體其運用之妙，則何題能縛？何紛不理？此其一也。序文撫書，銘辭撫詩，李義山已言之矣。（韓碑詩：點竄堯典舜典字，塗改清廟生民詩。）宋人因有「敘如書，銘如詩」之論。而姚薑塢謂「正以不全似詩為佳」。是知所撫擬者，詩書之神，而非其字句之迹，故但覺其似而又不全似。蓋擷詩書之神理，而化為韓公之銘文，此撫疑中之刱造，化舊為新者也。若字撫句擬，則詩書之優孟衣冠，即逼肖亦無生氣矣。斯文為撫古之上乘法，此其二也。銘文甚長，易與序複。文家有銘辭但補序之缺，已序者概不再述之法，蓋避複也。今觀此銘，固有補敘之句，補敘之段，而序已詳述，銘又再敘處頗多。其法即以詳略、分合、先後、開闔、處處加以變化，不惟無重複之感，轉覺其氣味濃腴，意興酣恣。此筆法變化之妙，亦由其才大氣盛故也。此其三也。至其氣體之挺拔，造語之簡古，下字之切當，聲調之高朗，尤其餘事。銘辭則雅潔中極淋漓馳騁之致，幾不復知其四言韻語。秦漢以後，此境惟韓公能之，介甫尚足嗣響耳。

(七)同前各段作法分論

* 序文

一段

從天眷唐德，統一全國說起，順敘唐歷朝之治。由孽牙其閒，渡入稂莠不薅，以為當然，跌起下文。一起氣象雄偉，得尚書之神，大題月尤爭起首，否則不足以籠攝全篇。沈曰：起大手筆，必如此，始領得起一篇文字。（天以唐克肖其德九語）

二段

敘入憲宗，先寫其伐蔡前之武功，為平蔡之賓段。以「考圖數貢」逗起伐叛，意極工妙，語極得體。以「天既全付予有家」回應起首「全付所覆」，接出「何以見於郊廟」？乃就伐叛虛寫，氣象壯麗。接敘平定各地，乃就伐叛事實寫。為虛實相間法。然後以三語頓挫束住，為下文蓄勢。

三段

敘入伐蔡，為本文之主。先寫憲宗之決斷。蓋蔡功之本，出於憲宗之果斷，而全文主旨亦即在一斷字，故特就伐蔡正面之前，鄭重著此一段，為全文精神所注，非正面前平衍之筆也。先敘蔡人叛逆；接寫伐蔡之謀卿士莫隨，極力摹寫反戰者之言，及其勢之眾，以反跌斷意，愈覺有力。然後以「惟天惟祖宗，所似付任予者」，再應首段，勒出「予何感不力」，正寫斷字意。復以「一二臣同」進一步束住。

四段

接寫將相之遺派。「敘諸將皆述皇帝詔言，故文氣振拔異常，通首得勢在此」。（引曾文正語）遺派諸將處，句法有詳略，有同異，而於裴相獨作三次詔告，於其中自見賓主，且使章法錯落，而於命將處但示戰略，命相處兼及撫循；既以著王言之大，並示將相職務之不同，語語愜如其分，手法高絕。

五段

正敘平蔡之戰功。「敘諸將戰功，與前分命諸將相應」。（引汪武曹語）平蔡功，諸將中以李愬為大，故敘諸將戰功，獨於愬作兩次敘，先略後詳，於其中見賓主，與前段敘裴相處同一手法。而結歸裴相，則又以其為全功之主也。

六段

結以平蔡之封賞，兼及撰作碑文。「敘賞功次第，又與戰功相應」（引汪武曹語）

＊

銘辭

一段

總起。仍從承天命、臣萬邦說起，遙應序首。下逕入「襲盜以狂」，逆入虛攏。再從玄宗藩鎮之亂，詳寫四方之叛變，人民之困苦，政事之怠弛，敘法變。

二段

何義門曰：從河北說到河南，源委分明，以下魏將首義等語，節節有根。（河北悍驕二語）

敘入憲宗，括伐蔡前之武功，及伐蔡時之果斷為第一段，章法變。補敘刺武元衡事，以形淮蔡之強，然後落到與裴相同謀之決斷。

三段

正寫平蔡。於命將處較略；於戰功處，則有補敘，有摹寫，敘法變。

四段

寫平蔡後，對蔡人之恩德，及蔡人喞戢之情。意在借蔡人言以感動鄰鎮，此意為序文所無，故特加詳，尤見變化處。

五段

總括全意，點出「惟斷乃成」之主旨，為全文結穴。而以開明堂，制四夷，鋪張作束，氣象宏麗，與序首相映。以段首四語，束銘辭第三段、第四段，及序文第五段暨第四段遂生蔡人意。以始議伐蔡二語，束銘辭第二段前半，及序文第三段前半。以既伐四年二語，束銘辭第三段告功不時意。以不赦不疑四語，束銘辭第二段後半，及序文第三段後半。結法完密。

丁、點竄堯典舜典字，塗改生民清廟詩

(一)堯典

曰若稽古帝堯，曰放勳。欽、明、文、思、安安，允恭克讓；光被四表，格于上下。克明俊德，以親九族；九族既睦，平章百姓；百姓昭明，協和萬邦。黎民於變時雍。

乃命羲和，欽若昊天；歷象日月星辰，敬授人時。分命羲仲，宅嵎夷，曰暘谷。寅賓出日，平秩東作；日中、星鳥，以殷仲春。厥民析；鳥獸孳尾。申命羲叔，宅南交。平秩南訛；敬致。日永、星火，以正仲夏。厥民因；鳥獸希革。分命和仲，宅西，曰昧谷，寅餞納日，平秩西成；宵中、星虛，以殷仲秋。厥民夷；鳥獸毛毨。申命和叔，宅朔方，曰幽都。平在朔易；日短、星昴，以正仲冬。厥民隩，鳥獸氄毛。帝曰：「咨！汝羲暨和。朞三百有六旬有六日，以閏月定四時成歲。允釐百工，庶績咸熙。」

帝曰：「疇咨若時登庸？」放齊曰：「胤子朱啟明。」帝曰：「吁！嚚訟、可乎！」

帝曰：「疇咨若予采？」驩兜曰：「都！共工方鳩僝功。」帝曰：「吁！靜言庸違，象恭、滔天。」

帝曰：「咨！四岳。湯湯洪水方割，蕩蕩懷山襄陵，浩浩滔天。下民其咨。有能俾乂？」僉曰：「於！鯀哉！」帝曰：「吁！咈哉！方命圮族。」岳曰：「异哉。試可，乃已。」帝曰：「往，欽哉！」九載，績用弗成。

帝曰：「咨！四岳。朕在位七十載！汝能庸命，巽朕位。」岳曰：「否德忝帝位。」曰：「明明揚側陋。」師錫帝曰：「有鰥在下，曰虞舜。」帝曰：「俞，予聞；如何？」岳曰：「瞽子，父頑，母嚚，象傲；克諧，以孝烝烝，乂不格姦。」帝曰：「我其試哉。」女于時，觀厥刑于二女，釐降二女于嬀汭，嬪于虞。帝曰：「欽哉！」

慎徽五典，五典克從；納于百揆，百揆時敘；賓于四門，四門穆穆；納于大麓，烈風雷雨弗迷。

帝曰：「格汝舜！詢事考言，乃言底可績，三載；汝陟帝位。」舜讓于德，弗嗣。

(二)《尚書》舜典

正月上日，受終於文祖。在璿璣玉衡，以齊七政。肆類于上帝，禋于六宗，望于山川，徧于群神。

輯五瑞，既月乃日，覲四岳群牧，班瑞于群后。歲二月，東巡守，至于岱宗，柴；望秩于山川，肆覲東后，協時、月、正日、同律、度、量、衡。修五禮，五玉，三帛，二生，一死，贄。如五器，卒乃復。五月，南巡守，至于南岳。如岱禮。八月，西巡守，至于西岳，如初，十有一月，朔巡守，至于北岳，如西禮。歸，格于藝祖，用特。五載一巡守，群后四朝，敷奏以言，明試以功，車服以庸。

肇十有二州，封十有二山，濬川。

象以典刑，流宥五刑。鞭作官刑，扑作教刑，金作贖刑。眚作肆赦，怙終賊刑。「欽哉，欽哉！惟刑之恤哉！」

流共工于幽洲，放驩兜于崇山，竄三苗于三危，殛鯀于羽山，四罪而天下咸服。

二十有八載，帝乃殂落，百姓如喪考妣，三載，四海遏密八音。

月正元日，舜格于文祖，詢于四岳，闢四門，明四目，達四聰，咨十有二牧，曰：「食哉，惟時！柔遠能邇，惇德允元，而難任人，蠻夷率服。」

舜曰：「咨！四岳，有能奮庸，熙帝之載，使宅百揆，亮采惠疇？」僉曰：「伯禹作司空。」帝曰：「俞咨！禹，汝平水土，惟時懋哉！」禹拜稽首，讓于稷、契、暨皋陶。帝曰：「俞，汝往哉！」

帝曰：「棄！黎民阻飢。汝后稷，播時百穀。」

帝曰：「契，百姓不親，五品不遜。汝作司徒，敬敷五教，在寬。」

帝曰：「皋陶！蠻夷猾夏，寇賊姦宄。汝作士，五刑有服，五服三就；五流有宅，五宅三居：惟明克允。」

帝曰：「疇若予工？」僉曰：「垂哉。」帝曰：「俞咨！垂，汝共工。」垂拜稽首，讓于殳斨暨伯與。帝曰：「俞，往哉；汝諧。」

帝曰：「疇若予上下草木鳥獸？」僉曰：「益哉。」帝曰：「俞咨！益，汝作朕虞。」益拜稽首，讓于朱、虎、熊、羆。帝曰：「俞，往哉；汝諧。」

帝曰：「咨，四岳！有能典朕三禮？」僉曰：「伯夷。」帝曰：「俞咨！伯，汝作秩宗。夙夜惟寅，直哉惟清。」伯拜稽首，讓于夔、龍。帝曰：「俞，往欽哉！」

帝曰：「夔，命汝典樂，教胄子。直而溫，寬而栗，剛而無虐，簡而無傲，詩言志，歌詠言，聲依永，律和聲；八音克諧，無相奪倫：神人以和。」夔曰：「於！予擊石拊石，百獸率舞。」

帝曰：「龍，朕堲讒說殄行，震驚朕師。命汝作納言，夙夜出納朕命，惟允。」

帝曰：「咨！汝二十有二人，欽哉！惟時亮天功。」

三載考績，三考，黜陟幽明；庶績咸熙。分北三苗。

舜生三十徵庸，三十在位，五十載，陟方乃死。

(三)皋陶謨

曰若稽古皋陶，曰：「允迪厥德，謨明弼諧。」禹曰：「俞，如何？」皋陶曰：「都！慎厥身修，思永。惇敘九族，庶明勵翼，邇可遠、在茲。」禹拜昌言曰：「俞。」

皋陶曰：「都！在知人，在安民。」禹曰：「吁！咸若時，惟帝其難之。知人則哲，能官人；安民則惠，黎民懷之。能哲而惠，何憂乎驩兜？何遷乎有苗？何畏乎巧言令色孔壬？」

皋陶曰：「都！亦行有九德；亦言其人有德，乃言曰：載采采。」禹曰：「何？」皋陶曰：「寬而栗，柔而立，愿而恭，亂而敬，擾而毅，直而溫，簡而廉，剛而塞，彊而義，彰厥有常，吉哉。日宣三德，夙夜浚明有家；日嚴祗敬六德，亮采有邦。翕受敷施，九德咸事；俊乂在官，百僚師師，百工惟時。撫于五辰，庶績其凝。無教逸欲有邦。兢兢業業，一日二日萬幾。無曠庶官，天工人其代之。天敘有典，勑我五典五惇哉；天秩有禮，自我五禮有庸哉。同寅協恭和衷哉。天命有德，五服五章哉；天討有罪，五刑五用哉。政事懋哉懋哉，天聰明，自我民聰明；天明畏，自我民明威。達于上下，敬哉有土！」

皐陶曰：「朕言惠，可底行。」禹曰：「俞，乃言底可績。」皐陶曰：「予未有知，思曰贊贊襄哉。」

㈣益稷

帝曰：「來，禹！昌亦昌言。」禹拜曰：「都，帝！予何言？予思日孜孜。」皐陶曰：「吁！如何？」禹曰：「洪水滔天，浩浩懷山襄陵；下民昏墊。予乘四載，隨山刊木。暨益奏庶鮮食。予決九川，距四海；濬畎澮，距川。暨稷播奏庶艱食、鮮食，懋遷有無化居。烝民乃粒，萬邦作乂。」皐陶曰：「俞，師汝昌言。」

禹曰：「都，帝！慎乃在位。」帝曰：「俞。」禹曰：「安汝止，惟幾惟康，其弼直；惟動丕應。徯志以昭受上帝，天其申命用休。」

帝曰：「吁！臣哉鄰哉！」禹曰：「俞。」帝曰：「臣作朕股肱耳目：予欲左右有民，汝翼；予欲宣力四方，汝為；予欲觀古人之象，日、月、星辰、山、龍、華蟲，作會，宗彝、藻、火、粉米、黼、黻、絺繡，以五彩彰施于五色，作服，汝明；予欲聞六律、五聲、八音，在治忽，以出納五言，汝聽。予違，汝弼；汝無面從，退有後言。欽四鄰，庶頑讒說，若不在時，侯以明之，撻以記之；書用識哉，欲竝生哉。工以納言，時而颺之；格則承之庸之，否則威之。」

禹曰：「俞哉，帝！光天之下，至于海隅蒼生，萬邦黎獻，共惟帝臣。惟帝時舉，敷納以言，明庶以功，車服以庸。誰敢不讓，敢不敬應？帝不時敷，同日奏、罔功。無若丹朱傲，惟慢遊是好，傲虐是作，罔晝夜頟頟；罔水行舟，朋淫于家：用殄厥世。予創若時：娶于塗山，辛壬癸甲；啟呱呱而泣，予弗子，惟荒度土功。弼成五服，至于五千；州十有二師；外薄四海，咸建五長。各迪有功，苗頑弗即工。帝其念哉。」帝曰：「迪朕德，時乃功惟敘。皋陶方祇厥敘，方施象刑，惟明。」夔曰戛擊鳴球，搏拊琴瑟，以詠，祖考來格；虞賓在位，群后德讓。下管鼗鼓，合止柷敔，笙鏞以間，鳥獸蹌蹌。簫韶九成，鳳凰來儀。夔曰：「於！予擊石拊石，百獸率舞，庶尹允諧。」

帝庸作歌，曰：「勑天之命，惟時惟幾。」乃歌曰：「股肱喜哉，元首起哉，百工熙哉。」皋陶拜手稽首，颺言曰：「念哉！率作興事，慎乃憲，欽哉！屢省乃成，欽哉！」乃賡載歌曰：「元首明哉，股肱良哉，庶事康哉！」又歌曰：「元首叢脞哉，股肱惰哉，萬事墮哉！」帝拜曰：「俞，往欽哉！」

(五)大雅生民

厥初生民、時維姜嫄。生民如何、克禋克祀、以弗無子。履帝武敏歆、攸介攸止、載震載夙、載生載育、時惟后稷。誕彌厥月、先生如達、不坼不副、無菑無害。以赫厥靈、上帝不寧、不康禋祀、居然生子。誕寘之隘巷、牛羊腓字之。誕寘之平林、會伐平林。誕寘之寒冰、鳥覆翼之。鳥乃去矣、后稷呱矣、實覃實訏、厥聲載路。誕實匍匐、克岐克嶷、以就口食、蓺之荏菽、荏菽旆旆、禾役穟穟、麻麥幪幪、瓜瓞唪唪。誕后稷之穡、有相之道。茀厥豐草、種之黃茂。實方實苞、實種實褎、實發實秀、實堅實好、實穎實栗、即有邰家室。誕降嘉種、維秬維秠、維穈維芑。恆之秬秠、是穫是畝。恆之穈芑、是任是負。以歸肇祀。誕我祀如何。或舂或揄、或簸或蹂。釋之叟叟、烝之浮浮。載謀載惟、取蕭祭脂、取羝以軷，載燔載烈。以興嗣歲。卬于豆、于豆于登。其香始升、上帝居歆。胡臭亶時、后稷肇祀、庶無罪悔、以迄于今。

生民八章、四章章十句、四章章八句。

(十八)周頌清廟

於穆清廟、蕭雝顯相。濟濟多士，秉文之德。對越在天、駿奔走在廟。不顯不承、無射於人斯。

清廟一章、八句。

四、與段碑比較

甲、唐文粹五九段文昌平淮西碑

(一)夫五兵之設，本以助文德而成教化，故聖人不專任之。其有桀驁暴邪，干紀作孽，道德不服，則兵以威之，文告不諭，則兵以靜之，在禁暴除害而已。自黃帝堯舜，不能無誅，至湯武受命，武功寖盛，其本之以仁義，行之以弔伐，惟帝與王，率由茲道，於戲！創業之君，勞而後定；守文之主，安而忘戰，故三代之衰，功在五伯，未有中葉之後再安生靈，前古所無，歸于聖代。我唐運之興也，高祖太宗，以仁義之兵，除暴隋之亂，戎功祖武，百代丕承，玄宗嘗亦內剪姦邪，外清夷狄，所以繼文之代，協帝之明，既而禍起於微，亂生於理，由是髖髀之眾，結固於兩河，斤斧不用，緜歷於五紀，肅宗親剪大憝，且務生育，德宗順宗觀于天象，察于人事，以理運未至，沴氣猶凝，運啟昇平，以俟後聖。

(二)惟我后握樞出震端扆向明，考上玄之心，思祖宗之意，掃滌區宇，光啟帝圖，不以萬乘為尊，四海為富，尊大禹櫛風之志，有光武乙夜之勤，以為景擒七國而漢室安，成剪三監而周化洽焉，有患難未去而德教可興。日者惠琳恃近狄之固，劉闢憑坤維之險，李錡保長江之衝，從史資太行之阻，四兇相扇，繼為亂常，三數年間，盡膏鈇鑕，太尉茂昭，以中山之地，盡室來朝，司空弘政以金魏之邦，舉宗向闕，義風所激，莫不歸心。況彭城從折簡之召，橫海展執珪之覲向，談虞號之存亡，議輔車之形勢，莫不刳心斷臂，繼踵為忠。既而麟見於巴賨之閒，河清於鄘衛之際，固同木之貺，昭聖祚之符，廓清寰海，兆於此矣。

(三)而長淮右地，連山四起，控扼夷楚，密爾轘轅，有上帝濯龍之池，同冀方多馬之國，戈鋋雪照，駔駿雲屯，二姓三兇憑阻作孽。歲在甲午，吳少誠積禍而斃。餘殃聚於逆，嗣氛祲淮瀆。我后方弔人省寃，墾災除穢，猶命使者持節往，申寵賻以柔服之義，示含弘之仁。元濟劫眾拒境，滔天肆逆，剽葉縣，燒舞陽，侵襄城、伊洛之閒，騷然震恐。乃詢庭議，咸願假以墨絰，授以兵符，天子淵默以思，霆馳以斷，獨發宸慮，不詢眾謀。漢宣從屯田之議，晉武決平吳之計，至聖不惑，群疑自消。於是會晁藻之師，得鷹揚之帥。

(四)以巾軍帥李光顏，往者平朔邊、靜庸蜀，雙茅電激、孤劍飈馳，亦由馮異之總軍。鋒子顏之將突騎才氣，雄武可掃欃槍，總魏博、河陽、郃陽凡三軍，自臨潁而前。以河陽軍帥烏重胤當從史，內詘邪謀，外阻兵勢，精誠奮發，獨應王師。故得虜魏豹於軍中，縛呂布於麾下，識盧中正可革臯音益以汝海之地，總朔方義成陝虢劍南西川鳳翔延州寧慶凡七軍由襄陽而進。宣武帥韓弘請以子公武領精卒一萬三千，時集洄曲，欒書作帥，鍼為戎右充國，討虜印統支軍，卒能從師之命，成父之至。又以壽春守李文通夙精戎韜畧，習軍旅明於守備，可保金湯，總宣武、淮南、宣歙、浙西、徐泗凡五軍，扼固始之險。以鄂岳都團練使李道古，以先曹王臯有任城之武，昔征兇渠、嘗取安陸，授以戎柄，嗣齊家聲，乘五關之隘，以唐鄧隨帥李愬，溫敏能斷，靜深有謀。昔趙孟慕成季之勳，復能霸晉，亞夫紹絳侯之武，亦克擒吳，想其英徽必有以嗣。山南東道、荊南凡兩軍，自文成而東，乃命御史中丞裴度布挾纊之恩，奉如絲之命，以諭羣帥，以撫輿師。且以古之會兵，必謀元帥，令歸於一，勢不欲分。命宣武軍帥韓弘為諸道行營都統，假陸遜之鉞，拜韓信之壇。指蹤畫奇正之機，發號申嚴凝之令，然後有司馬之法，節制之師。而寒暑再罹賊巢未下。又命內掌樞密之臣梁守謙肅將天威，盡護諸將，懸白日於千里，推斥心於萬人，由是甘寧奮升城之勇，君文勵擊堰之志，焚上蔡以剪其翼，拔郾城以扼其吭，以軒后攻蚩尤之亂，殷宗伐鬼方之罪，周公誅淮夷之叛。雖以聖討逆，皆三年後定。百辟之議，且謂久勞，將決其機以安海內。復命丞相裴度持淮蔡之節，撫將帥之臣，分鄧禹之麾旆，盛竇憲之幕府，四牡業業于藩宇宣。

(五)先是光顏重胤公武戎旅同心，壘垣齊列長蛇之勢，首尾相從發胡騎之雄，紛紛縱擊，逐餘孽如鳥雀，殲殘寇似狐狸，干茅杖行次於洄曲，丞相之來也，羣帥之志氣逾厲，統制之號令益明，勢如雷霆，功在漏刻，賊乃攜其精騎，以備洄曲之師。唐隋帥李愬，新總傷痍之軍，稍勵奔北之氣，城孤援絕，地逼勢危，而能養貔虎之威，未嘗矍視屈鷙鳥之勢，不使怒行，是以收文成柵而降吳秀琳，下興橋而擒李祐，祐果敢多略，眾以留之，或謂蓄患不利吾軍，愬誠明在躬，秉信不撓，爰命釋縛，授之親兵，祐感槩之新出於萬死，縱橫之計，果效六奇。粵十月既望，陰凝雪飛，天地盡閉，愬乃遣其將史旻仇良輔留鎮文城，備其侵軼，命李祐領突騎三千以為鄉導，自領巾軍三千，與監軍使李誠義繼進，又遣其將田進誠領馬步三千，以殿其後。郊雲晦冥，寒可墮指，一夕卷旆，凌晨破關，鋪敦淮濆，仍執醜虜，雖魏軍得田疇為導，潛出盧龍，鄧艾得田章既登長驅緜竹用制奇勝，與古為儔，四紀逋誅，一朝蕩定，擄宗廟之夙憤，致黎庶之又安，周漢以還，莫斯為盛。

(十八)帝命策勳，進弘為侍中，光顏重胤並為司空，愬為左僕射，帥山南東道，公武加散騎常侍，制鄜坊、丹延道古進御史大夫，文通加散騎常侍，王師獲金爵之賞，環境蒙優復之恩，掩骼埋胔，除瑕宥罪。躋群生於壽域，還比戶於可封，東西南北，無思不服。丞相旋請，來朝後加金紫光祿大夫，封晉國公。乃眷淮瀆烝人生殖，俾擇循吏，撫其疾傷。以宣慰副使、刑部侍郎馬總領淮蔡之任，天子議功雲臺，追美將帥，俾刻金石以揚休勳，而百辟僉謀，羣帥克讓，推義士之志敢貪天功，爭賢臣之言，實在君德，於是搢紳之士曁侯服之臣，上獻鴻名，式昭徽策，然後光輝千古，聲明百蠻。詔命：掌文之臣，文昌勒銘淮浦，庶乎閱周雅者，美宣王之中興，觀勒銘者，戒蜀川之恃險。銘曰：

天有肅殺，萬物以成，雷風為令，霜霰為刑，君有武節，四海以寧；陳之原野，阻以甲兵，在昔聖王，格寧邦國，武以禁暴，刑以助德，牧除害馬，農去蟊蠈，苟非戎功，孰靜羣慝，明明我后，神筭精微，九重獨運，千里不違。宵衣旰食，再安中寓，始剪朔漠，旅梟蜀虜，丹徒縱濞，白門縛布，服茲肆罪，豈勞一旋，淮夷怙亂，四十餘年，長蛇未剪，寰宇騷然，逮于孽童，逆志滔天，懷柔匪及，告論罔悛，帝念生人，乃申薄伐，飛將鷹揚，前鋒電發，齋壇命信，靈旗指越，我武惟揚，妖氣未滅，集於洄曲，決戰摧兇，豹略臨晉，維留沓中，桓桓攘帥，應變無窮，浮罌暗渡，束馬潛攻。合以長圍，絕其飛走，布德滅妖，升城獲醜。商不改肆，農安其畝，洄曲殘兵，投戈束手。帝嘉羣帥，賞不踰時，畫社封啟，珪組陸離，洎于蠻貊，服我英威，刻之金石，作戒淮夷。

乙、構成組織比較

＊序

韓碑

㈠先朝治亂

1. 唐承天命治天下
2. 高祖至順宗由治而亂

㈡憲宗武功

1. 憲宗即位，勵精圖治。
2. 平夏、蜀、江東、澤潞
3. 武不可究

㈢伐蔡

1. 蔡叛。
2. 大官主撫順，萬口唱和。
3. 憲宗決計討伐

㈣命將

1. 七命將帥（二命韓弘）。
2. 三命宰相（裴度）。
3. 一命近臣
4. 一命御史

段碑

㈠先朝治亂

1. 五兵之用：禁暴除害
2. 誅伐之道：仁義為本
3. 高祖太宗以義兵除暴，德宗順宗殄氣猶凝

㈡憲宗武功

1. 憲宗即位，思掃滌區宇。
2. 四兇伏誅，藩鎮歸心。

㈢伐蔡

1. 蔡叛。
2. 廷議咸願授以兵符。
3. 天子不惑，決計出師

㈣命將

1. 七命將帥（二命韓弘）。
2. 二命丞宰相（裴度）。
3. 一命樞密之臣

(五)平蔡
1. 各將戰功。
2. 裴度至師、將士用命、蔡屯兵洄曲
3. 李愬入蔡俘元濟
4. 裴度奉皇命施惠政
(六)冊功撰銘
1. 封賞。
2. 群臣請紀功，帝命愈撰文。

(五)平蔡
1. 三將戰功。
2. 丞相至師號令益明，賊兵備於洄曲。
3. 李愬信用李祐
4. 李愬入蔡平淮
(六)冊功撰銘
1. 封賞。
2. 群臣推美，乃詔段文昌勒銘。

＊銘

韓碑

(一)先朝治亂
(二)伐蔡前戰功
(三)伐蔡（武元衡遇刺）
(四)命將
(五)平蔡
(六)裴度惠政
(七)蔡人感德
(八)頌憲宗

段碑

(一)在昔聖王，武以禁暴
(二)伐蔡前戰功
(三)平蔡
(四)賞賜
(五)蠻貊歸服
(六)刻石作戒淮夷

丙、文體、修辭、作法、命意、比較

(一)清林紓韓文研究法：段文昌文尤庸絮凡下，如：「戈鋋雪照，駔駿雲屯，雙矛電激，孤劍飈馳」，句調自相複沓。試問昌黎肯作此語否。又曰：「道德不服，則兵以威之；文告不諭，則兵以靖之。」即紀李愬之功，亦但曰「伸宗廟之宿憤。致黎庶之乂安。」直是空衍，仍不如昌黎紀功之切實。竟舍彼取此，不知當時廷議，是何居心，而羅隱於晚唐中，頗英糾有筆才，何以亦不辯白，乃反褒美石孝忠。嗚呼，等是文人，其去義山遠矣。

案：段碑文辭不若韓碑平實、簡鍊、具體，如描寫李愬入蔡前夕天候，韓碑僅用「天大雪」三字，段碑則云「陰凝雪飛，天地盡閉」「郊雲晦冥，寒可墮指」，不僅誇張，且辭意重複。又寫李愬入蔡，韓碑云：「用夜半到蔡，破其門」，表現用奇襲戰術，簡鍊而具體。段碑云：「一夕卷旆，凌晨破關」，純係無端空衍，又寫李愬入蔡前部署，韓碑云：「愬用所得賊將」似不若段碑「愬乃遣其將史旻……以殿其後」一節為詳。然碑非戰史，韓碑實簡要得體。

(二)韓碑命意重在「功德」「果斷」，段碑命意重在「兵威」「武功」。

(三)韓碑「序」「銘」配合得體。清方苞歷歷舉證稱韓碑「銘辭未有義具於碑誌者，……則必以補本文之間缺。」(已見前引)是以韓碑序文銘辭同中有異，相輔相成。而段碑則「銘」與「序」同一義意，未能出新，難免疊床架屋之譏。

五、劉詩柳雅

甲、劉賓客文集卷二五平蔡州詩三首

(一)蔡州城中眾心死，祅星夜落照壕水。漢家飛將下天來，馬箠一揮門洞開。

賊徒崩騰望旗拜，有若群蟄驚春雷。狂童面縛登檻車，太帛夭矯垂捷書。相公從容來鎮撫，常侍郊迎負文弩。四人歸業閭里閑，小兒跳踉健兒舞。

(二)汝南晨雞喔喔鳴，城頭鼓角音和平。路傍老人憶舊事，相與感激皆涕零。老人收泣前致辭，官軍入城人不知。忽驚元和十二載，重見天寶承平時。

(三)九衢車馬渾渾流，使臣來獻淮西囚。四夷聞風失匕筯，天子受賀登高樓。妖童擢髮不足數，血污城西一抔土。南峰無火楚澤閑，夜行不鎖穆陵關。策勳禮畢天下泰，猛士按劍看常山。

乙、柳河東集卷一獻《平淮夷雅表》

臣宗元言：臣負罪竄伏，違尚書牋奏十有四年。聖恩寬宥，命守遐壤，懷印曳紱，有社有人。臣宗元誠感誠荷，頓首頓首。伏惟睿聖文武皇帝陛下。天造神斷，克清大憝，金鼓一動，萬方畢臣。太平之功，中興之德，推校千古，無所與讓。臣伏自忖度，有方剛之力，不得備戎行、致死命，況今已無事，思報國恩，獨惟文章。伏見周宣王時稱中興，其道彰大，于後罕及。然徵於《詩》大、小雅，其選徒出狩，則〈車攻〉、〈吉日〉；命官分土，則〈崧高〉、〈韓奕〉、〈烝人〉；南征北伐，則〈六月〉、〈采芑〉；平淮夷，則〈江漢〉、〈常武〉。鏗鍧炳耀，盪人耳目。故宣王之形容與其輔佐，由今望之，若神人然。此無他，以《雅》故也。臣伏見陛下自即位以來，平夏州，夷劍南，取江東，定河北，今又發自天衷，克翦淮右，而《大雅》不作。臣誠不佞，然不勝憤懣。伏以朝多文臣，不敢盡專數事，謹撰〈平淮夷雅〉二篇，雖不及尹吉甫、召穆公等，庶施諸後代，有以佐唐之光明。謹昧死再拜以獻。臣宗元誠恐誠懼，頓首頓首謹言。

丙、同前《平淮夷雅》二篇幷序

皇武。命丞相度董師。集大功也。皇耆其武，于溮于淮。既巾乃車，環蔡其來。狡眾昏嚚，甚毒于酲。狂奔叫呶，以干大刑。皇咨于度，惟汝一德。曠誅四紀，其徯汝克。

錫汝斧鉞，其往視師。師是蔡人，以宥以釐。度拜稽首，廟於元龜。既禡既類，于社是宜。金節煌煌，錫盾雕戈。犀甲熊旂，威命是荷。度拜稽首，出次於東。天子餞之，罍斝是崇。鼎臑俎胾，五獻百籩。凡百卿士，班以周旋。既涉於溱，乃翼乃前。孰圖厥猶，其佐多賢。宛宛周道，于山於川。遠揚邇昭，陟降連連。我旆我旗，于道於陌。訓于群帥，拳勇來格。公曰徐之，無恃額額。式和爾容，惟義之宅。進次於郾，彼昏卒狂。哀兇鞠頑，鋒蝟斧螗，赤子匍匐，厥父是亢。怒其萌芽，以悖太陽。王旅渾渾，是佚是怙。既獲敵師，若饑得餔。蔡兇伊窘，悉起來聚。左擣其虛，靡愆厥慮。載闢載祓，丞相是臨。弛其武刑，諭我德心。其危既安，有長如林。曾是讙譊，化為謳吟。皇曰來歸，汝複相予。爵之成國，胙以夏虛。度拜稽首，天子聖神。度拜稽首，皇祐下人。淮夷既平，震是朔南。宜廟宜郊，以告德音。歸牛休馬，豐稼于野。我武惟皇，永保無疆。

（皇武十有一章，章八句）

方城，命愬守也，卒入蔡，得其大醜以平淮右。

方城臨臨，王卒峙之。匪徼匪競，皇有正命。皇命于愬，往舒余仁。踣彼艱頑，柔惠是馴。愬拜即命，于皇之訓。既礪既攻，以後厥刃。王師嶷嶷，熊羆是式。衛勇韜力，日思予殛。寇昏以狂，敢蹈愬疆。士獲厥心，大袓高驤。長戟酋矛，粲其綏章。右翦左屠，聿禽其良。其良既宥，告以父母。恩柔于肌，卒貢爾有。維彼攸恃，乃偵乃誘。維彼攸宅，乃發乃守。其恃爰獲，我功我多。陰謀厥圖，以究爾訛。雨雪洋洋，大風來加，于燠其寒，於邇其遐。汝陰之茫，懸瓠之峨。是震是拔，大殲厥家。狡虜既靡，輸于國都。示之市人，即社行誅。乃諭乃止，蔡有厚喜。完其室家，仰父俯子。汝水沄沄，既清而瀰。蔡人行歌，我步逶遲。蔡人歌矣，蔡風和矣。孰類蔡初，胡甈爾居。式慕以康，為愿有餘。是究是咨，皇德既舒。皇曰咨𢙣，裕乃父功。昔我文祖，惟西平是庸。內誨于家，外刑于邦。孰是蔡人，而不率從。蔡人率止，惟西平有子。西平有子，惟我有臣。疇允大邦，俾惠我人。于廟告功，以顧萬方。

（方城十章，章八句）

丁、唐韋絢劉賓客嘉話錄

柳八駁韓十八平淮西碑云「左飱右粥」，何如我平淮西雅云「仰父俯子」。禹錫曰：「美憲宗俯下之道盡矣」。柳曰：「韓碑兼有冒子，使我為之便說用兵伐叛矣！」劉禹錫曰：「韓詩柳雅予詩云：『城中晨雞喔喔鳴；城頭鼓角聲和平。』美李尚書愬之入蔡城也，須臾之間，賊都不覺。又詩落句言：『始知元和十二載，四海重見昇平時。』所以言十二載者，因以記淮西平之年。段相文昌重為淮西碑，碑頭便曰：『韓宏為統，公武為將。』用左氏『欒書中將軍，欒黶佐之』文勢也。甚喜，亦是效班固燕然碑樣，別是一家之美。」（今本嘉話錄不載，見宋王讜唐語林卷二引）。

戊、姚範（薑塢）援鶉堂筆記卷四十二平淮西碑

昔人謂序似書，銘似詩。余謂銘辭酣恣奮動，正以不全似詩為佳。而子厚乃以淮夷雅矜出其上，謬矣！規模章句，何處得以生氣橫出耶？……（資料彙編一一九二頁）

六、總論

(一)李義山詩集卷二韓碑詩：元和天子神武姿，彼何人哉軒與羲！誓將上雪列聖恥，坐法宮中朝四夷。淮西有賊五十載，封狼生貙貙生羆；不據河山據平地，長戈利矛日可麾。帝得聖相相曰度，賊斫不死神扶持。腰懸相印作都統；陰風慘淡天王旗，愬、武、古、通作牙爪，儀曹、外郎載隨筆，行軍司馬智且勇，十四萬眾猶虎貔，入蔡縛賊獻太廟，功無與讓恩不訾。帝曰：「汝度功第一，汝從事愈宜為辭。」愈拜稽首蹈且舞，「金石刻畫臣能為，古者世稱大手筆，此事不繫於職司，當仁自古有不讓。」言訖屢頷天子頤。公退齋戒坐小閣，「濡染大筆何淋漓；點竄堯典、舜典字，塗改清廟、生民詩。文成破體書在紙，清晨再拜鋪丹墀。」表曰：「臣愈昧死上，詠神聖功書之碑。」碑高三丈字如手，負以靈鼇蟠以螭，句奇語重喻者少，讒之天子言其私。長繩百尺拽碑倒，麤沙大石相磨治。「公之斯文若元氣，先時已入人肝脾；湯盤、孔鼎有述作，今無其器存其辭。嗚呼聖皇及聖相，相與烜赫流淳熙；公之斯文不示後，曷與三五相攀追？願書萬本誦萬過，口角流沫右手胝。傳之七十有三代，以為封禪玉檢明堂基。」

(二)宋葛立方韻語陽秋卷三載蘇軾記舊驛壁間詩：淮西功業冠吾唐，吏部文章日月光。千古斷碑人膾炙，世間誰數段文昌。

(三)宋陳師道後山詩話：龍圖孫學士覺喜論文，謂退之淮西碑，敘如書，銘如詩。（資料一六八頁、又五百家注昌黎集卷三十平淮西碑題下引，歷代文約選詳評卷二，三四六頁引）

(四)葉慶炳從平淮西碑看韓愈古文：以古文撰寫碑文不雕琢偶句，不堆砌典故，卻仍要保持碑文典雅莊重的格調……，這篇碑文不但沒有因不用駢體而缺少典重的氣氛，反而在典重之外，作者還賦予活潑的生命。……在平淮西碑的序文中，最成功的莫過於作者一再使唐憲宗現身說法，直接戒飭臣下，語氣嚴肅而生動，比起以駢句典故作間接的敘述，其感人的程度不知勝過多少倍。……（中國古典文學研究叢刊散文與論評之部一四七—一四九頁）

(五)錢大昕潛研堂文集卷十三：韓退之平淮西碑文，工則工矣，繩以吏法，殊未盡善。如光顏、重胤除授於元和九年，公武、文通於十年，愬於十一年，並不同時，碑但云曰某曰某，而總之云各以其兵進戰，文雖簡而事未核也。又碑云：「顏胤皆加司空」，不書檢校，何以別於正授之司空？云道古進大夫，不書御史，何以別於散官之大夫？光顏、重胤、公武皆二名，篇中兩稱顏、胤、武，一稱顏、胤，非史法也。書裴度為丞相，則唐時無丞相之名。云「庚申予其臨門送女」，有日而無年月，此學尚書而失之者也。且淮西之役，裴相雖以身任之，然所責功者，塵光顏一路，其勝負正未可知也。唐鄧隨之師，始用高霞寓，再用袁滋，三易而得李愬，不逾年遂成入蔡之功，視光顏等合攻三年，纔克一二縣者，優劣懸殊矣。退之敘其功，但與諸將伍，得毋以雪夜之襲，不由裴相所遣，有意抑之邪？

(六)高步瀛唐宋文舉要卷二「平淮西碑」題下案語：錢氏所舉中間數事，皆屬小節，惟首尾兩事關係較鉅，亦讀韓文者通有之疑問，得大姚此說，可以釋然，且此碑敘入蔡，並未沒愬之功，安得謂有意抑之耶？（二七一頁）

附：作者征淮西紀詩

(一)《贈刑部馬侍郎》：

紅旗照海壓南荒，征入中台作侍郎。暫從相公平小寇，便歸天闕致時康。

(二)《過鴻溝》：

龍疲虎困割川原，億萬蒼生性命存。誰勸君王回馬首。真成一擲賭乾坤。

(三)《送張侍郎》：

司徒東鎮辭書謁，丞相西來走馬迎。兩府元臣今轉密，一方逋寇不難平。

(四)《奉和裴相公東征途經女几山下作》：

旗穿曉日雲霞雜，山倚秋空劍戟明。敢請相公平賊後，暫攜諸吏上崢嶸。

(五)《晚秋郾城夜會聯句》：

從軍古云樂，談笑青油幕。燈明夜觀碁，夜暗秋城柝。羈客方寂歷，驚烏時落泊。語闌壯氣衰，酒醒寒砧作。遇主貴陳力，夷凶匪兼弱。百牢犒輿師，千戶購首惡。平生恥論兵，末暮不輕諾。徒然感恩義，誰復論勳爵。多士被沾污，小夷施毒蠚。何當鑄劍戟，相與歸臺閣。室婦歎鳴鸛，家人祝喜鵲。終朝考蓍龜，何日親烝礿。間使斷津梁，潛軍索林薄。紅塵羽書靖，大水沙囊涸。銘山子所工，插羽余何怍。未足煩刀俎，祗應輸管鑰。雨矢逐天狼，電矛驅海若。靈誅固無縱，力戰誰敢卻。峨峨雲梯翔，赫赫火箭著。連空隳雉堞，照夜焚城郭。軍門宣一令，廟算建三略。雷鼓揭千槍，浮橋交萬筰。蹂野馬雲騰，映原旗火鑠。疲氓墜將拯，殘虜狂可縛。催峰岩貙兕，超乘如猱玃。逢掖服翻慚，謾胡纓可愕。星隕聞雊雉，師興隨唳鶴。虎豹貪犬羊，鷹鸇憎鳥雀。燒陂除積聚，灌壘失依託。憑軾諭昏迷，執殳征暴虐。倉空戰卒飢，月黑探兵錯。兇徒更蹈藉，逆族相啗嚼。軸轤亙淮泗，旆旌連夏鄂。大野縱氐羌，長河浴騮駱。東西競角逐，遠近施矰繳。人怨童聚謠，天殃鬼行瘧。漢刑支郡黜，周制閒田削。侯社退無功，鬼薪徵不恪。余雖司斧鑕，情本尚丘壑。且待獻俘囚，終當返耕穫。槁街陳鈇鉞，桃塞興錢鎛。地理畫封疆，天文掃寥廓。天子憫瘡痍，將軍禁鹵掠。策勳封龍額，歸獸獲麟腳。詰誅敬王怒，紿復哀人瘼。澤髮解兜牟，酡顏傾鑿落。安存惟恐晚，洗雪不論昨。暮鳥已安巢，春蠶看滿箔。聲明動朝闕，光寵耀京洛。旁午降絲綸，中堅擁鼓鐸。密坐列珠翠，高門塗粉雘。跋朝賀書飛，塞路歸鞍躍。魏闕橫雲漢，秦關束巖崿。拜迎蘿橐鞬，問遺結囊橐。江淮永清宴，宇宙重開拓。是日號昇平，此年名作噩。洪赦方下究，武飆亦旁魄。南據定蠻陬，北攫空朔漠。儒生愜教化，武士猛刺斫。吾相兩優游，他人雙落莫。印從負鼎佩，門衛登壇鑿。再入更顯嚴，九遷彌謇諤。賓筵盡狐趙，導騎多衛霍。國史擅芬芳，宮娃分綽約。丹掖列鵷鷺，洪爐衣狐貉。摛文揮月毫，講劍淬霜鍔。命衣備藻火，賜樂兼拊搏。兩廂鋪氍毹，五鼎調勺藥。帶垂蒼玉佩，轡蹙黃金絡。誘接諭登龍，趨馳狀傾藿。青娥翳長袖，紅頰吹鳴籥。儻不忍辛勤，何由恣歡謔。惟當早富貴，豈得暫寂寞。但擲雇笑金，仍祈卻老藥。歿廟配鐏斝，生堂合馨鑮。安行庇松篁，高臥枕莞蒻。洗沐恣蘭芷，割烹厭膍臄。喜顏非忸怩，達志無隕穫。詼諧酒席展，慷慨戎裝著。斬馬祭旄纛，炰羔禮芒屩。山多離隱豹，野有求伸蠖。推選閱群材，薦延搜一鶚。左右供諂譽，親交獻謏噱。名聲載揄揚，權勢實熏灼。道舊生感激，當歌發酬酢。群孫輕綺紈，下客豐醴酪。窮天貢鷸異，市海賜酺醵。作樂鼓還槌，從禽弓始彍。取歡移日飲，求勝通宵博。五白氣爭呼，六奇心運度。恩澤誠布濩，嚚頑已簫勺。告成上云亭，考古垂矩矱。前堂清夜吹，東第良晨酌。池蓮拆秋房，院竹翻夏籜。五狩朝恆岱，三畋宿楊柞。農書乍討論，馬法長懸格。雪下收新息，陽生過京索。爾牛時寢訛，我僕或歌咢。帝載彌天地，臣辭劣螢爝。為詩安能詳，庶用存糟粕。

(十八)《鄜城晚飲奉贈副使馬侍郎及馮李二員外》：

城上赤雲呈勝氣，眉間黃色見歸期。幕中無事惟須飲，即是連鑣向闕時。

（七）《酬別留後侍郎》：

為文無出相如右，謀帥難居郤縠先。歸去雪銷溱洧動，西來旌旆拂晴天。

（八）《同李二十八夜次襄城》：

周楚仍連接，川原乍屈盤。雲垂天不暖，塵漲雪猶乾。印綬歸台室，旌旗別將壇。欲知迎候盛，騎火萬星攢。

（九）《同李二十八員外從裴相公野宿西界》：

四面星辰著地明，散燒煙火宿天兵。不關破賊須歸奏，自趁新年賀太平。

（十）《過襄城》：

郾城辭罷過襄城，潁水嵩山刮眼明。已去蔡州三百里，家山不用遠來迎。

（十一）《宿神龜招李二十八馮十七》：

荒山野水照斜暉，啄雪寒鴉趁始飛。夜宿驛亭愁不睡，幸來相就蓋征衣。

（十二）《次硤石》：

數日方離雪，今朝又出山。試憑高處望，隱約見潼關。

（十三）《和李司勳過連昌宮》：

夾道疏槐出老根，高甍巨桷壓山原。宮前遺老來相問，今是開元幾葉孫。

（十四）《桃林夜賀晉公》：

西來騎火照山紅，夜宿桃林臘月中。手把命珪兼相印，一時重疊賞元功。

（十五）《次潼關先寄張十二閣老使君（張賈也）》：

荊山已去華山來，日出潼關四扇開。刺史莫辭迎候遠，相公親破蔡州迴。

（十六）《次潼關上都統相公（韓弘也）》：

暫辭堂印執兵權，儘管諸軍破賊年。冠蓋相望催入相，待將功德格皇天。

（十七）《晉公破賊回重拜台司，以詩示幕中賓客，愈奉和》：

南伐旋師太華東，天書夜到冊元功。將軍舊壓三司貴，相國新兼五等崇。鵷鷺欲歸仙仗裏，熊羆還入禁營中。長慚典午非材職，得就閑官即至公。

玖、馬少監墓誌寫作背景與主題

一、馬家的興衰

(一)舊唐書卷一三四馬燧傳：「馬燧字洵美，汝州郟城人，其先自右扶風徙焉。……燧姿度魁異，長六尺二寸，沉勇多智略，該涉群書，尤善兵法。……遷鄭州刺史。……大曆四年，改懷州刺史。……大曆十年，河陽三城兵亂，逐鎮將常休明，以燧檢校左散騎常侍、御史大夫、河陽三城使。十一年五月，汴州大將李靈耀反。……詔燧與淮西節度使李忠臣合軍討靈耀。……燧獨引軍擊破之，進至浚儀。大曆十四年六月，檢校工部尚書、太原尹、北都留守、河東節度留後，尋為節度使。……【德宗】建中二年【魏博節度使】田悅自將兵三萬圍邢州，……燧自將銳兵扼其衝口，凡百餘合，士皆決死，悅兵大敗，斬首萬餘級，……三年，……燧為諸軍合而破之。……悅恃燕、趙之援，又出兵二萬背城而陣，燧復與諸軍擊破之。五月，加燧同中書門下平章事。……興元元年正月，加檢校司徒，封北平郡王。……【貞元】二年冬，吐蕃大將尚結贊陷鹽、夏二州，……德宗以燧為綏銀麟勝招討使，令與華帥駱元光、邠帥韓遊瑰及鳳翔諸鎮之師會於河西進討。燧出師，次石州。結贊聞之懼，遣使請和，仍約盟會，上皆不許。又遣其大將論頰熱厚禮卑辭申情於燧請和，燧頻表論奏，上堅不許。三年正月，燧軍還太原。四月，燧與論頰熱俱入朝，燧盛言蕃情可保，請許其盟，上然之。……是歲閏五月十五日，侍中渾瑊與蕃相尚結贊盟於平涼，為蕃軍所劫，狼狽僅免，陷將吏六十餘員，由燧之謬謀也，坐是奪兵權。六月，以燧守司徒，兼侍中、北平王如故，仍賜妓樂，奉朝請而已。……貞元十一年八月薨，時年七十。……子彙、暢。暢以父蔭累遷至鴻臚少卿，留京師。建中三年，燧討田悅於山東，時歲旱，京師括率商戶，人心甚搖。……暢乃遣家人溫靖與父書，具陳利害，可班師還鎮。燧怒，執靖具奏其狀，令兄炫執暢請罪。德宗以燧方討賊，不竟其事，……敕炫就第杖暢三十，……燧貲貨甲天下，燧既卒，暢承舊業，屢為豪幸邀取。貞元末。中尉申志廉諷暢令獻田園第宅，順宗復賜暢。初為彙妻所訴，析其產，中貴又逼取，仍指使施於佛寺，暢不敢吝；晚年財產並盡，身歿之後，諸子無室可居，以至凍餒，今奉誠園亭館，即暢舊第也。暢終少府監，贈工部尚書。子繼祖，以祖蔭，四歲為太子舍人，累遷至殿中少監，年三十七卒。」

(二)唐宋文舉要甲編卷三本篇注：「案唐會要卷八十載太長博士林寶議馬暢謚曰敬。工部郎中崔備、兵部員外郎韋奕皆駁之。下太常重定其議，博士崔韶改謚曰縱。議曰：『馬暢承籍故業，歷居通顯，家富於財，以奢縱自處，不能撫安嫂姪，使之離析。其干進也，趨利如轉圜，其居家也，揉下如東濕，故時論鄙之。僅按國史，宇文士及居家侈縱，議謚為縱，暢之行己，同於士及，請以縱為謚可也。』觀此則暢之為人，殊不足取，退之僅謂能守其業，亦非深許之也。」（三九三—三九四頁）

(三)文苑英華卷九四六：李翱馬少監墓誌：「公諱某，字盧符，宣州刺史玄慶之曾孫，著作郎贈少府監恬之子。公九歲貫涉經史，魯山令元德秀，行高一時，公往師焉。魯山令奇之，號公為馬孺子，為之著神聰贊，由是名聞。中書令郭公子儀奏為懷州參軍，充四鎮伊西庭節度巡官，從事河陽三城、河東三府，累轉試大府丞，因得太原府倉。黜陟使裴伯言謂公堪為諫官，薦之於朝，并殿中御史，充昭義軍節度參謀，召為天子左贊善大夫，遷主客員外郎，使於海東。復命授興元少尹，入為將作少監，改國子司業，遷秘書少監，又加史館修撰。元和十三年十一月己酉，寢疾卒。公博覽多藝，弈碁居第三品，家貧未嘗問生業，只以纂錄自樂為事，撰歷代紀錄、類史、鳳池錄、纂寶折桂錄、新羅紀行、將相別傳，及所為文，總四百八十八卷。年登八十，官貳秘書，職領太史，雖不極於富貴，亦儒者之難及也。夫人潁川陳氏，贈潁川郡君，先公終三十年餘矣。有子七人，曰文則，由進士補錢塘尉；第二、第四子文範並早卒；曰文同，曰文約，讀書著文，有名於進士場；曰文輿，曰溪郎，皆恭守家法。女五人，其存者三人，未笄。文同等奉公之喪，以明年二月祔塋于偃師，從先塋。謂翺嘗從于史氏之列，來請為誌。」

(四)唐李肇國史補卷上：「馬司徒孫始生，德宗命之曰：繼祖，退而笑曰：『此有二義，意謂以索繫祖也。』」

(五)唐李肇國史補卷中：「馬司徒之子暢以第中大杏饋竇文場。文場以進，德宗未嘗見，頗怪之。令使舊第封杏樹。暢懼，進宅，廢為奉誠園，屋木盡拆入內也。」

(六)白香山詩集卷四新樂府「杏為梁……君不見馬家宅，尚猶存，宅門題作奉誠園。……儉存奢失今在目，安用高牆圍大屋。」（四二頁）

案：憲宗元和五年（八一〇）**作，詳陳寅恪元白詩箋證稿「白居易新樂府詩箋證」。**

(七)同前卷二秦中吟十首之三「傷宅」詩：「……如何奉一身，直欲保千年，不見馬家宅，今作奉誠園。」

(八)元稹元氏長慶集卷十六奉誠園詩：「蕭相深誠奉至尊，舊居求作奉誠園。秋來古巷無人掃，樹滿空牆閉戟門。」題下原注：「馬司徒舊宅。」

案：憲宗元和四、五年（八〇九、八一〇）作。

(九)全唐詩二七一竇牟奉誠園聞笛詩：「曾絕朱纓吐錦茵，欲披荒草訪遺塵，秋風忽洒西園淚，滿目山陽笛裏人。」題下原注：「園，馬侍中故宅。」

案：竇牟，貞元進士擢第，今存詩十一首。

(十)杜牧樊川集卷二過田家宅詩：「安邑南門外，誰家板築高。奉誠園裏地，牆缺見蓬蒿。」

(十一)全唐詩卷六八四（標本點）吳融敷水有丐者云：「是馬侍中諸孫，憫而有贈」一詩云：「一心忠赤山河見，百戰功名日月知。舊宅已聞栽禁樹，諸孫仍見丐征岐。而今不要教人識，正藉將軍死鬥時。」（栽禁樹下原注：即今奉誠園）

案：吳融，自子華，越州山陰人。昭宗龍紀初（八八九），擢進士第，有詩四卷。

(十二)唐宋文舉要甲編卷三殿中少監馬君墓誌銘篇末引王宋賢云：「其後燧第改為奉誠園。諸孫有丐於路者，見吳融敷水道見丐者一詩，使公後死若干年，親見此事，其感慨更當何如也。」（三九五頁）

(十三)宋宋次道長安志卷八：「朱雀街東第四街，即皇城之東第二街，街東從北第五，安邑坊。奉誠園，司徒侍中馬燧宅，在安邑里，燧子少府監暢以貲甲天下，暢亦善殖財，貞元末，神策中尉申志廉諷使納田產，遂獻舊第為奉誠園。」（舉要三九三頁引）

二、韓愈與馬家

㈠昌黎集校注六扶風郡夫人（馬暢妻）墓誌銘：「夫人姓盧氏，范陽人。……天資仁恕，左右媵侍常蒙假與顏色。人人莫不自在。……元和五年尚書【馬暢】薨，夫人哭泣成疾，後二年亦薨。年四十有六。九年正月癸酉，祔於其夫之封，長子殿中承繼祖，孝友以類。葬有日，言曰：『吾父友惟韓丈人視諸孤，其往乞銘。』以其狀来，愈讀曰：『嘗聞乃公言，然。吾宜銘。』」

㈡馬君墓誌：「始余初冠，應進士貢在京師，窮不自存，以故人秩第拜北平王於馬前，王問而憐之，因得見於安邑里第，王軫其寒饑賜食與衣。召二子使為之主，其季遇我特厚，少府監贈太子少傅者也。姆抱幼子立側，……殿中君也。……當是時見王於北亭。……」

案：貞元二年（七八六）韓愈十九歲，自宣城赴京師。三年吐蕃犯邊，閏五月會盟使渾瑊與吐蕃盟於平涼，吐蕃背約劫盟，韓愈從父兄弇時為判官，因而遇害。德宗興元元年（七八四）北平王馬燧與朔方節度使渾瑊同討河中李懷光。韓愈從父兄弇初為朔方節度使，渾瑊掌書記，而馬燧與渾瑊嘗聯軍討叛，馬燧或因渾瑊之薦而識韓弇，韓愈以故人稚弟求見，其故在此。至貞元三年至十一年馬燧之卒，八、九年間，韓愈均托衣食於馬燧，與馬家關係非比尋常。（參研究三三—三六頁）

三、馬家事蹟簡表

德宗興元元年（七八四）　馬燧以軍功封北平郡王。

貞元三年（七八七）　吐蕃刼盟，馬燧坐謬謀，除兵權，韓愈二十歲，至京師謁北平王。
貞元八年（七九二）　韓愈進士擢第。
貞元十一年（七九五）　馬燧卒，年七十。韓年二十八。
順宗貞元二十一年（八〇五）　馬家完廢為奉誠園。
憲宗元和五年（八一〇）　馬暢卒，韓愈年四十三。
元和七年（八一二）　馬暢妻卒。
元和五年（八一四）　韓愈為馬暢夫人作墓誌。
穆宗長慶元年（八二一—八二二）　馬繼祖卒，年三十七，韓愈年五十四、五十五。

四、墓誌主題

(一)明茅坤唐宋八大家文鈔韓文評語卷一二「殿中少監馬君墓誌銘」：「以生平故舊志墓，最悲涼可泣。」（韓愈資料彙編七七八頁）

同前評末段云：「只數句，無限悲涼。」

(二)清何焯義門讀書記昌黎集第三卷評語：「殿中少監馬君墓誌。……屈指三四十年事，寫得歷歷在目。依依如畫，真神筆也。無可誌，故只以世舊微波瀾，又一體。……『吾未耄老』至末，使我亦不樂其生，則於故舊盛衰之際哀歎至矣！」（韓愈資料彙編一一〇三頁）

(三)唐宋文舉要甲編卷三，此篇引李剛己云：「此段（指馬誌末段）感嘆至深，乃通篇作意所在。結筆尤有淡宕不收之音。」（三九五頁）

案：人生無常，世事滄桑之感，千古文人，普遍共有；或宣之於文，或發之於吟詠。如古詩十九首之三：「人生天地間，忽如遠行客」，其四云：「人生寄一世，奄乎若飄塵」，其十三云：「人生忽如寄，壽無金石固，萬歲更相迭，聖賢未能度。」陶潛《歸田園居》第五首：「人生似幻化，形當歸空無。」還舊居詩云：「流幻百年中，寒暑日相催。」雜詩十二之一：「人生無根蒂，飄如陌上塵，分散隨風轉，此已非常身。」曹操短歌行：「對酒當歌，人生幾何。」李白春夜宴桃李園序：「夫天地者，萬物之逆旅。光陰者，百代之過客。而浮生若夢，為歡幾何？」東坡詞亦有「人生如夢」之嘆。昌黎文以載道，詩求奇崛，其無常感無處可託，遂藉此以發。

五、寫作年代

五百家注昌黎集卷三十三馬君墓誌銘引宋孫良臣注：「長慶初，繼祖卒。」

案：韓愈穆宗長慶四年十二月卒，年五十七。據馬暢妻扶風郡夫人墓誌，馬暢卒於元和五年（八一〇），誌云：「又十餘年至今哭少監焉。」當在穆宗長慶元年至四年（八二一—八二四），韓愈五十四至五十七歲。又誌云：「始余初冠……拜北平王於馬前」時在德宗貞元三年（七八七）（初冠韓年二十）。自此至長慶年間為三十五年至三十八年。正合誌所謂「自始至今未四十年而哭其祖子孫三世，」又誌謂：「姆抱幼子立側，眉眼如畫。」時貞元三年（七八七）馬暢當有二、三歲，暢卒年三十七，當在長慶元年（八二一）或稍後。孫注大致不差。

六、結構作法

（一）結構

1. 敘先世及歷官年歲子女。
2. 敘與馬氏三世交誼，正三世並存之時。
3. 哀悼馬氏祖子孫三世。
4. 抒感——人事滄桑，無限悲涼。

(二)唐宋文舉要甲編卷三馬君墓誌引劉大魁云：「少監無一事可紀，乃以三世交游，作兩番摹寫，古色古聲，迭出奇偉，於此見公之才力，六一屢仿效之而未能也。」（三九五頁）

同前引方苞云：「他無可述，故裁死生離合之迹。」（三九五頁）

(三)清林雲銘古文析義二編卷六：「……殿中君本以門功授官，歷俸而轉，無錚錚可記者，故篇中不填一字行實，但北平王有大功於國……總以北平王為王。其以交情感慨成文。蓋緣當厄之惠，刻不能忘，故不禁纏綿悲惻，遂別成一奇格。……」（研究四一七頁）

(四)林紓韓文研究法：「殿中少監馬君墓誌，空衍無可著筆。而昌黎文字乃燦爛作珠光照人，真令人莫測。……自此體一創，後之文家爭摹仿而成金石之例，摭拾細碎，均可成篇，而皆不及退之者。凡此等體皆可偶而不可常，既無事實，寧不作可也。」（研究四一七頁）

案：韓愈用古文寫碑傳墓誌，佈局因人而異，運筆變化無窮。而更難能可貴者，為能無中生有，從無可著筆處著筆。如殿中少監馬君墓誌，墓誌實無事功可紀，然出之以情，哭馬氏祖孫三代寓人世滄桑之感。遂成動人篇章。類此作法，是為碑誌之文開闢新境。（參韓愈研究二二六頁）

七、體例問題

(一)清曾國藩求闕齋讀書錄卷八韓昌黎集：「馬君墓誌：情韻不匱，凡誌墓之文，懼千百年後谷千陵改，見者不知誰氏之墓，故刻石以文告之也。語氣須是對不知誰何之人說話。此文少乖，似哀誄文序。」(資料一五〇二頁)

(二)今代馮書耕金仞千古文通論第八章文體正變論碑誌體云：「碑誌，須古樸簡嚴，並須絕對客觀，不着議論。……此文(馬君墓誌)未嘗敘述繼祖事迹及其卒葬年月時地。但往復言其三世盛衰死喪，及相與之世誼，而以詠歎出之。墓表末後不須銘辭。墓誌有銘不須敘；但有敘，大都有銘，此則無有，亦為少見。故其於格於意皆為變體。」(中編·七四九—七五〇頁)

黃宗羲金石要例：「墓誌而無銘者，蓋敘事即銘也。……蓋所謂誌銘者，通一篇而言之，非以敘事屬志，韻語屬銘。」(唐宋文舉要甲編卷三三八九頁引)

梁玉繩誌銘廣例卷一：「墓石之文，分言之，則前序為志，韻語為銘。通言之，則誌即是銘，銘即是誌。漢聞熹長韓仁銘乃令牒無韻語，而謂之銘。韓文公法曹參軍誌銘，敘次其族世名字事始終，別無銘辭，而曰是為銘。虞部張季友，考功盧東美、襄陽盧丞、司法李楚全，博士李干諸篇皆然。……是誌即銘也。柳河東集中諸誌皆有銘辭，而題止稱誌。白香山范陽張公仲方墓誌亦然。文選任彥升劉先生夫人墓誌無誌但銘。而題獨稱誌。……是銘即誌也。」(同前三九〇頁引)

下編 柳文

壹、駁復讎議主題暨寫作動機、年代

一、主題

文苑英華卷七六八陳子昂復讎議并序：

臣伏見同州下邽人徐元慶者，父爽，為縣吏趙師韞所殺，卒能手刃父讎，束身歸罪，議曰：先王立禮，所以進人也；明罰，所以齊政也。夫枕干讎敵，人子之義；誅罪禁亂，王政之綱。然則無義不可以訓人，亂綱不可以明法，故聖人修禮理內，飭法防外，使夫守法者不以禮廢刑，居禮者不以法傷義，然後能暴亂不作，廉恥以興，天下所以直道而行也。竊見同州下邽人徐元慶，先時父為縣令趙師韞所殺，元慶鬻身傭保，為其父報讎，手刃師韞，束身歸罪。雖古烈者，亦何以多？誠足以激清名教，旁感忍辱，義士之靡者也。然按之國章，殺人者死，則國家之畫一法也，法之不二，元慶宜伏辜。又按禮經父讎不同天，亦國家勸人之教者也。教之不苟，元慶不宜誅。然臣聞昔者刑之所生，本以遏亂；仁之所利，蓋以崇德。今元慶報父之讎，意非亂也，行子之道，義能仁也，仁而無利，與亂同誅，是曰能刑，未可以訓。元慶之可顯宥於此矣，然邪由正生，理必亂作，昔禮防至密，其弊不勝，先王所以明刑，本實由此。今倘義元慶之節，廢國之刑，將為後圖，政必多難，則元慶之罪，不可廢也，何者？人必有子，子必有親；親親相讎，其禮誰救？聖人作始，必圖其終，非一朝一夕之故，所以全其政也，故曰信人之義，其政不行。且夫以私意而害公法，仁者不為，以公法而徇私義，王道不設。元慶之所以仁高振古，義伏當時，以其能忘生而徇於德也。今若釋元慶之罪以利其生，是奪其德而虧其利，非所謂殺身成仁、全死無生之節也。如臣等所見，謂宜正國之法，寘之以刑，然後旌其閭墓，嘉其徽烈，可使天下直道而行，編之於令，永為國典。（又見四部叢刊陳伯玉文集卷七．全唐文卷二一三）

二、寫作動機、年代

(一)五百家注本昌黎集卷三七韓愈復讎狀：

元和六年九月七日富平縣人梁悅為父報仇殺人，自投於縣請罪。敕云：復仇殺人，故有彝典，以其申冤請罪，視死如歸。自詣公門，發於天性，志在徇節，本無求生，寧失不經，特從減死，宜決杖一百，配流循州，由是有此議。

右伏奉今月五日敕。復讎，據《禮經》則義不同天，徵法令，則殺人者死。禮、法二事，皆王教之大端，有此異同，必資論辯，宜令都省集議聞奏者。朝議郎行尚書職方員外郎上騎都尉韓愈議曰：伏以子復父讎，見於《春秋》、見於《禮記》、又見《周官》，又見諸子史，不可勝數，未有非而罪之者也。最宜詳於律，而律無其條，非闕文也。蓋以為不許復讎，則傷孝子之心，而乖先王之訓。許復讎，則人將倚法專殺，無以禁止其端矣。夫律，雖本於聖人，然執而行之者，有司也。經之所明者，制有司者也，丁寧其義於經，而深沒其文於律者，其意將使法吏一斷於法，而經術之士得引經而議也。《周官》曰：「凡殺人而義者，令勿讎，讎之則死。義，宜也，明殺人而不得其宜者。子得復讎也，此百姓之相讎者也，《公羊傳》曰：「父不受誅，子復讎可也。」不受誅者，罪不當誅也。誅者，上施於下之辭，非百姓之相殺也。又《周官》曰：「凡報仇讎者，書於士，殺之無罪。」言將復讎，必先言於官，則無罪也。今陛下垂意典章，思立定制，惜有司之守，鄰孝子之心，示不自專，訪議羣下。愚臣以為復讎之名雖同，而其事各異。或百姓相讎，如《周官》所稱，可議於今者；或為官吏所誅，如《公羊》所稱，不可行於今者。又《周官》所稱，將復讎先告於士，則無罪者，若孤稚羸弱，抱微志而伺敵人之便，恐不能自言於官，未可以為斷於今也。然則殺之與赦不可一例，宜定其制曰：「凡有復父讎者，事發，具其事申下尚書省，尚書省集議奏聞，酌其宜而處之。則經、律無失其指矣。」謹議。

(二)通鑑卷二三八元和六年

秋，九月，富平人梁悅報父仇，殺秦杲，自詣縣請罪。敕：復讎，據《禮經》則義不同天，徵法令則殺人者死。禮、法二事，皆王教之大端，有此異同，固資論辯，宜令都省集議聞奏。職方員外郎韓愈議，以為：律無其條，非闕文也。蓋以不許復讎，則傷孝子之心而乖先王之訓；許復讎，則人將倚法專殺，無以禁止其端矣。故聖人丁寧其義於經，而深沒其文於律，其意將使法吏一斷於法，而經術之士得引經而議也。宜定其制曰：凡復父讎者，事發，具申尚書省集議奏聞，酌其宜而處之。則經律無失其指矣。敕：梁悅杖一百，流循州。甲寅，吏部奏準敕併省內外官計八百八員，諸司流外一千七百六十九人。

(二)章士釗《柳文探微·駁復讎議》：

辭本退之復讎狀，顧子厚駁復讎議，所據為天后時同州下邽人徐元慶事。與退之狀並非同案。其所以然者，則退之時為職方員外郎，以當官議當案，於法有據。而子厚則貶在遠州，不與其事，勢不得援同案而參末議，如強為之，是為出位之思，物論所非。故其搜討舊案，以天后諫臣陳子昂為的彀，期與當朝梁悅現案相避，文中不提退之狀一字，乃勢不得不然，應須昭察。（一七六—一七七頁）

三、結構組織

(一)立案：徐元慶手刃父讎，束身歸罪，陳子昂建議誅之而旌其閭。編之於令，永為國典。

(二)翻駁：

1. 總駁：臣竊獨過之。

2. 分辨：

(1)刑禮（旌誅）不得并用。

(2)元慶父無罪而死，子復讎當旌不當誅。

(3)元慶父有罪而死，子復讎當誅不當旌。

(三)再立案：陳子昂主用刑理由——親親相讎，其亂誰救。

㈣翻駁：

1. 總駁：甚惑於理。

2. 分辨：

(1)據禮記所謂讎，指冤抑無告，非抵罪觸法。

(2)引周禮，殺人而義不得讎。不可能親親相讎。

(3)援公羊傳說明復讎之義：父不當誅，子可復讎。

㈤斷：元慶服孝死義，達理聞道，斷元慶不宜誅。

㈥結：子昂議不可為典，斷斯獄不宜以子昂議從事。

㈦評論

1. 清盧元昌山曉閣選唐大家柳柳州全集卷一：「手刃父讎，束身歸罪」八字立案，見得宜旌不宜誅。

2. 清吳楚材、吳調侯古文觀止卷九：看敘起「手刃父讎，束身歸罪」八字，便見得宜旌不宜誅。中斷是論理，故作兩平之言；後段是論事，故作側重之語。引經據典，無一字游疑，乃成鐵案。

3. 清過珙古文評註卷七：只「旌誅莫得而並」一句，便已駁倒，以下設為兩段議論，深明旌誅所以不可並處，更明白痛快，蕭、曹亦無此卓識。

4. 清孫琮山曉閣選唐大家柳柳州全集卷一：前半幅說旌與誅不可並用，後半幅說宜旌不宜誅。蓋前半是論理，故作兩平之論；後半是論事，故作側重之語。前半寫旌誅不可並用，妙在中幅分寫得明暢，後半幅宜旌不宜誅。妙在引證得的確。

四、陳、柳、韓三家禮法（旌誅）觀念比較

(一)宋黃震黃氏日鈔卷六十：武后時，徐元慶手刃父讎。陳子昂建議誅之，而旌其閭，著為令。駁謂旌與誅，莫得而並，當考正其曲直，所論甚精。合與昌黎復讎議參看。

(二)清愛新覺羅弘曆唐宋文醇卷十七河東柳宗元文：韓愈「復讎議」曰：「凡有復父讎者，事發，具其事申尚書省；尚書省集議奏聞，酌其宜而處之。」蓋謂不為定律，而使朝士引經以斷也。宗元之議，則謂當讎不當讎，自有一定，更為明白。自明代至今，凡父祖被人殺，子孫救護，登時殺其人者勿論，非登時並予杖。其報讎殺官吏如此篇所云者，律無明文，非無明文也，其不當讎歟！自以殺本管官，律論不待言也，其當讎歟！則即用此律科斷，亦不待言也。然則宗元之議，今實用之矣。

(三)清林雲銘古文析義卷五：徐元慶已議旌，則父讎當復，何待再問。然施於百姓相殺，即不必誅，亦不必旌可也。乃趙師韞為縣尉，則天子之吏，吏殺人而聽復讎，將來為吏者，必不敢殺人。且殺人亦必不勝被殺矣。子昂之議，為防亂計，出於不得已。不知國家大柄，全在禮刑，二者以為勸戒之用，旌所以明禮，誅所以明刑，豈可施之於一人之身乎？柳州此議，當把韓昌黎復讎狀參看，方見其妙。昌黎亦引「周禮」「公羊」二說，與柳相同。但謂「周官」可行，「公羊」不可行，以為官可誅，異於百姓之相殺耳。又引「周官」云，凡報讎者書於士，殺之與罪等語，柳州雖以公羊不受誅之說為斷，玩其前段所云「上下蒙冒，籲號不聞」二句，是推究元慶未下手之先，以師韞妄殺之罪，上聞於州牧，刑官不為伸理，因激而手刃。是與「周官」所云「書於士，殺之無罪」二語脗合，所謂原始而求其端者此也。況為

治賊虐者殺無赦，與為子賊虐無異。則「公羊」之說不可行而可行，旌誅並行，不應為典，自是確論。

(四)五百家注昌黎集卷三七引宋韓醇云：韓曰：「事之首末已具載本篇舊史書於憲宗紀、刑法制。新史書於孝友張琇傳。按新史所書自太宗時至是復讎者凡七人，原之者三、不原者四，梁悅其二也。大抵殺人者死，有國常典而貸死者，出於一時之特赦。公此議欲令凡事發，具其事下尚書省集議，酌宜而行，禮刑兩不失矣。一本題有並序二字。」

(五)清何焯義門讀書記：駁陳有餘，若折典法之中，則必待韓議而後定也。李云：落下相殺，反以上誅下，韓辨別分明，柳則質為一條而已。合此兩篇義與詞觀之，便定韓、柳優劣。或言柳議過韓者，不知文者也。「蓋聖人之制」至「又何旌焉。」李云：議論在韓範圍之中，猶不若韓之渾涵。蓋聖人制法，所難明著者，今固不得而明著之也。「春秋公羊傳」至「則合于禮矣。」公羊之說，蓋謂父以非罪見殺于君者也，得並引以斷兩下相殺哉？此柳子少年之作，于治經尚疎，至「復讎不除害」五字，不加裁剪，乃小失耳。

(六)金王若虛滹南遺老集卷二十六：唐武后時，徐元慶父爽為縣尉趙師韞所殺，元慶復手殺師韞，后欲赦死。陳子昂議以為：「枕戈讎敵，人子之義，誅罪禁亂，王法之綱，非義不可訓人，亂綱不可明法。且元慶所以能義動天下者，以其忘生而及於德也。若釋之以利其生，是奪其德，虧其義，非所謂殺身成仁，全死忘生之節。宜正國之典，寘之以刑，然後旌其閭墓可也。」時韙其言。後柳子厚駁之曰：「旌與誅不得並，誅其可旌則黷刑，旌其可誅則壞禮。若師韞以私怨虐非辜，州牧不知罪，刑官不知問，而元慶能報之。是守禮而行義也。執事者宜有慚色，將謝之不暇，而又何誅？其或父不免於罪，而師韞之誅。不愆於法，是死於法而非死於吏。讎天子之法而戕奉法之吏，是悖驁而凌上也。執而誅之。所以正邦典，而又何旌？當取『公羊』受誅不受誅之義以斷之。」元和中，梁悅報父讎殺秦杲，敕有司曰：據禮經則義不同天，徵法令則殺人者死。禮法二事，皆王政之大端，宜令詳議。韓退之曰：聖人丁寧其義於經，而深沒其文於律，將使法吏一斷於法，而經術之士得引經義而議也。宜定其制。凡復父讎者，事發，具申尚書省集議奏聞，酌其宜而處之。敕杖悅一百，流循州。明皇時張瑝、張琇亦以父雕殺楊汪，議者皆言宜加矜宥，張九齡欲活之，而裴耀卿、李林甫以為亂國法，帝然之，謂九齡曰：孝子之情，議不顧死。殺人而赦，此塗不可啟也。乃下敕曰：國家設法，期於止殺，各伸為子之志，誰非徇孝之人？展轉相讎，何有限極！臯陶作士，法在必行；曾參殺人，亦不可恕。付河南府杖殺之。考此三事，惟明皇所處為不可易。子昂等議似高，要非正法。蓋《禮記》、《周官》及《公羊》氏復讎之說，皆亂世事，不足信也。

案：陳子昂主刑禮並用，柳宗元主刑禮專用，韓愈主刑禮兼顧。刑禮並用固不宜，刑禮專用其一，亦不得當。韓主張殺與赦酌宜而行，似較合理。

五、唐代類似案例

(一)新唐書卷一九五孝友傳：太宗時，有即墨人王君操，父隋末為鄉人李君則所殺，亡命去，時君操尚幼。至貞觀時，朝世更易，而君操窶孤，仇家無所憚，詣州自言。君操密挾刃殺之，剔其心肝噉立盡，趨告刺史曰：「父死兇手，歷二十年不克報，乃今刷憤，願歸死有司。」州上狀，帝為貸死。

(二)同前：高宗時，絳州人趙師舉父為人殺，師舉幼，母改嫁，仇家不疑。師舉長，為人庸，夜讀書。久之，手殺仇人，詣官自陳，帝原之。永徽初，同官人同蹄智壽父為族人所害，智壽與弟智爽候諸塗，擊殺之，相率歸有司爭為首，有司不能決者三年。或言弟始謀，乃論死，臨刑曰：「仇已報，死不恨。」智壽自投地委頓，身無完膚，舐智爽血盡乃已，見者傷之。

(三)同前：張琇，河中解人。父審素，為巂州都督。有陳纂仁者，誣其冒戰級、私庸兵。玄宗疑之，詔監察御史楊汪即按。纂仁復告審素與總管董堂禮謀反。於是汪收審素繫雅州獄，馳至巂州按反狀。堂禮不勝忿，殺纂仁，以兵七百圍汪，脅使露章雪審素罪。既而吏共斬堂禮，汪得出，遂當審素實反，斬之，沒其家。琇與兄瑝尚幼，徙嶺南。久之，逃還。汪更名萬頃。瑝時年十三，琇少二歲。夜狙萬頃於魏王池，瑝斫其馬，萬頃驚，不及鬥，為琇所殺。條所以殺萬頃狀繫於斧，奔江南，將殺構父罪者，然後詣有司。道汜水，吏捕以聞。中書令張九齡等皆稱其孝烈，宜貸死，侍中裴耀卿等陳不可，帝亦謂然，謂九齡曰：「孝子者，義不顧命。殺之可成其志，赦之則虧律。凡為子，孰不願孝？轉相仇殺，遂無已時。」卒用耀卿議，議者以為冤。帝下詔申諭，乃殺之。臨刑賜食，瑝不能進，琇色自如，曰：「下見先人，復何恨！」人莫不閔之，為誄揭於道，斂錢為葬北邙，尚恐仇人發之，作疑塚，使不知其處。

(四)同前：穆宗世，京兆人康買得，年十四，父憲責錢於雲陽張莅，莅醉，拉憲危死。買得以莅趫悍，度救不足解，則舉鍤擊其首，三日莅死。刑部侍郎孫革建言：「買得救父難不為暴，度不解而擊不為兇。先王制刑，必先父子之親。《春秋》原心定罪，《周書》諸罰有權。買得孝性天至，宜賜矜宥。」有詔減死。

六、總評論

(一)臨川文集卷七十復讎解：或問復讎？對曰：非治世之道也，明天子在，上自方伯諸侯以至于有司，各修其職，其能殺不辜者少矣，不幸而有焉，則其子弟以告于有司，有司不能聽，以告于其君，其君不能聽，以告于方伯，方伯不能聽，以告于天子，天子不能聽，則天子誅其不能聽者，而為之施刑於其讎，亂世則天子諸侯方伯皆不可以告。故書說紂曰：凡有辜罪乃罔恒獲小民方興相為敵讎，蓋讎之所以興，以上之不可告，辜罪之不常獲也。方是時，有父兄之讎而輒殺之者，君子權其勢，恕其情，而與之可也。故復讎之義，見於《春秋傳》，見於《禮記》，為亂世之為子弟者言之也。《春秋傳》以為父授誅，子復讎，不可也。此言不敢以身之私而害天下之公。又以為父不授誅，子復讎可也；此言不以有可絕之義廢不可絕之恩也。《周官》之說曰：「凡復讎者，書於士，殺之無罪，疑此非周公之法也，凡所以有父讎者，以天下之亂，而士之不能聽也，有士矣，不使聽其殺人之罪以施行，而使為人之子弟者讎之，然則何取於士而祿之也。古之於殺人，其聽之可謂盡矣，猶懼其未也。曰：與其殺不辜，寧失不經，今書於士則殺之，無罪，則所謂復讎者，果所謂可讎者，乎庸詎知其不獨有可言者乎，就當聽其罪矣，則不殺於士，師而使讎者殺之何也，故疑此非周公之法也。或曰，世亂而有復讎之禁，則寧殺身以復讎乎，將無復讎而以存人之祀乎？曰：可以復讎而不復非孝也。復讎而殄祀亦非孝也。以讎未復之，恥居之終身焉蓋可也。讎之不復者，天也；不忘復讎者，己也。克己以畏天，心不忘其親，不亦可矣。」

(二)清姚範援鶉堂筆記卷五十雜文：柳子厚「駁復讎議」：「無為賊虐，凡為子者殺無赦。」此豈指父仇不共戴天，父不受誅子復仇言之耶？按此乃推人子遭變而深痛至憤所不能已者，而因為之，緣事以制禮，揆義以垂刑，豈假是以為賊虐者之防乎？云「無赦」，詞意亦未愜當，「且其議曰」以下，亦緩弱不振。荊川曰：「不懶散。」望溪云：「義理切，著文亦勁暢。」退之以文墨事相推，以有此種耳。皆余所未允。余欲以「誅其可旌」五十三字，「嚮使刺讞其誠偽」二十七字，「奮其吏氣」八字，「介然自克」四字。此文疑官禮部時作也。

貳、桐葉封弟辯析論

一、故事出處

(一)呂氏春秋卷十八審應覽第六重言篇：「成王與唐叔虞燕居，援梧葉以為珪，而授唐叔虞曰：『余以此封女。』叔虞喜，以告周公。周公以請曰：『天子其封虞邪？』成王曰：『余一人與虞戲也。』周公對曰：『臣聞之，天子無戲言。天子言，則史書之，工誦之，士稱之。』於是遂封叔虞于晉。」

(二)史記卷三十九晉世家第九：「成王與叔虞戲，削桐葉為珪，以與叔虞曰：『以此封若。』史佚因請擇日立叔虞。成王曰：『吾與之戲耳。』史佚曰：『天子無戲言。言則史書之、禮成之、樂歌之。』於是遂封叔虞於唐。」

(三)說苑卷一君道篇：「成王與唐叔虞燕居，剪梧桐葉以為珪，而授唐叔虞曰：『余以此封汝。』唐叔虞喜以告周公。周公以請曰：『天子封虞耶？』成王曰：余一人與虞戲也。』周公對曰：『臣聞之：天子無戲言，言則史書之、工誦之、士稱之。』於是遂封唐叔虞於晉。」

二、主題

(一)呂氏春秋卷十八審應覽第六重言篇：「周公旦可謂善說矣。一稱而令成王益重言，明愛弟之義，有輔王室之固。」

(二)說苑卷一君道篇：「周公旦可謂善說矣。一稱而成王益重言，明愛弟之義，有輔王室之固。」

(三)清蔡鑄蔡氏古文評注補正全集卷七：「方宗城云：『此文陳義雖正，實未知周公所以輔成王之心。大臣事君，務格君心之非。於幼主尤當涵養其氣質，薰陶其德行，王與弟戲，乃其親愛之心出於至誠也。周公入賀，所以養其良知良能也。及王曰戲，則不曰不可戲以戒之，但言小弱弟不可不封，以成其美而薰陶其德行，涵養其氣質，而又以格異日之非，心非聖人不能若是也。子厚豈足以知之？』持論殊屬精到，尤勝子厚。」

(四)清林紓柳文研究法：「……文中大要，在『王者之德行之何若，設未得其當，雖十易之不為病，要於其當，不可使易也』數語，實深明大體之言。」

案：呂覽說苑以為周公用意在培養成王重言諾習慣，明示愛弟之情。而柳宗元（取其事）不取其觀點，以為王者之德，在行之當與不當，不當，十易不為病。況是遊戲，益為不當，呂覽以教育立場看問題，謂周公姬隨機開導其重言諾，自言之有理。而柳宗元則以人性觀點翻駁舊說，以為正事與遊戲不可混為一談，在遊戲中不得約束其重言諾，亦不為無故。

三、結構與段落層次

(一)立案（立題）：桐葉封弟事取呂覽重言篇，說苑君道篇立案。

(二)辯駁

1. 總駁：吾意不然。

2.分駁：三項六層次。

甲、以周公之聖，斷其不然。（不因君戲言而成其事）分當封、不當封，戲言可、不可，戲言行、不行四層。

(1)當封，周公宜以時言，不待戲而賀以成（一駁）。

(2)不當封，周公成不當之戲，封他與弱小，不得為聖（二駁）。

(3)王言不可戲，若以封婦寺，亦將從之乎（三駁）。視封弱小，更為嚴重。轉入深一層辯駁。

(4)戲言必行，是周公教王順過（四駁）。

乙、以周公輔君之道，斷其不然。

(1)輔君之道光大正中，必不逢其失而為之辭（五駁）。

丙、以君臣關係論，斷周公不然。

(1)家人父子尚不能如此約制如牛馬，況周公成王為君臣關係（六駁）。

(三)結論：不可信。（應上吾意不然。）

(四)餘論：或曰：封唐叔，史佚成之。（據史記晉世家，可證封唐叔非周公事。）

四、作法

(一)清林雲銘古文析義卷五：「此篇先以當封不當封二意夾擊，見其不因戲行封。」

「次復就戲上設言，戲非其人，何以處之，則戲不可為真也明矣。」

「然後把天子不可戲五字，痛加翻駁。以王者之行，止求至當，不妨更易，而周公當日輔導正理，不但無代君掩飾其過之事，亦無箝制其君若牛馬之法。則以為天子不可戲，有戲而必為之詞者，非周公所宜行又明矣。」

「篇中計五駁，文凡七轉。筆筆鋒刃，無堅不破。是辯體中第一篇文字。」

(二)清過珙古文評註卷七：「辨難文要難得倒，猶爭訟者要爭得倒。觀其節節轉換，節節翻駁，讀上節不料其有下節，讀下節不料其又有下節，意味悠長，令人讀一段好一段。」

(三)清朱宗洛古文一隅評語卷中：「凡文章必須於接落過脈處見精神。如此文首段敘事，次段翻駁，末段斷案，其段落次序易明。余最愛其中間『王者之德』一段，接上生下，令文勢停蓄，而血脈流貫，此最文章有氣度，有力量處。蓋筆不流則滯，不留則味便薄，此機與氣之所以一而二、二而一也。惟留處有流，流處亦留，則神乎技矣。讀此文中段可悟。」

案：柳宗元若據史記，則無文章可作，若觀周公為人，則事不可信，不辯亦可。宗元所以翻實為虛，取呂覽不取史記，目的在作文章藉以表現其觀點：戲言不可行，王者行為不當可更改。作法特點，是就虛論駁，以實證虛。

五、總評述

案：本篇結構嚴謹，說理周密，能夠無中生有，波浪起伏，前呼後應，為後世短篇古文寫作開闢新園地。清過珙謂本篇「讀上節不知其有下節」，殆意指寫作在「意料之外，情理之中」。此亦為後世文士開啟寫作之新途徑。然舞弄筆墨，驅遣文字，過分看重技巧，影響所及，馴至末流，必忽略大理，墮落文格，將文學變成裝飾藝術品。

參、段太尉逸事狀體裁、寫作時代與背景

一、體裁

(一)明吳訥文章辨體序說「行狀」：

按行狀者，門生故舊狀死者行業上於史官，或求銘誌於作者之辭也。文章緣起云：始自「漢丞相倉曹傅幹作楊原伯行狀。」然徒有其名而亡其辭，蕭氏文選唯載任彥昇所作齊竟陵王行狀一篇，而辭多矯誕，識者病之。今采韓柳所作，載為楷式云。

(二)明徐師曾文體明辨序說「行狀」：

按劉勰云：「狀者，貌也。體貌本原，取其事實。先賢表諡，並有行狀，狀之大者也。」漢丞相倉曹傅胡幹始作楊元伯行狀，後世因之。蓋具死者世系、名字、爵里、行治、壽年之詳，或牒考功太常使議諡，或牒史館請編錄，或上作者乞墓誌碑表之類皆用之。而其文多出於門生故吏親舊之手，以謂非此輩不能知也。其逸事狀，則但錄其逸者，其所已載不必詳焉，乃狀之變體也。

二、有關校注（略）

三、章行嚴柳文探微

(一)焦令諶，一夕自恨死，注家謂：「段公別傳云：大曆八年，令諶猶存」，是令諶實不死。夫令諶不死，猶可得為除三害之周處，不然，怙惡不悛，事亦恆有，為子厚行文計，無取令諶一夕自恨死，謬事標榜，傳聞失實，亶其然歟！

(二)「令持馬者去，旦日來，遂臥軍中」，遂一本作還，吳摯父因於還字絕句，意謂旦日來，吾乘馬還軍也，義亦可通，此當讀作旦日來，還，還字一字成一句。

(三)狀子厚早草就，由嘗出入岐周邠斄間一語觀之，知擬草此狀，由來已久，惟至元和九年，退之在史館，子厚始決意上狀，文尾稱以狀私於執事者此也，此誠文緣之偶然巧合，足資記注。

(四)過真定：近人注此篇云：「真定不詳，疑為馬嶺山南地名。」尋史記陸賈傳：「陸生因說佗曰：足下中國人，親戚昆弟墳墓在真定」，又尉佗傳：「南越王尉佗者，真定人也」，漢書地理志：「真定國、武帝元鼎四年置，屬冀州真定故東垣，高帝十一年更名。」謹案：真定屬常山，趙地，即今河北正定府，正定之名，由真定避諱改稱，趙子龍，即常山真定人氏。

四、段太尉事蹟

(一)舊唐書卷一二八段秀實傳（略）

(二)新唐書卷一五三段秀實傳：

1. 段秀實，字成公，本姑臧人。曾祖師濬，仕為隴州刺史，留不歸，更為汧陽人。秀實六歲，母疾病，不勺飲至七日，病間乃肯食，時號「孝童」。及長，沈厚能斷，慨然有濟世意。舉明經，其友易之，秀實曰：「搜章擿句，不足以立功。」乃棄去。

2. 天寶四載，從安西節度使馬靈詧討護密有功，授安西府別將。靈詧罷，又事高仙芝。仙芝討大食，圍怛邏斯城。會虜救至，仙芝兵卻，士相失。秀實夜聞副將李嗣業聲，識之，因責曰：「憚敵而奔，非勇也；免己陷眾，非仁也。」嗣業慚，乃與秀實收散卒，復成軍，還安西，請秀實為判官。遷隴州大推府果毅。後從封常清討大勃律，次賀薩勞城，與虜戰，勝之。常清逐北，秀實曰：「賊出羸師，餌我也，請大索。」悉得其廋伏，虜師熸。改綏德府折衝都尉。

3. 肅宗在靈武，詔嗣業以安西兵五千走行在。節度使梁宰欲逗留觀變，嗣業陰然可。秀實責謂曰：「天子方急，臣下乃欲晏然，公常自稱大丈夫，今誠兒女耳。」嗣業因固請宰，遂東師，以秀實為副。嗣業為節度使，而秀實方居父喪，表起為義王友，充節度判官。安慶緒奔鄴，嗣業與諸將圍之，以輜重委河內，署秀實兼懷州長史，知州事，兼留後。時師老財乏，秀實督饋糸道，募士市馬以助軍。諸軍戰愁思岡，嗣業中流矢卒，眾推荔非元禮代將其軍。秀實聞之，即遺白孝德書，使發卒護喪送河內，親與將吏迎諸境，傾私財葬之。元禮高其義，奏擢試光祿少卿。俄而元禮為麾下所殺，將佐多死，惟秀實以恩信為士卒所服，皆羅拜不敢害，更推白孝德為節度使。秀實凡佐三府，益知名。

4. 時吐蕃襲京師，代宗幸陝，勸孝德即日鼓行入援。孝德徙邠寧，署支度營田副使。於是邠寧乏食，乃請屯奉天，仰給畿內。時公廩竭，縣吏不知所出，皆逃去，軍輒散剽，孝德不能制。秀實曰：「使我為軍候，豈至是邪？」司馬王稷言之，遂知奉天行營事。號令嚴壹，軍中畏戢。兵還，孝德薦為涇州刺史，封張掖郡王。

5.
時郭子儀為副元帥，居蒲，子晞以檢校尚書領行營節度使，屯邠州。士放縱不法，邠人之嗜惡者，納賄竄名伍中，因肆志，吏不得問。白晝群行丐頡於市，有不嗛，輒擊傷市人，椎釜鬲甕盎盈道，至撞害孕婦。孝德不敢劾，秀實自州以狀白府，願計事，至則曰：「天子以生人付公治，公見人被暴害，恬然，且大亂，若何？」孝德曰：「願奉教。」因請曰：「秀實不忍人無寇暴死，亂天子邊事。公誠以為都虞候，能為公已亂。」孝德即檄署付軍。俄而晞士十七人入市取酒，刺酒翁，壞釀器，秀實列卒取之，斷首置槊上，植市門外。一營大噪，盡甲，孝德恐，召秀實曰：「奈何？」秀實曰：「請辭於軍。」乃解佩刀，選老躄一人持馬，至晞門下。甲者出，秀實笑且入，曰：「殺一老卒，何甲也！吾戴頭來矣。」甲者愕眙。因曉之曰：「尚書固負若屬邪，副元帥固負若屬邪？奈何欲以亂敗郭氏！」晞出，秀實曰：「副元帥功塞天地，當務始終。今尚書恣卒為暴，使亂天子邊，欲誰歸罪？罪且及副元帥。今邠惡子弟以貨竄名軍籍中，殺害人，藉藉如是，幾日不大亂？亂由尚書出。人皆曰：尚書以副元帥故不戢士。然則郭氏功名，其與存者有幾！」晞再拜曰：「公幸教，晞願奉軍以從。」即叱左右皆解甲，令曰：「敢讙者死！」秀實曰：「吾未晡食，請設具。」已食，曰：「吾疾作，願宿門下。」遂臥軍中。晞大駭，戒候卒擊柝衛之。旦，與俱至孝德所，謝不能。邠由是安。

6. 初，秀實為營田官。涇大將焦令諶取人田自占，給與農，約熟歸其半。是歲大旱，農告無入，令諶曰：「我知入，不知旱也。」責之急，農無以償，往訴秀實。秀實署牒免之，因使人遜諭令諶。令諶怒，召農責曰：「我畏段秀實邪？」以牒置背上，大杖擊二十，輿致廷中。秀實泣曰：「乃我困汝。」即自裂裳裹瘡注藥，賣己馬以代償。淮西將尹少榮頗剛鯁，入罵令諶曰：「汝誠人乎！涇州野如赭，人饑死，而爾必得穀，擊無罪者。段公，仁信大人，惟一馬，賣而市穀入汝，汝取之不恥？凡為人傲天災、犯大人、擊無罪者，尚不愧奴隸邪！」令諶聞，大愧流汗，曰：「吾終不可以見段公。」一夕，自恨死。

7. 馬璘代孝德，每所咨逮。璘處決不當，固爭之，不從不止。始，璘城涇州，秀實為留後，以勞加御史中丞。大曆三年，遂徙涇州。是軍自四鎮、北庭赴難，征伐數有功，既驟徙，相與出怨言。別將王童之謀作亂，約曰：「聞警鼓而縱。」秀實知之，召鼓人，陽怒失節，戒曰：「每籌盡當報。」因延數刻，盡四鼓而曙。明日，複有告者曰：「夜焚稿積，約救火則亂。」秀實嚴警備。夜中果火發，令軍中曰：「敢救者斬！」童之居外，請入，不許。明日，捕之，並其黨八人斬以徇，曰：「後徙者族！」軍遂遷涇州。于時，食無久儲，郛無居人，朝廷患之，詔璘領鄭、潁二州以佐軍，命秀實為留後。軍不乏資，二州以治。璘嘉其績，奏為行軍司馬，兼都知兵馬使。

8. 吐蕃寇邊，戰鹽倉，師不利。璘為虜隔，未能還，都將引潰兵先入，秀實讓曰：「兵法：失將，麾下斬。公等忘死，而欲安其家邪！」乃悉城中士，使銳將統之，依東原列奇兵，示賊將戰。虜望之，不敢逼。俄而璘得歸。

9. 久之，璘有疾，請秀實攝節度副使。秀實按甲備變，璘卒，命愿將馬頔主喪，李漢惠主賓客，家人位於堂，宗族位於廷，賓將位於牙內，尉吏士卒位於營次，非其親，不得居喪側。朝夕臨，三日止。有族談離立者，皆捕囚之。都虞候史廷幹、裨將崔珍、張景華欲謀亂，秀實送廷幹京師，徙珍、景華於外，一軍遂安。

10. 即拜四鎮北庭行軍、涇原鄭潁節度使。數年，吐蕃不敢犯塞。又按格令，官使二料取其一，非公會不舉樂飲酒；室無妓媵，無贏財；賓佐至，議軍政，不及私。十三年來朝，對蓬萊殿，代宗問所以安邊者，畫地以對，件別條陳。帝悅，慰賚良渥，又賜第一區，實封百戶。還之鎮。德宗立，加檢校禮部尚書。建中初，宰相楊炎追元載議，欲城原州，詔中使問狀，秀實言：「方春不可興土功，請須農隙。」炎謂沮己，遂召為司農卿。

11. 朱泚反，以秀實失兵，必恨憤，且素有人望，使騎往迎。秀實與子弟訣而入，泚喜曰：「公來，吾事成矣。」秀實曰：「將士東征，宴賜不豐，有司過耳，人主何與知？公本以忠義聞天下，今變起倉卒，當諭眾以禍福，掃清宮室，迎乘輿，公之職也。」泚默然。秀實知不可，乃陽與合，陰結將軍劉海賓、姚令言、都虞候何明禮，欲圖泚。三人者，皆秀實素所厚。會源休教泚偽迎天子，遣將韓旻領銳師三千疾馳奉天。秀實以為宗社之危不容喘，乃遣人諭大吏岐靈嶽竊取令言印，不獲，乃倒用司農印追其兵。旻至駱驛，得符還。秀實謂海賓曰：「旻之來，吾等無遺類。我當直搏殺賊，不然則死。」乃約事急為繼，而令明禮應於外。翌日，泚召秀實計事，源休、姚令言、李忠臣、李子平皆在坐。秀實戎服與休並語，至僭位，勃然起，執休腕，奪其象笏，奮而前，唾泚面大罵曰：「狂賊！可磔萬段，我豈從汝反邪！」遂擊之。泚舉臂捍笏，中額，流血灑面，匍匐走。賊眾未敢動，而海賓等無至者。秀實大呼曰：「我不同反，胡不殺我！」遂遇害，年六十五。海賓、明禮、靈嶽等皆繼為賊害。帝在奉天，恨用秀實不極才，垂涕悔悵。

12. 初，秀實自涇州被召，戒其家曰：「若過岐，朱泚必致贈遺，慎毋納。」至岐，泚固致大綾三百，家人拒，不遂。至都，秀實怒曰：「吾終不以汙吾第。」以置司農治堂之梁間。吏後以告泚，泚取視，其封帕完新。

13. 秀實嘗以禁兵寡弱，不足備非常，言於帝曰：「古者天子曰萬乘，諸侯曰千乘，大夫曰百乘，蓋以大制小，以十制一。今外有不廷之虜，內有梗命之臣，而禁兵寡少，卒有患難，何以待之？且猛虎所以百獸畏者，為爪牙也；若去之，則犬彘馬牛，皆能為敵。」帝不用。及涇卒亂，召神策六軍，無一人至者，世多其謀。

14. 興元元年，詔贈太尉，謚曰忠烈。賜封戶五百，莊、第各一區；長子三品，諸子五品，並正員官。帝還都，又詔致祭，旌其門閭，親銘其碑云。

(三)通鑑卷二二三代宗廣德二年（七六四）：

十一月，丁未，郭子儀自行營入朝。郭晞在邠州，縱士卒為暴，節度使白孝德患之，以子儀故，不敢言；涇州刺史段秀實自請補都虞侯，孝德從之。既署一月，晞軍士十七人入市取酒，以刃刺酒翁，壞釀器，秀實列卒取十七人首注槊上，植市門。晞一營大譟，盡甲。孝德震恐，召秀實，曰：「奈何？」秀實曰：「無傷也，請往解之。」孝德使數十人從行，秀實盡辭去，選老躄者一人持馬至晞門下。甲者出，秀實笑且入，曰：「殺一老卒，何甲也！吾戴吾頭來矣。」甲者愕。因諭曰：「常侍負若屬邪，副元帥負若屬邪？奈何欲以亂敗郭氏！」晞出，秀實讓之曰：「副元帥勳塞天地，當念始終。今常侍恣卒為暴，行且致亂，亂則罪及副元帥；亂由常侍出，然則郭氏功名，其存者幾何！」言未畢，晞再拜曰：「公幸教晞以道，恩甚大，敢不從命！」顧叱左右：「皆解甲，散還火伍中，敢嘩者死！」秀實因留宿軍中。晞通夕不解衣，戒候卒擊柝衛秀實。旦，俱至孝德所，謝不能，請改。邠州由是無患。五谷防禦使薛景仙討南山群盜，連月不克，上命李抱玉討之。賊帥高玉最強，抱玉遣兵馬使李崇客將四百騎自洋州入，襲之於桃虢川，大破之；玉走成固。庚申，山南西道節度使張獻誠擒玉，獻之，餘盜皆平。十二月，乙丑，加郭子儀尚書令。子儀以為：「自太宗為此官，累聖不復置，近皇太子亦嘗為之，非微臣所宜當。」固辭不受，還鎮河中。是歲，戶部奏：戶二百九十餘萬，口一千六百九十餘萬。上遣於闐王勝還國，勝固請留宿衛，以國授其弟曜；上許之，加勝開府儀同三司，賜爵武都王。

(四)趙翼陔餘叢考卷十二：

段秀實傳：新書增郭晞軍士縱暴，秀實斬十七人，及大將焦令諶責農租，秀實賣馬代償，令諶愧死二事，皆舊書所無。按此出柳宗元所記段太尉逸事狀，謂之逸事，必是國史所本無者，宗元蓋嘗見國史本傳，故另作狀以著之。由此以推，可見舊書全抄國史原本，新書則參考他書成之，亦見子京用功之深也。

(五)章士釗柳文探微：

宋祁修新唐書，全取此碑入傳，而務省略一二字，以自矜其功能。邵伯溫曰：「吾戴吾頭來矣，去一吾字。便不成語，吾戴頭來者，果何人之頭耶？」鄙意吾字誠不可刪，而問頭為何人之頭？卻非其義。漢書：灌夫臨武安席曰：「今日斬頭穴胸，何知程李？」此亦當問頭為何人之頭，胸為何人之胸耶？是知文者有其分際，段孝實之頭，必須有吾字，灌夫之頭之胸，著不得吾字，此可為知者道，難與頭巾家言也。至撞殺孕婦人，削去人字，義雖可通，而句調失其鏗鏘，此亦大非細事。況此處著重所寫，是撞殺人，而無暇計及所撞殺者之為孕婦與否？人字如何抹煞得去？其他塗政之無謂者均視此。尹少榮見焦令諶，節去「又取仁者穀，使土人出無馬，汝將何以視天地」三句，尤形成行文氣概不足。凡此皆不知文者妄下雌黃之病，不謂景文顢頇如此，夫妄塗抹他人文尚不可，何況柳州耶？

(六)段秀實傳略：

段太尉，名秀實，字成公(西元七一九—七八三年)，唐隴州汧陽(今陝西汧陽縣)人。小時候，孝順父母，號稱「孝童」，長大成人，沉著果斷，胸懷大志。唐玄宗天寶初年應明經及第。後來棄文就武，因討伐西域有功，升為安西府(今新疆省庫縣)別將，代宗朝，歷任邠周都虞侯，涇州營田副使，涇州刺史，涇原節度使。德宗即位，秀實自涇州入朝拜司農卿，德宗建中四年(西元七八三年)八月，判降李希烈領兵圍襄城，十月，涇原節度使姚令言帶兵五千馳往救援，到達長安時，因為德宗賞賜太薄，倒戈作亂，德宗西奔奉天(今陝西乾縣）姚令言迎立前任涇原節度使朱泚為主帥。不久，朱泚召司農卿段秀實計議僭位稱王。秀實大怒，唾朱泚臉責罵，並拿象笏（象牙板）痛擊朱泚，中額流血，朱泚匍匐而逃。朱泚左右驚愕不動，秀實大呼道：「我不同反，何不殺我！」遂因此而遇害。第二年，朱泚敗亡，德宗車駕還京，追贈秀實為太尉，謚稱忠烈。（國語日報古今文選新一〇七期，羅聯添撰）

五、寫作時代與背景

(一)本集卷三一與史官韓愈致段秀實太尉逸事書（五〇〇—五〇一頁，漢京版標點本八一一—八一二）

(二)參本狀。

(三)柳宗元事蹟繫年唐德宗貞元十年（七九五）：

宗元二十三歲，時叔父某，仕邠州（為邠寧節度使張獻甫從事）。

子厚服除，嘗遊岐周（今陝西鳳翔縣）、邠（今陝西邠縣）、斄（即郃，后稷所封，在今陝西武功境）等地。又過真定（屬鎮州，今河北正定縣），北上馬嶺（在今甘肅環縣東南），訪問老吏退卒，獲段秀實逸事，後十九年（元和九年）為作逸事狀。

本集三一與史官韓愈致段秀實太尉逸事書：「竊自冠好遊邊上，問故老卒吏，得段太尉事最詳。」

本集八段太尉逸專狀：「宗元嘗出入岐周、邠、斄間，過真定，北上馬嶺，歷亭障堡戍，竊好問老校退卒，能言其事。」

本集二二送邠寧獨孤書記赴辟命序：「僕閒歲驟遊邠疆，今戎帥楊大夫時為候奄。」施譜云：「楊大夫者，楊朝晟也。考舊唐書卷一二二楊朝晟傳，朝晟于貞元元年李懷光平後為邠寧節度使韓游瓌都虞候。又據同卷張獻甫傳及同書卷十三德宗紀，貞元四年，『詔征游瓌宿衛』。七月庚戌，以左金吾將軍張獻甫為檢校刑部尚書，兼邠州刺史、邠寧慶節度觀察使。貞元十二年五月，獻甫卒，『以邠寧都虞侯楊朝晟為邠州刺史，邠寧慶節度觀察使』。是朝晟為邠寧都虞候之時甚久（自貞元元年至貞元十二年），惟以與史官韓愈致段秀實太尉逸事書中『竊自冠好遊邊上』之語觀之，則宗元之游邠疆，當在貞元十年左右。按故叔父殿中侍御史府君墓版文云：『……無何，朔方節度使張獻甫辟署參謀，受大理評事，賜緋魚袋，改度支判官，轉大理司直。遷殿中侍御史。加度支營田副使，此公從政之大略也。……貞元十二年，歲在景子正月九日壬寅，遇暴疾，終于私館，享年五十。痛矣。夫人吳郡陸氏，洎仲弟綜，季弟續，冢侄某等，抱孤即位，牽率備禮，祇奉裳帷，歸于京師。』是貞元十二年正月宗元叔父卒時，宗元尚在邠州。故叔父殿中侍御史府君墓版文又云：『小子常以無兄弟，移其睦于朋友；少孤。移其孝于叔父。天將窮我而奪其志，故罔極之痛仍集焉。』綜上引諸文觀之，當是宗元于父卒後常往邠州省侍其叔。至貞元十二年其叔死，乃持喪歸長安。」

案：子厚弱冠，當貞元八年，惟是年冬貢於京師，九年二月擢進士第，五月父卒，居家守喪。依守喪前後三年之例，子厚遊邠州等地，當在貞元十一年服除之後，所謂弱冠，蓋概略言之，不必拘泥。（三八—三九頁）

(四)韓愈研究：「交遊」「柳宗元」（一七〇—一七一頁）

元和九年（八一四）十月韓愈為考功郎中仍兼史館修撰，十二月，以考功郎中知制誥。是年柳宗元在永州，有「段太尉逸事狀」（柳集八）獻史館。又有「與史官韓愈致段秀賢太尉逸事書云：

竊自冠好游邊上，問故老卒吏得段太尉事最詳。今所趨奔州刺史崔公時賜言事，又具得太尉實跡，參與備具。大節古故無有，然人以為一奮，逐名無窮，今大不然，太尉自有難在軍中，其處心未嘗虧側，其莅世無一不可記。會在下，名未達，以故不聞。非直以一時取笏為諒也。太史遷死，退之復以史道在職，宜不苟過日時，昔與退之期為史，志甚壯，……若太尉者，宜使勿墜。……（柳集三二）

案：「州刺史崔公」，謂崔能。崔能以元和九年始為永州刺史（見柳集註）。而十年正月宗元奉召赴長安，因知此書、狀並為元和九年在永州作。段秀實，字成公。德宗建中四年（七八三）十月，朱泚作亂稱王，段秀實以不與朱泚同謀而遇害（見舊唐書卷一二八、新唐書卷一五三段秀實傳）。秀實之殉難，時以為「武人一時奮不慮死，以取名天下。」宗元於秀實卒後十年左右（約貞元十一年，七九五）漫遊邠州（段秀賢嘗為邠州都虞侯）訪問老吏退卒，得知秀實逸事。又二十年宗元方作此狀獻與史館韓愈。其目的，一則固在表明段秀實之忠勇節義。平時如此，其殉難絕非偶然；再則乃實現宗元早年作史之抱負，並予韓愈以鼓舞。（愈恐懼不敢為史，詳後。）（一七一—一七三頁）

六、史學觀念（與韓愈比較）

（一）柳河東集卷十二：先君石表陰先友記（一八五—一九四頁，漢京版標點本）參繫年二九六頁邵博評論。

(二)柳河東集卷三十一與韓愈論史官書（四九八—五〇〇頁，漢京版標點本）

(三)校注本昌黎集卷三答崔立之書：上希卿大夫之位，下猶取一障而乘之（得一城而守，言志在立功）。若都不可得，猶將耕於寬閑之野，釣於寂寞之濱，求國家之遺事，考賢人哲士之終始，作唐一經，垂之於無窮。誅姦諛於既死，發潛德之幽光。二者必有一可。

(四)柳河東集卷二一楊評事文集後序：文有二道：辭令褒貶，本乎著述者也；導揚諷諭，本乎比興者也。著述者流，蓋出於《書》之謨、訓，易之象、系，《春秋》之筆削，其要在於高壯廣厚，詞正而理備，謂宜藏於簡冊也。比興者流，蓋出於虞、夏之詠歌，殷、周之風雅，其要在於麗則清越，言暢而意美，宜流於謠誦也。茲二者，考其旨義，乖離不合。故秉筆之士，恒偏勝獨得，而罕有兼者焉。厥有能而專美，命之曰藝成。雖古文雅之盛世，不能並肩而生。（三七二頁）

(五)韓愈研究「交遊」「柳宗元」（一七〇—一七一頁）

(六)韓愈傳：元和八年（八一三）正月韓愈在長安任國子博士，他自認才高而一再被貶。於是模仿漢東方朔答客難和揚雄解嘲作進學解來自我寬慰。宰相李吉甫、李絳、武元衡讀到他這篇文章同情他的遭遇，又因為他有史才，因在這一年三月調他任比部郎中兼史館修撰（比部郎中，官階從五品上，掌各司百官俸料）。上任不到三個月，韓愈在回復劉軻秀才書中即表示不願做史官，因為孔子聖人作春秋，辱於魯、衛、陳、宋、齊、楚，卒不遇而死；齊太史氏兄弟幾盡；左丘明記春秋時事以失明；馬遷作史記刑誅；班固瘐死（病死獄中）。他認為寫歷史的，「不有人禍，必有天刑。」故不可輕易而為，不知畏懼。其次，認為傳聞不同。善惡隨人所見而異，善惡事迹往往由人愛憎巧造語言，鑿空構立，憑這些材料寫作傳記，「若有鬼神，將不福人。」韓柳兩人年輕時都抱有作史的壯志，希望「誅姦宄於既往，發潛德之幽光。」如今韓愈作了史官。正可發展昔年的抱負。竟反而畏縮不敢有所作為，所以使宗元「私心甚不喜」。次年正月寫了一封長信給韓愈，嚴厲地予以批評指責：第一、宗元認為孔子不遇而死。不是由於作春秋。當他那個時代。即使不作春秋，還是不遇而死。司馬遷受刑是觸漢武帝之怒。班固病死獄中是由於不檢束屬下。左丘明因病而盲是由於不幸，子夏不作史亦盲，不可因這些而禁忌。第二、宗元以為寫歷史應以褒貶為職責，堅持真理，伸張正義，不該恐懼天刑人禍。第三、鬼神事情荒唐無稽，智者所不道。最後建議韓愈，如果真以為恐懼不敢，當立即退位，不宜一日居史館。韓愈覺得這些批評很有道理，後來他覆信給宗元只說史事「疑不得實，未即籍（記錄）。」而未及其他，可知韓愈已接受宗元的意見。過二年（元和十年夏）韓愈修成順宗實錄五卷，「忠良姦佞，莫不備書。」對於宦官的惡行，尤筆伐之不遺餘力。韓愈終於能直道而行，不再有畏懼刑禍的心理。

七、與韓愈張中丞傳後敘比較

(一)傳後敘：

元和二年四月十三日夜，愈與吳郡張籍閱家中舊書，得李翰所為張巡傳。翰以文章自名，為此傳頗詳密，然尚恨有闕者，不為許遠立傳，又不載雷萬春事首尾。

(二)逸事狀：

元和九年月日，永州司馬員外置同正員柳宗元謹上史館。今之稱太尉大節者出入，以為武人一時奮不慮死，以取名天下，不知太尉之所立如是。

(三)傳後敘：

愈嘗從事於汴、徐二府，屢道於兩府間，親祭於其所謂雙廟者。其老人往往說巡、遠時事，云：南霽雲之乞救於賀蘭也，賀蘭嫉巡、遠之聲威功績出己之上，不肯出師救，愛霽雲之勇且壯，不聽其語，彊留之。具食與樂，延霽雲坐。霽雲慷慨語曰：「雲來時，睢陽之人不食月餘日矣。雲雖欲獨食，義不忍！雖食，且不下咽！」因拔所佩刀斷一指，血淋漓，以示賀蘭。一座大驚，皆感激，為雲泣下。雲知賀蘭終無為雲出師意，即馳去。將出城，抽矢射佛寺浮屠，矢著其上磚半箭，曰：「吾歸破賊，必滅賀蘭，此矢所以志也。」愈貞元中過泗州，船上人猶指以相語。城陷，賊以刃脅降巡。巡不屈，即牽去，將斬之；又降霽雲，雲未應，巡呼雲曰：「南八，男兒死耳，不可為不義屈。」雲笑曰：「欲將以有為也。公有言，雲敢不死！」即不屈。……張籍曰：「有于嵩者，少依於巡。及巡起事，嵩嘗在圍中。籍大曆中於和州烏江縣見嵩，嵩時年六十餘矣。……籍時尚小，粗問巡、遠事，不能細也。嵩，貞元初死於亳、宋間，或傳嵩有田在亳、宋間，武人奪而有之，嵩將詣州訟理，為所殺。嵩無子。」張籍云。

(四)逸事狀：

宗元嘗出入岐、周、邠、斄間，過真定，北上馬嶺，歷亭障堡戍，竊好問老校退卒，能言其事。太尉為人姁姁，常低首拱手行步，言氣卑弱，未嘗以色待物；人視之，儒者也。遇不可，必達其志，決非偶然者。會州刺史崔公來，言信行直，備得太尉遺事，復校無疑，或恐尚逸墜，未集太史氏，敢以狀私於執事，謹狀。

(五)傳後敘：

著張循逸事，兼記許遠、南霽雲。

(六)逸事狀：

專記段太尉。

(七)傳後敘：

「遠之不畏死亦明矣。烏有城壞其徒俱死，獨蒙愧恥求活？雖至愚者不忍為。」……「嗚呼！而謂遠之賢而為之邪！……小人之好議論，不樂成人之美，如是哉！」……「如巡、遠之所成就，如此卓卓，猶不得免，其他則又何說？」……「不追議此，而責二公以死守，亦見其自比於逆亂，設淫辭而助之攻也。」

(八)逸事狀：

不著議論。

肆、鶻說主題探討

一、李邕〈鶻賦〉

伊鷙鳥之雄毅，有俊體之超特，意凝緩而無營，體閒整而自得，陰沈其情，慘淡其色，固未足以異於眾禽也。夫一指一呼，一擊一搏，為主之用，騁人之樂，凜然神動，翕然氣作。……，殞三窟之狡兔，斃五里之仙鶴，勝霄漢而風卷，透原野而星落，萬乘為之顧眄，六軍為之揮霍，歡聲動於天地，逸氣靄於林薄。至若逐烏夠類，射隼殊名，獲不相讓，游不同征，何至德而能制？每協義而不爭。偶坐推食，雙飛和鳴，殺敵齊力，登樓比形。夫其嚴冬沍寒，烈風迅激，或上棘林，或依危壁，身既稟於喬木，骨將斷於貞石，營全鳩以自暖，罔害命以招益，信終夜而懷仁，仍詰旦而見釋。矧乃戀主不去，徇食猶止，豈貪利而永言？將效誠而必死。甘閉於籠，分從於使，寧竭力之利人，曷戢翼以存已？則知負力干勢，爭啄奪肉，始飛聲而遠引，或側翅而橫蹙，遇之者夭，當之者覆，壯士感之驚嘆，行子羨之回矚。（全唐文二六一）

二、杜甫〈義鶻行〉

物情有報復，快意貴目前。茲實鷙鳥最，急難心炯然。功成失所往，用舍何其賢。近經潏水湄，此事樵夫傳。飄蕭覺素髮，凜欲衝儒冠。人生許與分，只在顧盼間。聊為《義鶻行》，用激壯士肝。（杜少陵集詳註卷六，頁三四四）

三、五百家註本卷十六引宋黃唐說

唐之中世，酷吏羅織，姦臣擅權，朋黨相軋者四十年，藩鎮跋扈者二百載。腥風逆氣，瀰漫宇內，仁人君子為之慟哭。故巴蜀不臣，子美所以賦杜鵑之詩；眷屬虛名，白樂天所以有江魚塞雁之嘆；貓或相乳，韓吏部喜而序其事；以見斯人無慈幼之恩；鶻能縱焉，柳子從之而為之說，以見斯人多害物之忍。是數子皆有激而云。

(一)杜甫杜鵑詩：「生子百鳥巢，百鳥不敢嗔，仍為餧其子，禮若奉至尊。鴻雁及羔羊，有禮太古前，行飛與跪乳，識序如知恩。聖賢古法則，付與後世傳，君看禽鳥情，猶解事杜鵑。今忽暮春間，值我病經年，身病不能拜，淚下如迸泉。」（杜少陵集詳註卷十四，頁七四七）

(二)杜甫杜鵑詩註引趙次公曰：「此詩譏世之不修臣節者，曾禽鳥之不若耳，大意與杜鵑行相表裏。」（杜少陵集詳註卷十四，頁七四七）

(三)杜甫杜鵑行：「古時杜宇稱望帝，魂作杜鵑何微細。跳枝竄葉樹木中，搶佯瞥捩雌隨雄。毛衣慘黑貌憔悴，眾鳥安肯相尊崇。隳形不敢棲華屋，短翮惟願巢深叢。穿皮啄朽觜欲禿，苦饑始得食一蟲。誰言養雛不自哺，此語亦足為愚蒙。聲音咽咽如有謂，號啼略與嬰兒同。口乾垂血轉迫促，似欲上訴於蒼穹。蜀人聞之皆起立，至今相效傳微風，迺知變化不可窮。豈

知昔日居深宮，嬪嬙左右如花紅。」（杜少陵集詳註卷九，頁四八六）

(四)汪本白香山詩後集卷十七「禽蟲十二章」：「江魚群從稱妻妾，塞雁聯行號弟兄。但恐世間真眷屬，親疎亦是強為名。」（原註：「故名也。江沱間有魚，每游輒三，如媵隨妻，一先二後，士人號為婢妾魚。禮云：雁兄弟行。」）（頁四五五）

四、五百家註本卷十六引宋韓醇說

退之誌公墓，謂子厚既退，無相知有氣力得位者推挽，故卒厄於窮裔。觀公此說，必有當途者資子厚之氣力而不知報，其篇未意昭然。

五、明茅坤唐宋八大家文鈔柳文卷九鶻說評論

柳子疾世之獲其利，而後搆之死者，故有是文，亦可以刺世矣。

六、清林紓柳文研究法

主報施言，正意尚不吐露。中間神光湧見處，在「無位號爵祿之欲，里閭親戚朋友之愛」，著一「無」字，覺世之言，全不坐實。歸入「出乎觳卵」句，人不如鳥，在有意無意間點清，功夫又全在上一句一個「器」字，言「毛翮之物」，原「不為仁義之器」。然無欲，則為此不算沽名；無愛財，行此不為狥私。區區以「用其力之故，遂愛其死，忘其飢」，鶻之明理近道，乃出天然之觳卵物，無其器，而有其道，則明明為人者愧死矣。罵到此處，以賤躐貴，以物凌人，亦可止矣，然未痛快也，率性再舉梟鼠一比。二物陰而

嘿，鶡則陽而厲，厲則近盜。然鶡之所為弗盜，去陰賊者，遠矣。乃是就鶡說鶡，不涉人事。末至毛翮不辭，但思奮乎太清，則憤世極矣。或言人有為子厚所卵翼，而不知報，故斥為鶡之不若，似亦有理。（唐柳宗元事蹟繫年暨資料類編，頁三〇九）

案文云：「恆其道，一其志，不欺其心，斯固世之所難得也。」又云：「由是而觀其所為……則今之說未為得也。」可知寄託二觀點：㈠鶡具仁義之性，為世所難得，諷世人之不仁不義。㈡善暴之別，不在外形。與韓愈雜說篇崔山君傳題旨類似。

七、韓愈「貓相乳說」

司徒北平王家貓有生子同日者，其一死焉，有二子飲於死母，母且死，其鳴咿咿。其一方乳其子，若聞之，起而若聽之，走而若救之，銜其一置于其棲，又往如之，反而乳之若其子然。

噫！亦異之大者也，夫貓，人畜也，非性於仁義者也，其感於所畜者乎哉？

北平王牧人以康，伐罪以平，理陰陽以得其宜，國事既畢，家道乃行，父父子子、兄兄弟弟，雍雍如也，愉愉如也。視外猶視中，一家猶一人，夫如是，其所感應召致，其亦可知矣。易曰：「信及豚魚」，非此類也夫！愈時獲幸於北平王，客有問王之德者，愈以是對。客曰：「夫祿位，富貴人之所大欲也，得之之難，未若持之之難也：得之於功，或失於德；得之於身，或失於子孫。今夫功德如是，祥祉如是，其善持之也可知已。」既已，因敘之為貓相乳說云。（韓昌黎文集校注卷二，頁五八）

八、比較

段落做法	貓相乳說	說鶻
記見聞〈記事〉	聞見其事	浮圖人、說鶻事
抒觀感〈立論〉	感於所畜	世所難得、今說未為得
頌贊	頌北平王	贊鶻〈韻語〉

伍、雜論宋清傳

一、人物背景

(一)唐李肇國史補中：「宋清賣藥於長安西市，朝官出入移貶，清輒賣藥迎送之。貧士請藥，常多折券，人有急難，傾財救之。歲計所入，利亦百倍。長安言：『人有義聲，賣藥宋清。』」

(二)傳云：「宋清，長安西部藥市人也。」「疾病疕瘍者，亦皆樂就清求藥，冀速已。清皆樂然響應，雖不持錢者，皆與善藥，積券如山。」「或斥棄沉廢，親與交；視之落然者，清不以怠，遇其人，必與善藥如故。」

二、題目

(一)五百家注柳先生集一七引宋韓醇曰：「公此文在謫永州後作，蓋謂當時之交游者不為之汲引，附炎棄寒有愧於宋清之為者，因託是以諷。」

(二)清孫琮山曉閣選唐大家柳柳州全集卷四：「只是借宋清不速望報，調侃世人一番，痛罵世人

一番。」（柳宗元事蹟繫年暨資料類編，頁三一九）

(三)清張伯行唐宋八大家文鈔卷四「宋清多蓄善藥施於人而不求報，卒以此得大利，此古今大有經紀人也。而柳子特推言今之交無此人，又結言清居市不為市道，今以士大夫自名者，反爭為市道，直是無窮感慨。」（柳宗元事蹟繫年暨資料類編，頁三一六）

(四)清愛新覺羅弘曆唐宋文醇卷十一河東柳宗元文：「此編蓋概交道之如市，且謂善賈者必有遠慮，有行義，若今之交，并市道之不若也。『炎而附，寒而棄』者之晨鐘矣。」（柳宗元事蹟繫年暨資料類編，頁三一七）

(五)清何焯義門讀書記：「為此說以冀人之拯己，陋矣！『然而居朝廷，居官府』至末，益陋，此賈豎女子詬其曹耳。柳子其未遠於鄙悖哉！漢武所嘆於汲生之無學也。」（柳宗元事蹟繫年暨資料類編，頁三一六）

(六)清賀濤書柳子宋清傳後：「子長得罪，知交莫救，遊俠傳概乎言之，子厚傳宋清，意與子長同，子長之意隘矣，子厚又從而甚焉。於清之得遠利，數數言之，奇意蓋曰：有援我者，吾之報之也，豈後於德清者之報清，此傳之意也。不然，清之遇人足以傳矣，數言其得遠利，則賈人之尤巧者也，何足道哉？」（柳文探微體要之部卷十七，頁五三五）

三、段落結構

(一)記事

1. 市藥不取值（直接記事）

2. 市藥取遠利（市人與宋清對話，間接記事。）

(1)市人以為宋清蚩妄或有道。

(2)宋清解嘲。

(A)非有道，逐利活妻子。

(B)亦非蚩妄，取利遠大。

(二)議論：

1.作者對宋清蚩妄的觀感

(1)以蚩得大利。

(2)不為妄，執道不廢。

(3)斥棄沉廢，不以怠遇其人，報益厚。

(4)今之交人炎附寒棄，鮮有類宋清。

2.作者對市人評論：市道，非市道的觀感。

(1)如宋清以市道交人不可少。

(2)宋清居市不為市道，非獨異於市人，亦異於居官士大夫。

四、修辭問題

(一)金王若虛滹南遺老集卷三五：「退之盤谷序云：『友人李愿居之』稱友人則便知己之友。其後但當云『予聞而狀之』。何必用『昌黎韓愈』字，柳子厚凌準墓誌，既稱『孤某以先人善予，以誌為請』而終云『河東柳宗元哭以為誌』。山谷劉明仲墨竹賦，既稱『故以歸我』，而斷以『黃庭堅曰』，其病亦同。蓋予我者自述，而姓名則從旁言之耳！……前輩多不計

此，以理觀之，其實害事。僅於為文者，當試思焉。」（柳宗元事蹟繫年暨資料類編，頁二九三—二九四）

案：本篇中云：「吾見蚩之有在也」「吾觀今之交乎人者」，而末云：「柳先生曰」自述、旁述，上下文例不一，病與前同。

五、韓柳所作傳記之比較

清愛新覺羅弘曆唐宋文醇卷十一河東柳宗元文：「韓愈所為私傳，皆其人於史法不得立傳，而事有關於人心事道，不可無傳者也。宗元則以發抒己論，類莊生之寓言。如『梓人』如『郭橐駝』等，皆與此同，非所為信以傳信者矣。」（柳宗元事蹟繫年暨資料類編，頁三一七）

案：韓有三傳（《圬者王承福傳》、《太學生何蕃傳》、《毛穎傳》），柳有八傳（《宋清》、《種樹郭橐駝傳》、《童區寄梓人》、《李赤》、《蝜蝂傳》、《曹文洽遣道安》（缺）、《河間傳》）。韓三傳，一賊者、一物、一正士。柳八傳，五賊者、一蟲、一淫婦、二義士。

陸、伊尹五就桀贊

一、伊尹五就桀一事的文獻記載

(一)孟子告子篇(下):孟子曰:「居下位,不以賢事不肖者,伯夷也;五就湯,五就桀者,伊尹也;不惡汙君,不辭小官者,柳下惠也。」

(二)孟子萬章篇:萬章問曰:「人有言,伊尹以割烹要湯:有諸?」孟子曰:「否,不然。伊尹耕於有莘之野,而樂堯、舜之道焉。非其義也,非其道也,祿之以天下,弗顧也;繫馬千駟,弗視也。非其義也,非其道也,一介不以與人,一介不以取諸人。湯使人以幣聘之,囂囂然曰:『我何以湯之聘幣為哉!』我豈若處畎畝之中,由是以樂堯、舜之道哉!」湯三使往聘之,……

趙注:伊尹為湯自貢於桀,桀不用而歸湯,湯復貢之,如此者五,思濟民冀後施其道也。

(三)鬼谷子忤合篇第六:古之善背向者,乃協四海,包諸侯忤合之地而化轉之,然後求合。故伊尹五就湯,五就桀,而不能所明,然後合于湯。呂尚三就文王,三入殷,而不能有所明,然後合于文王,此知天命之箝,故歸之不疑也。

(四)淮南子《泰族訓》：……故天之且風，草木未動而鳥已翔矣；其且雨也，陰曀未集而魚已噞矣，以陰陽之氣相動也。……伊尹憂天下之不治，調和五味，負鼎俎而行，五就桀，五就湯，將欲以濁為清，以危為寧也。……未有能搖其本而靜其末，濁其源而清其流者也。……故桀、紂不為王，湯、武不為放。……

(五)史記殷本紀：伊尹名阿衡。阿衡欲奸湯而無由，乃為有莘氏媵臣，負鼎俎，以滋味說湯，致于王道。或曰，伊尹處士，湯使人聘迎之，五反然後肯往從湯，言素王及九主之事。湯舉任以國政。伊尹去湯適夏。既醜有夏，復歸於亳。入自北門，遇女鳩、女房，作女鳩女房。

二、作意(何以五就五去)

梁志繩史記志疑：湯之所以適夏，其心必以為從湯伐桀以聖世，不若為桀以止亂，故五就五去，不憚其煩，及不可復輔，乃舍商歸耳！

三、柳宗元對伊尹五就桀解釋

柳宗元對伊尹五就桀贊：或疑曰：湯之仁，聞且見矣。桀之不仁，聞且見矣。夫胡去就之亟也？柳子曰：惡！是吾所以見伊尹之大者也。彼伊尹聖人也，聖人出於天下，不夏、商其心，心乎生民而已。曰：孰能由吾言？由吾言者為堯舜，而吾生人堯舜人矣。退而思曰：湯誠仁，其功遲，桀誠不仁，朝吾從而暮及於天下，可也，於是就桀。桀果不可得，反而從湯，……卒不可，乃相湯伐桀，俾湯為堯舜，而人為堯舜之人，是吾所以見伊尹之大者也。

柳子厚本文：大人之欲速其功如此，不然，湯桀之辨，一恆人盡之矣，又奚以憧憧聖人之足觀乎？吾觀聖人之急生人莫若伊尹，伊尹之大莫過於五就桀。……

贊：

聖有伊尹，思德於民。往歸湯之仁。曰仁則仁矣，非久不親。退思其速之道，宜夏是因。就焉不可，復反毫殷。猶不忍其遲，亟往以觀。庶狂作聖，一日勝殘。至千萬冀一，卒無其端。五位不疲，其心乃安，遂升至陑，黜桀尊湯，遺民以完，大人無形，與道為偶。大人無形，與道為偶。道之為大，為人父母。大矣伊尹，惟聖之首。既得其仁，猶病其久。恆人所疑，我之所大，嗚呼遠哉！志以為誨。

四、柳宗元作此篇其用意在解說從王伾集團罪過

㈠義門讀書記：此篇疑他人作，文不簡健，或欲示當時庸人，自解與伾文相結之失耶？

㈡蘇軾評子厚論伊尹云：聖人之所能，有絕人者，不可以常情疑其有無。……讀柳宗元五就桀贊通篇皆言伊尹往來兩國之間，豈其有意欲教誨桀而全其國耶，不然，湯之當王也久矣，伊尹何疑焉？桀改過而免於討，可庶幾也，能用伊尹而得志於天下，雖至愚知其不然，宗元意欲自解其從王叔文之罪也。

㈢宋朝陳善捫蝨新話：余讀子厚伊尹五就桀贊，未嘗不憐其志也，伾、文雖小人，而子厚欲因以行道，故以就桀自比，然學者至今罪之。子厚之罪，在於附小人以求進，若查其用心，則當在可恕之域，況一時之善有不可掩者乎？

㈣章行嚴柳文探微卷十九：子厚一生，為學入政之大宗旨，不外急生人三大字，合乎此義者，

治不恤枉尋直尺以殉之，此殆子厚貶竄終身而不誨者也。夫永貞七八月短短期間，所行善政如彼之多，感動人心如彼之大，（實錄稱：人心大悅。）即可證伊尹就桀，朝吾從而暮及於天下者，陳思不謬。後來子厚到永而永民治，到柳而柳民懷，彼從無以貶所為傳舍之褊心，或故以州民隔絕之傲太，循循善誘，汲汲為治。所謂「吾生人堯舜人」之懷古大願，亦庶幾行邊州小試其端，臨文推想，若人如見。

(五)龍翰臣柳文探微引經德堂集「伊尹五就桀解」：尹之去，蓋湯使為之，而冀桀之終能一用耳……湯於是知命之不可易，尹於是知事之不可為，遂決然捨桀就湯而無疑。……為後人不能心聖人知心，以吾負其所事，為知佐者，亦樂居於俊傑時務者之名，而以尹之去湯就桀為藉口，則安知不以心乎生民，欲速其工之說，移而用之於其主，豈非柳子之言階之厲耶？

(六)史商：或曰：「君子謀道不謀富，子見孟子之對宋硜乎？何以利為也？」柳子曰：「君子有二道：誠而明者，不可教以利，名而誠者，利進而害退焉。吾謂是言，為利而為之者設也，或安而行之，或利而行之，及其成功一也，吾哀夫沒於利者，以亂人而自敗也。姑設是，庶由利之大小，登進其志，幸而不撓乎下以成其政，交得其大利，吾言其不得已爾，何暇從容若孟子乎？孟子好道而無情，未若孔子之急民也。」

(七)自解：〈寄京兆許孟容書〉說：「宗元早歲，與負罪者親善，始奇其能，謂可以共立仁義，裨教化。過不自料，勤勤勉勵，惟以中正信義為志，以興堯、舜、孔子之道，利安元元為務，不知愚陋不可力強，其素意如此也。末路塞兀，事既壅隔，很忤貴近，狂疏繆戾，蹈不測之辜，群言沸騰，鬼神交怒。加以素卑賤，暴起領事，人所不信。射利求進者，填門排戶，百不一得。一旦快意，更造怨。以此大罪之外，詆訶萬端，旁午構扇，使盡為敵仇，協心同攻，外連強暴失職者以致其事。此皆丈人所聞見，不敢為他人道說。懷不能已，復載簡牘。此人雖萬被誅戮，不足塞責，而豈有賞哉？今其黨與，幸獲寬貸，各得善地，無公事，坐食俸祿，明德至渥也，尚何敢更俟除棄廢痼，以希望外之澤哉？年少氣銳，不識幾微，不知當不，但欲一心直遂，果陷刑法，皆自所求取得之，又何怪也？」

五、宗元贊伊尹、韓愈頌伯夷，觀點與作法

(一)韓愈頌伯夷特立獨行，取其「舉是非之而不惑」以自比；不在乎事實之真偽，如司馬遷借伯夷發哀怨（無伯夷叔齊亂臣賊子相繼矣）。

(二)宗元贊伊尹心平生民（急生民）取其五就桀以自解，以桀比叔文。

(三)贊有贊語，頌無頌詞。

六、孟子對兩人的評論

孟子公孫丑上：曰：「伯夷、伊尹何如？」曰：「不同道。非其君不事，非其民不使；治則進，亂則退，伯夷也。何事非君，何使非民；治亦進，亂亦進，伊尹也。可以仕則仕，可以止則止，可以久則久，可以速則速，孔子也。皆古聖人也，吾未能有行焉；乃所願，則學孔子也。」（伯夷、伊尹不同道，可見韓柳不同）

七、史商一文與伊尹五就桀贊立意相同

柒、柳宗元山水記綱要

一、貶官生活與創作

柳宗元（七七三—八一九）是中唐時代的詩人，也是散文作家。其生平事蹟，一般中國文學史已有介紹，此不贅。但他一生中有一件最重要的大事，必須予以說明。因為這件大事和他的文學創作有極密切的關係。

這件大事，就是唐德宗貞元十九年（八〇三），柳宗元（卅一歲）參加了王（叔文）韋（執誼）的政治集團。

唐代自平定安史之亂後，肅代二朝表面上雖維持昇平局面，但內部實潛伏著種種危機——如藩鎮獨霸不聽朝命，宦官掌握兵權等問題。到了德宗時代，由於內外敷衍因循，使得政治上社會上顯露各種病態。當時太子李誦是一個有心人，對於這些病態，很想將來能夠予以革除。他有一個來自越州山陰（今浙江紹興縣）縣的侍讀，名叫王叔文。叔文善棋，讀過不少書，很懂得治國的大理，又能言善道，常在太子李誦前談論各種弊端和改革方法。叔文意見與太子看法不謀而合，因此深得太子的信任。德宗貞元十九年（八〇三）冬柳宗元從藍田縣尉內調京師，任監察御史裏行（資淺的監察御史）。其時王叔文已由侍讀升任翰林待詔。他想有所作為，改革弊政，於是聯合翰林學士韋執誼，延攬在朝名士結成一個政治集團。這些名士包括柳宗元、劉禹錫、呂溫、韓曄、韓泰、陳諫、凌準、程异等。韓曄，有俊才。韓泰，善策劃，能決疑難大事。陳諫，聰敏彊記，一閱簿書，終身不忘。凌準，精史學。程异，善理財。而柳宗元、劉禹錫最受王叔文器重，叔文「待以管葛之才」。過一年，即貞元二十一年（八〇五）。這年正月，德宗去世，太子誦繼位，是為順宗。不久，王叔文改任翰林學士，韋執誼拜相，柳宗元擢升禮部員外郎。其餘各名士亦先後擢升官職。王叔文當初已獲得太子信任，如今太子繼任大位，他這個政治集團的改革主張，因此得以一一付諸實現。貶姦臣（李實）、免租稅、罷進奉、廢宮市、釋放樂妓宮女九百人。下詔召還先朝忠臣姜公輔、陽城、陸贄，又計議壓制藩鎮、解除宦官兵柄。無一不是大快人心的善政。然而畢竟王叔文出身寒微（即非儒學世家出身，亦非進士），與當時政治人物沒有淵源。政治基礎既不穩固，再加上王叔文個人的缺點，如亢傲以待異己，信任王伾聽其招權納賄，因此在官僚、宦豎和強藩內外夾攻下，遂致失敗。這年八月，順宗為宦官所逼退位，太子李淳監國。九月叔文一黨皆貶。柳宗元初貶為邵州刺史，赴任途中，朝廷認為叔文黨貶黜太輕，因此再貶為永州司馬。第二年，憲宗正式即位，改號元和，舉行大赦，但詔書規定叔文一黨不在赦免之例。

柳宗元貶調永州。對他是極大的打擊，在他個人生活上是不幸的，但卻因此建立了他的文學地位。他被貶永州後，纔專力讀書寫作，更重要的是他有機會接觸到永州精奇的山水，發揮他創作的才能。當代韓愈柳子厚墓誌說：

子厚斥不久，窮不極，雖有出於人，其文學辭章必不能自力以致必傳於後如今，無疑也。

雖使子厚得所願，為將相於一時，以彼易此，孰得孰失，必有能辨之者。

明茅坤也說：

公與山川兩相遇，非子厚之困且久，不能以搜巖穴之奇；非巖穴之怪且幽，亦無以發子厚之文。……（山曉閣選唐大家柳柳州全集卷三評「游黃溪記」語。）

韓愈認為柳宗元要不是被貶永州，窮愁困頓，努力創作，其文學辭章未必能傳於後世。茅坤認為宗元與永州山水兩相遇，相得而益彰。這些都說明了柳宗元貶謫永州跟他的文學成就，有極為密切的關係。

二、山水記特殊的風格的形成

柳宗元山水記特殊的風格

柳宗元在永州的作品，有詩歌、辭賦、寓言小說、論、說、傳、山水記等各種體裁。其中以山水記最為突出。最受人推崇。但柳宗元山水記何以獨步千古？其特色何在？在說明這些之前，必先瞭解柳宗元貶謫後的心理情況。柳宗元在永州有與翰林學士李建書說：

僕悶即出游，游復多恐，蹔得一笑，已復不樂。……何者？譬如囚居圜土，一遇和景，負牆搔摩，伸展支體，當此之時。亦以為適，然顧地窺天，不過尋丈，終不得出，豈復能久為舒暢哉！

柳宗元貶謫永州後，心懷憂鬱。為排遣憂鬱，所以出門遨遊山水。大自然山水固然給他精神上安慰，使他忘記憂鬱，但「蹔得一笑，已復不樂」。他自比像一個囚犯，囚犯一遇到和暖陽光，也會覺得舒適。然環顧天地，不過尋丈，不復有舒暢之感。其次，柳宗元「始得西山宴遊記」開頭說：

自余為僇人，居是州，恒惴慄。其隙也，則施施而行，漫漫而遊。日與其徒上高山、入深林。窮洄溪，幽泉怪石，無遠不到。

這裏柳宗元自己再次表白他在永州的心情是憂慮和恐懼的。他上高山、入深林、窮洄溪，是為了排除「惴慄」。這跟前段合起來看，可知憂鬱、恐懼，成為他在永州心裏上一個沉重的負擔。

此外，柳宗元在永州還有一種悲憤不平的心理。他自認為跟王叔文親善，參加王韋政治集團，是為了「共立仁義，裨教化」，以「除弊興利」為職志。這樣做，覺得並沒有什麼不對，但因此卻受人攻訐、誹謗，連累被貶。被貶之後又無人同情，予以援手，這使他感到悲憤難堪。他寫給京兆尹許孟容書中有云：

自古賢人才子，秉志遵分，被謗議不能自明者，僅以百計。故有無兄盜嫂，娶孤女云撾婦翁者，然賴當世豪傑，分明辨別，卒光史籍。……今已無古人之實而有其詬，欲望世人之明己不可得也。

這段話大意是：「自古賢人才子，持志守分，受毀謗批評不能自己辨白的，多到以百計。故前漢文景時代直不疑沒有兄長，竟有人誣毀他盜嫂。後漢光武帝時，第五倫娶的是孤女，竟有人說他撾岳父。但幸賴當世豪傑，分辨清楚，他們品德終於照耀史冊。然而現在已無古人辨別是非的能力，但跟古人一樣要受誣詬，因此希望世人瞭解自己，是不可得了。」從此可體會到柳宗元在永州有一種悲憤不平之情充溢於心胸。

司馬遷史記自序說：

昔西伯拘羑里，演周易；孔子厄陳蔡，作春秋；屈原放逐，著離騷；左丘失明，厥有國語；孫子臏腳，而論兵法；不韋遷蜀，世傳呂覽；韓非囚秦，說難孤憤；詩三百篇，大抵聖賢發憤之所為作也。此人皆意有鬱結，不得通其道也。

司馬遷認為古人著書立說，都是因為「意有所鬱結」。這個說法雖不一定對，但用以說明柳宗元寫作山水記的動機，卻極為合適。宋黃震曾說到這一點，黃氏日鈔卷六十二評柳文說：

模寫山水，以舒其抑鬱，則峻潔精奇如明珠夜光，見輒奪目。……

黃震認為柳宗元寫作山水記，是為「舒其抑鬱」。換句話說，柳宗元寫作山水記也是因為「意有所鬱結」。這跟司馬遷說法無異，可能受了司馬遷的啟發和影響。其次，明代茅坤評柳宗元「小石城山記」也說：

借石之瑰瑋，以吐胸中之氣。（山曉閣選唐大家柳柳州全集卷三）

茅坤認為柳宗元寫小石城山記是借山之瑰奇來吐胸中不平之氣，實際上，柳宗元所有模寫山水的作品都是借山水來吐氣的。茅坤所謂「吐氣」跟黃震所謂「舒抑鬱」，名雖異而含義則一。

總而言之，柳宗元在永州十年，過著異乎常人的生活，他經常抑鬱不樂，憤懣不平。他把這種心情發洩到山水記的創作中，因而使他的山水記形成獨特的風格。柳宗元山水記表面上固峻潔精奇，光芒奪目。但其實際卻隱含有柳宗元個人抑鬱憤懣之情。

三、出遊路線、時間、地點，及山水地理位置（由近而遠。由西、南、北、東。）

(一)第一條路線：元和四年九月二十八日遊西山，從法華寺西亭望西山。

(二)第二條路線：後八日（十月七日）從西山口西北道二百步（六尺為步，今營造尺五尺為步），遊鈷鉧潭、潭西二十五步遊西小丘、小丘西四百二十步遊小石潭。

(三)第三條路線：元和七年（十月十九日）朝陽岩東南水行至蕪江，遊袁家渴、西南行不及百步至石渠、西北行至石澗。

(四)第四條路線：元和七年由西山道口北踰黃茅嶺少北而東至小石城山。

(五)第五條路線：元和八年五月十六日，由零陵行七十里至黃溪東屯，由東屯南行六百步至黃神祠。祠之上，兩山牆立。自是又南數里至初潭，南出一百步，至第二潭，自是又南數里，地皆一狀；樹益壯，石益瘦，水鳴皆鏗然。又南一里，至大冥之川。

四、永州山水記：鈷鉧潭記及小石潭記的分析

現在取柳宗元山水記中的二篇——鈷鉧潭記、小石潭記，加以分析，作為上節所論的例證。

鈷鉧是一種圓形有柄的熨斗。這個水潭是圓的，而潭上有一道水泉流瀉，形同熨斗柄，因而

稱為鈷鉧潭。此篇僅百七十三字，篇幅極短而內容卻十分繁富。其結構可分三段來分析。第一段寫潭的形狀及潭上景色。這個十畝清潭是由於上流冉水猛力衝擊山涯而形成的。所以作者用極堅強有力字眼，來表現水勢的凶猛。例如「自南奔注」的「注」字，「抵山石」的「抵」字，「盪擊益暴」的「擊」字，「齧其涯」的「齧」字等皆是。上半段寫水勢的湍急奔注，與下半段寫水潭的平靜無波，一強一弱，正形成明顯的對比。其次，再看描寫的層次。第一，寫潭的位置（「鈷鉧潭在西山西」一句），第二，寫潭的水源——冉水——及其流向（「其始蓋冉水自南奔注」，至「屈折東流」三句）。第三，寫冉水水勢的湍急（「其顛委勢峻」至「畢至石乃止」五句）。接著寫水的形成（「流末成輪」，至「其清而平者且十畝餘」三句）。最後為潭周圍的風景，把題目「鈷鉧」二字暗暗點出。作者用幾十個字把潭的位置、水源、水勢、潭的形成及其景致，一一寫出，層次分明，充分表現作者經營佈置的技巧。

次段記作者買得鈷鉧潭的經過並寫出農民的疾苦。這是由水潭景色轉到人事上。這段前面七句（「其上有居者」至「貿財以緩禍」）借潭上居民之口，寫出當地農民生活困苦的情況。這位農民為了「不勝官租私券之委積」，而願意遷居，並出賣賴以維生的田地，其目的僅是求「緩禍」。我國農民向來安土重遷，而土地是他們的生命，除非不得已絕不願賣田遷居。這位農民為了納稅償債，暫時消災，竟情願放棄住屋與土地。作者用寥寥數語，表現當時賦稅繁重，民不聊生，寫得含蓄而不刻露，深得傳統詩教「溫柔敦厚」之旨。這段最後用「余樂而如其言」作結束，寫出柳宗元買得「鈷鉧潭」是出於對農民的同情。而同情用一個樂字表現出來。

第三段寫柳宗元謫居異鄉的感觸。這是由第二段的敘事轉到寫柳宗元個人的心情。前面說過，柳宗元山水記是借山水來「舒抑鬱」。這篇最後一段就是發柳宗元個人的抑鬱之情。茲分二節來說明。第一節從「則崇其臺」到「於以見天之高，氣之迴」六句，寫柳宗元買得鈷鉧潭後，加以改造修飾，更顯出鈷鉧潭景色的特殊。尤其可注意的，為最後二句「尤與中秋觀月為宜，於以見天之高、氣之迴」。這似乎隱含柳宗元思鄉之情。柳宗元貶謫永州後，時刻使他懷念的，是長安城西的故居，和城南的祖墳。（見與許孟容書）中國文人習慣上往往把望月與懷鄉連在一起。蓋身處異鄉，望月最易引起鄉情。柳宗元謫居永州於中秋夜在潭上觀月，雖不說思鄉，而其思鄉之情可不言而喻。第二節「孰使余樂居夷鄉而忘故土者，非茲潭也歟？」二句是說他買得鈷鉧潭後，心情愉快，連故土都忘掉。實際上，這裏所謂「樂」是「不樂」的意思。所謂「忘」是「不能忘」的意思。這跟王粲登樓賦「雖信美而非吾土兮，曾何足以少留」，意思一樣，而措辭相反。作者用正面寫法表現反面意思，用平淡文字，表現最深的感傷之情。清代劉海峰說：「結穴處……情甚悽楚。」（見古文辭類纂評注）可謂體會入微。

綜觀這篇寫作方法。是由潭寫到事，再由事寫到柳宗元個人心情。

林紓謂柳宗元：「山水記各有經營」，誠然如此。看小石潭記，作者又用另一種寫作方法。鈷鉧潭記專寫水，小石潭記則水石並寫。這篇頭段是描寫小石潭水石的景色。先由水寫到石，又由石寫到水。從「小丘西百二十步」至「水尤清冽」七句，主要是寫潭水。寫水從人的視覺聽覺二方面著手，「聞水聲如鳴佩環」是予人在聽覺方面獲得具體印象。「下見小潭，水尤清冽。」予人在視覺上獲得具體印象。接下從「全石以為底」至「參差披拂」七句，是寫石的形狀及石上景色。「全石以為底」一句說明「水尤清冽」的原因。「為坻為嶼，為堪為巖」寫石從水底突出的形態。「青樹翠蔓，蒙絡搖綴，參差披拂」寫附生在石上的景色。往下又寫到水；「潭中魚可百許頭」至「怡然不動」五句，是用游魚和日光表現水之清淨，與上面「水尤清冽」一句呼應。

最後四句寫魚翕忽往來，表現遊魚之樂，以烘托遊人之樂。林紓稱這段描寫是「窮形極相，物無遁情，體物直到精微地步」（見韓柳文研究法），至為精當。

第二段作者記自己在小石潭上遠望的景象。這是推開一層寫法。前段寫近景，這段寫遠景。以遠景襯托近景，使文章境趣無窮。「斗折蛇行，明滅可見」二句寫水，「岸勢犬牙參互」一句寫石，作者寫遠景跟近景一樣也是水石並寫。

第三段是寫柳宗元個人在潭上的內心感觸。一、二段寫外景，第三段寫內境。前二段由近景寫到遠景，第三段是由一、二段的外景轉到內境。由近而遠，由外而內，層次分明，章法不亂。明清古文家寫作論文最講究章法（篇章段落經營佈置）。柳宗元山水記之所以受古文家極力推崇，柳宗元寫作重視技巧、結構是主要原因之一。「坐潭上，四面竹樹環合，寂寥無人」三句，寫小石潭四周環境寂靜荒涼。由於過於清寂，使他感到悲愴，因此認為不可久留，記之而去。這段寫法是層層進逼：由前三句，逼出四五句，再逼出最後二句。

綜合來說，鈷鉧潭記是由景寫到事，由事寫到柳宗元個人的感傷。小石潭記是由潭的近景寫到遠景，最後也寫到柳宗元個人的感傷。前人認為柳宗元山水記是借山水「舒抑鬱」，據這二篇看，大致不差。

附錄（唐代四家詩文論集）

〈鈷鉧潭記〉

鈷鉧潭。其始蓋冉水自南奔注，抵山石，屈折東流。其顛委勢峻，蕩擊益暴，齧其涯，故旁廣而中深，畢至石乃止。流沫成輪，然後徐行。其清而平者且十畝餘，有樹環焉，有泉懸焉。其上有居者，以予之亟遊也，一旦款門來告曰：「不勝官租、私券之委積，芟山而更居，願以潭上田，貿財以緩禍。」予樂而如其言。則崇其台，延其檻，行其泉於高者墜之潭，有聲潨然。尤與中秋觀月為宜，於以見天之高，氣之迥。孰使予樂居夷而忘故土者，非茲潭也歟？

〈小石潭記〉

從小丘西行百二十步，隔篁竹，聞水聲，如鳴珮環，心樂之。伐竹取道，下見小潭，水尤清洌。全石以為底，近岸，卷石底以出，為坻，為嶼，為嵁，為巖。青樹翠蔓，蒙絡搖綴，參差披拂。潭中魚可百許頭，皆若空遊無所依。日光下澈，影布石上，怡然不動，俶爾遠逝，往來翕忽，似與遊者相樂。

潭西南而望，斗折蛇行，明滅可見。其岸勢犬牙差互，不可知其源。坐潭上，四面竹樹環合，寂寥無人，淒神寒骨，悄愴幽邃。以其境過清，不可久居，乃記之而去。

同遊者：吳武陵、龔古、余弟宗玄。隸而從者，崔氏二小生：曰恕己，曰奉壹。

五、論山水記結構與作法

甲、永州山水記結構與作法

柳宗元的山水記，可分作兩段來看：前半段多寫景物；後半段多寫人事，寄托個人的感傷。如「鈷鉧潭記」，先寫鈷鉧潭的位置、水源、水勢，然接再把潭的形狀、面積及周圍的風景介紹清楚。第二段接著寫柳宗元從民間買得鈷鉧潭的經過，和如何再加以人工修築的情形，並且寫此潭尤其是宜於中秋觀月，因得以見出天之高曠、氣之清爽。最後則為柳宗元個人謫居異鄉的感傷。他說，什麼使我樂於住在南方夷鄉而忘掉故土呢？難道不是這鈷鉧潭嗎？這句話是以正面的筆法代替反面的意思。柳宗元真的是樂於住在夷鄉，而不想回家嗎？不是的。他只是借表面平淡的話而流露出內心深處的感歎。由此亦可見柳宗元心情的沈痛。

其次，如「始得西山宴遊記」，先描述西山景物的奇特，然後則寫到「心凝形釋，與萬化冥合」，忘記了自我的存在，與造物者——大自然融合在一起。柳宗元在大自然中，暫時是忘我的，忘記了自身的痛苦；可是下山後，痛苦還是免不了。表面上心靈與大自然相結合，整個形體都消失了，忘卻了世間一切的挫折與打擊，然其實這種快樂只是暫時的。在文章結構上。他是借正面的寫法來表現出反面的意思。

又如「鈷鉧潭西小丘記」，前半段寫小丘怪石負土而出，有的像牛馬相累而下，飲於溪；有的又像熊羆，角列而上，登於山。其次寫到作者以四百金購買這塊荒地，加以人工修飾：剷割雜草，砍伐惡木。以烈火焚之；於是「嘉木立、美竹露。奇石顯」，可說是處處有勝景。最後作者發抒感慨，提出一個「棄」字——這個地方是塊沒人要的棄地。所以只花四百金便買得；而自己也是個被放逐的棄人，以棄人而取得棄地。棄地遇到棄人，兩兩相得。這也是借正面的筆法來表現出反面的言外之意。

再舉「小石潭記」為例。它是由潭的近景、遠景，及作者個人的感觸三者結合而成。最後兩句：「寂寥無人，凄神寒骨，悄愴幽邃。」景色雖佳，但四周看不到人，冷清清的，充分透露作者心中的哀傷。而「小石城山記」也是先從小石城山的景物寫起。云：「嘉樹美箭，益奇而堅」；然後再發議論——這樣的美景，不生在中州，卻在夷狄；這分明是造物者的故意安排，其目的就在於安慰那些受屈辱的賢人。

大抵而言，柳宗元山水記的結構，不外乎循此途徑：前半段寫山水景物，後半段轉到人事，發抒感慨。景物與情事融合；甚少有全寫景物，不寫人事、不發議論的情形。

至於柳宗元山水記的寫作方法，可歸納為下列四種：

(一)反襯法：如「始得西山宴遊記」中。形容西山的高峻，不從西山本身寫起，而從西山的對面落筆：「尺寸千里」、「縈青繚白，外與天際，四望如一」。看到西山下四周千里的土地，濃縮於尺寸之間，為青山白雲所圍繞，和天相連，看過去四周都是一樣。可見西山之高，不從正面描寫，而以反襯筆法寫出。又如「小石潭記」：「潭中魚可百許頭，皆若空遊無所依。日光下澈，影布石上，怡然不動。」是以日光、游魚襯托出水的清澈。潭中那麼多的魚，好像浮游空中無所憑依，可見潭水是多麼的清澈明淨了。

(二)動靜配合：如「小石潭記」寫石、寫水，石是靜的，水是動的；寫潭上植物是靜的，寫水中游魚是動的。動態與靜態互相配合，靜中有動，動中有靜。「隔篁竹，聞水聲」，篁竹是靜的，水聲是動的。柳宗元又從水、石、青樹、游魚的本身寫出動態與靜態：「全石以為底，近岸，卷石底以出」，石頭是靜的，可是從水底冒出，這個「出」字便含有動的成分；「青樹翠蔓」是靜的，「蒙絡搖綴」又是動的；潭中魚「怡然不動」是靜態，「往來翕如」又是動態。可見柳宗元不僅描述兩種不同的動態與靜態，也寫物態本身所表現的動靜。

(三)由大而小，層層收縮，集中一點：如「遊黃溪記」，先寫全國四方的山水勝地，因山水而著名的州多達百數，其中以永州為最善；而永州的山水又以黃溪為最善；再由黃溪寫到黃神祠。目標由大而小，最後集中到黃神祠這座小廟。「袁家渴記」則是一面描述經由冉溪沿途的山水風景；一面挑出其中可取者只有鈷鉧潭、西山、袁家渴，最後集中到袁家渴的描寫。這也是從大處開始落筆，而逐漸縮小範圍。又如「始得西山宴遊記」，從永州山水的異態，寫到西山的怪特，仍是由大而小的寫法。這種寫法，前人已指出是承襲司馬遷《史記》西南夷列傳而來。司馬遷描述西南夷的君長眾多，其中以夜郎最大；夜郎國西邊的部族眾多，則以滇最大；又由滇往北的眾多部族君長中，以邛都最大。這便是後人所模仿的由大而小，層層收縮的寫法。歐陽修「醉翁亭記」，開頭一段，由「環滁皆山」寫到西南諸峰，再寫到瑯琊山，又描述兩峰之間的釀泉，最後集中寫到醉翁亭。也是沿用層層收縮，集中一點的寫法。

(四)由近而遠，層層鋪敘，由近處寫到遠處：如「遊黃溪記」，從黃神祠涉水八十步至初潭，從初潭南行百步至第二潭，又南行數里到達大冥之川。層次井然有序，距離越遠，空間越大，由八十步而百步，而數里，可從而得知。又如「小石潭記」，寫小石潭的水石，從岸邊寫到水底，近景寫完，接著筆鋒一轉；寫到從潭的西南望見一條小溪，彎彎曲曲，隱約可見，其岸旁如犬牙交錯，不知道這條溪的來源，也是由近處所見，望到遠處，層層鋪敘。以擴大視線，使境界無窮。

柳宗元從元和四年到八年在永州曾五次出遊，由近處到遠遠，方向由西而東。第一次在元和四年九月廿八日，從西亭遊西山，作「始得西山宴遊記」。八天後，十月七日，自西山出發，遊西山以西各處，從西山口西北走二百步，到達鈷鉧潭；從潭的西面走廿五步，到潭西小丘，從小丘西行百二十步，到小石潭。「步」是計算長度的單位，秦代以六尺為步，三百六十步為里。以上是第二次出遊，作「鈷鉧潭記」、「西小丘記」和「小石潭記」。第三次出遊，是元和七年正月，自西山朝陽岩往東南，水行至蕪江，遊袁家渴；再由袁家渴西南不到百步，達石渠；往西北走，至石澗。寫了「袁家渴記」、「石渠記」和「石澗記」。第四次出遊也是元和七年，自西山道口往北，遊小石城山，作「小石城山記」。第二年元和八年五月十六日，第五次出遊。從永州出發，至七十里外的黃溪，由黃溪東屯南行六百步，至黃神祠；從黃神祠走八十步，至初潭，再南去一百步。至第二潭，又南行數里，到達樹壯石瘦之地；再南行一里，至大冥之川，寫下「遊黃溪記」。

永州九記——「始得西山宴遊記」、「鈷鉧潭記」、「鈷鉧潭西小丘記」、「小石潭記」、「袁家渴記」、「石渠記」、「石澗記」、「小石城山記」、「遊黃溪記」。一共經過五次遊歷，由近及遠，由西向東；最遠是七十里外的黃溪，最近的是西邊的西山，第一次出遊就是從西山開始。

乙、柳州山水記結構作法分析

(一)結構與作法分析：

在柳州他只寫了一篇遊記——「柳州山水近治可遊者記」。他在柳州也曾多次出遊，卻只寫一篇。描寫的方位和永州不同，是由北而西，由遠處寫到近處，然後由近處而遠處，再由遠到近；三個層次，分成五個段落，大致可看出是五次出遊：第一次出遊，由北邊的背石山寫到東南的駕鶴山。第二次出遊，由南邊的屏山寫到西南的仙奕山。第三次出遊，描寫西南石魚山的洞穴情形。第四次出遊，寫正南方十里的雷山景色。第五次出遊，寫西面的峨山。按此篇遊記作法有如攝影鏡頭移動三次，由遠而近，由近而遠，由遠而近。

(二)特點與特色：

1. 位置交待不清：北有雙山，南有屏山、石魚山、雷山、峨山均未指出方位。

2. 無起收、無照應，如畫記：這篇遊記，寫法十分特別。每次出遊，記述一段，綜合起來成為一篇，和永州遊記完全不同。文章應有起有收，這篇遊記既沒起起頭也沒有收尾，也一無呼應；不從景物寫到人事，以發抒個人的感慨，而純寫山水，可說是一種白描的筆法。明茅坤唐宋八大家文鈔卷四評柳文柳州山水近治可遊者記：「全是敘筆，不著一句議論感慨，卻澹宕風雅」。

3. 無所寄託：難道柳宗元在柳州就沒有牢騷嗎？其實不然。因為在柳州做刺史，不比在永州做司馬時，官小無事可做，空閒日子多，可以到處遊山玩水；每遊一次，即可完成一篇遊記。在柳州刺史任內，公務繁忙，獨當一面，造橋、修路、築屋、鑿井、修繕孔廟，復興文教，政績卓著，多少實現他政治上的理想。況且經過十年之久，心情已經逐漸平淡下來；再者柳宗元在柳州寫了不少山水詩，以詩寄情，如〈與浩初上人同看山詩〉云：「海畔尖山似劍芒，秋來處處割斷腸。若為化得千百億，散向鋒頭望故鄉。……」、〈登峨山詩〉，藉詩發洩胸中感傷，山水散文自然也就少了。總之，歸納其原因除了上述事情繁雜之外，因病亦為主因之一，如〈與浩初上人見貽絕句欲登仙人山因以酬之〉詩云「珠樹玲瓏隔翠微，病來方外事多違……」。

4. 度量距離過於認真：關於柳宗元山水記的批評，向來是譽多貶少；但也有人提出他的山水記有不當之處，也就是在距離方面計算得過分清楚。因為事實上，既不是地理志，也不是建築物，實在不須要記得如此精細。此外，柳宗元在山水記中，亦好用各種不同的長度單位來測量距離，如用尋（八尺）、常（十二尺）、尺、步（六尺）、里（三百六十步）、丈（十尺），幾乎所有的度量單位都用上了。柳宗元為何如此不厭其煩地一一敘述呢？或者可能是為了日後陵谷變遷時，得以辨認之故。（錄自中國文學講話（六）隋唐文學）

編者案：下編柳文自二五〇頁倒數第五行〈論山水記結構與作法〉起至二五六頁第二行止，與民國八十五年十二月台北學海出版社印行《唐代四家詩文論集》第拾壹章〈論柳宗元山水記〉一文相同，惟《四家論集》發行人李善馨先生已於九十七年三月逝世，該書難以獲得，為讀者方便，因不嫌重複，全錄於此。

國家圖書館出版品預行編目資料

韓柳文析論綱要暨研究資料

羅聯添編著. – 初版. – 臺北市：臺灣學生，2011.11
面；公分

ISBN 978-957-15-1547-2 (平裝)

1. （唐）韓愈 2. （唐）柳宗元 3. 文學評論

844.17 100019310

韓柳文析論綱要暨研究資料

編著者：羅聯添
出版者：臺灣學生書局有限公司
發行人：楊雲龍
發行所：臺灣學生書局有限公司
臺北市和平東路一段七十五巷十一號
郵政劃撥帳號：00024668
電話：(02)23928185
傳真：(02)23928105
E-mail：student.book@msa.hinet.net
http://www.studentbook.com.tw
本書局登記證字號：行政院新聞局局版北市業字第玖捌壹號
印刷所：長欣印刷企業社
新北市中和區永和路三六三巷四二號
電話：(02)22268853

定價：新臺幣四〇〇元

西元二〇一一年十一月初版

ISBN 978-957-15-1547-2 (平裝)